小黒康正

水の女［新装版］

トポスへの船路

九州大学出版会

目次

水の女
——トポスへの船路——

序章　船出

壁中に所せましとかかっているのがまた変りばえしない油絵ばかりで、要するにそこにもここにもあるという代物ばかりなのである。違いといえば、一幅の絵に収められた水の精が、恐らくは読者がかつてお目にかかったことがない大きな乳房を備えていることぐらいで。

ニコライ・ゴーゴリ『死せる魂』（川崎隆司訳）

ヨーロッパ文学における「水の女」の文学的系譜は、大小様々な流れから成り立つ。但し、その本流は、古代ギリシアの神話を水源とし、キリスト教のもとで変容しながら、中世ならびにルネサンス期の民間伝承や民衆本を経て、近代ドイツのメールヒェンにて川幅を広げ、更にデンマークへと至り、世界文学という海原に流れ出る。こうした北上の過程において、ドイツ文学における展開は、量的にも質的にも見逃せない。セイレンの後裔たちは、明るい地中海の海原ではなく、奥深い森の湖沼に繰り返し現れるようになったとき、文学において最も頻出する「他者」となり、同時に内面化された「他者」となっていく。つまり、「水の女」の系譜は、ドイツ文学において、「外なる異界」や「未知なる他者」のみならず、「内なる異界」や「未知なる自己」をも取り込みながら、「水の深さ」が「心の深さ」となる現代的な「他者」経験を問題にしていくのである。

本書は、近現代のドイツ文学を考察の中心に据えながら、「水の女」の文学的系譜を繙き、併せて背後にある身体や言語をめぐる問題を新たに明らかにする。もっとも本書の考察は、単なるモティーフ研究の域に留まらない(1)。というのも、確かに同系譜には、「水の女」と「陸の男」の遭遇があり、前者による後者の魅了という誘惑物語の体裁を繰り返すが、しかしながら、「水の女」の出現は、新しい文学、あるいは新しい文学言語（ポエジー言語）を少なからず伴うからだ。そもそも、「水の女」の始祖セイレンが「美しい声」を武器にオデュッセウスと対峙したのは、ヨーロッパ文学の始まりにおいてであった。但し、古代ギリシア文化がキリスト教と混淆していく過程で、セイレンは半人半鳥から半人半魚に変容し、同時に自ら「歌う」神話的存在ではなく、自らを「見せる」宗教的存在となり、その結果、中世においては歌うことのない「水の女」が登場し、視覚性のみを重視する「水の女の物語」が形成されていく。こうした伝統は民衆本の流布とともに長く存続するものの、沈黙はゲーテの詩「漁夫」（一七七八年）によって本格的に破られる。新たな文学ジャンルにおいて歌い出した「水の女」は、ドイツ文学の場合、「算術の水たまり」から「自然の泉」へと移行する音楽美学上のパラダイム転換に触発されながら、ロマーンやメールヒェンの成立とも深い関わりを持つ。こうした聴覚的誘惑手段の再行使は新たな文学的思潮を伴う「歌声の復活」と言ってもよい。その後、フケーの『ウンディーネ』（一八一一年）が上梓される頃、「美しい姿」を有する「水の女」が「美しい声」を併せ持ち、魔性の女ではなく、恥じらいを有する乙女へと変容していくと、ドイツ・ロマン派は新たな「水の女」像とともにそれまでにない文学思潮を形成していく。更に、「美しい声」を失うアンデルセン『人魚姫』以降の展開も見逃せない。近代ドイツ文学から多大な影響を受けたアンデルセンの歌わない「水の女」は、現代ドイツ文学において言語の機能不全性に基づく新たな潮流と結びつくからである。「水の女」が水底から浮かび上がるとき、総じて新たなポエジー言語を伴う。まるで、水底から浮かび上がる女が現れずには、新しい文学的営為が成り立たないかのように。

詰まるところ、ヨーロッパ文学に頻出する「水の女」とは、人間の魂を求める「物質存在」であり、「陸の男」を水底へと誘う「女性存在」であり、新しいポエジー言語を導く「言語存在」ではなかろうか。その意味で、「水の女」は人間と物質が、男性と女性が、言語と言語にならざるものが出会う場所において繰り返される常套句であり、濃密な文学空間を培う「トポス」Toposと言えよう。本書では、ヨーロッパ文学における「水の女」の系譜を「聞くこと」と「見ること」をめぐる人類の身体的営為が凝縮した伝承領域と見なし、そうした文学空間を「水の女の物語」Wasserfraugeschichte と見なす。別言すれば、本書における「物語」Geschichte とは、語源に基づいて説明すると、「水の女」をめぐる言説の総体として、セイレンとオデュッセウスとの遭遇という「出来事」Geschehnis から始まった「一連の出来事」Folge der Ereignisse あるいは「歴史」Historie の貯蔵庫とも言えよう。

　本書はモティーフ研究のみならず、修辞学的色彩の強い従来のトポス研究をも超え、身体論的視点を取り込んだ新たな文学的トポス研究を目指す。ヨーロッパ文学には、古代ギリシア・ローマ文学を源とし、中世ラテン文学を経て、近代の自国語文学へと流れ込んだ類型的な「表現」あるいは「思考」がある。このような文学的常套句を独立した研究領域にまで高め、数多くの論争を引き起こしながら[2]、モティーフ研究に多大な影響を及ぼしたのが[3]、E・R・クルツィウスの『ヨーロッパ文学とラテン中世』(一九四八年)[4]であった。これに対して、本書はクルツィウスの驥尾に付しながらも、「トポス」を単なる文学的伝統とは見なさない。むしろ、トポス本来の身体論的要素を取り込みながら、伝統の継承よりも、新たな潮流の創出により多くの注意を払い、新しいポエジー言語が立ち上がる場所を問題にする。そもそも「トポス」は身体と結びつく言語表現であると言っても過言ではない。常套句(loci communes)とも称される件の場所は、中村雄二郎によれば[5]、アリストテレス以降、諸感覚とくに五感を貫き統合する根源的感覚、つまり「共通感覚」sensus communis に基づきながら、感性と理性を媒介する言語活動の拠点でもあった。こうした言語的営為の中でも、「ロゴス」に基づく「言語」と感覚的に知覚されながら「認識／表現」の埒外にある「言語にならざるもの」とが衝突する場所においてこそ、ポエジー言語を新たに生み出す力学が殊の外働くのではないか。文学とは、少なくとも新たなポエジー言語とともに立ち上がる文学とは、未知なるものを既知なるものに移し置くという意味で「翻訳／移し置くこと」Über-Setzen であり、言語外経験を言語化するという矛盾を敢えて犯し続けるという意味で「冒険」Wagnis であろう。「言語」と「言語にならざるもの」の衝突は、ヨーロッパ文学の場合、人間存在と異界存在との遭遇において、とりわけ「陸の男」と「水の女」の邂逅において、顕著に繰り返されてきた。その際、本書が重視する「水の女」の変容は、「陸の男」が対峙する相手が「物質存在」であり、「女性存在」であり、「言語存在」であることと深く関わる。以上を踏まえてクルツィウスの「トポス」をよりダイナミックに捉えるならば、総じてヨーロッパの文学は、特定の状況や問題において、それに見合う古代の伝統的な表現や思考をほとんど常套句のように必要としながらも、それを新たな状況やコンテクストの中に組み込んでいく。その結果、古代の常套句は多少の変容を蒙りながらも、ある程度原型を失わずに現代に蘇り、しかも新たなものを吸収し、増殖し、再び根源に戻っていく。こうした循環運動の中で絶えず増殖を続ける濃密な文学空間としての「トポス」が形成される(6)。

ヨーロッパ文学は、「水」と「陸」との狭間で、物質存在と人間存在とが相対し、あるいは女性存在が男性存在と対峙するとき、修辞学における論拠の貯蔵庫のように、変容する「水の女」を拠り所としながら、新しいポエジー言語を生み出してきたのではないだろうか。本書は、以上の問いを出発点にしながら、以下、ヨーロッパ文学における「水の女」の文学的系譜を扱う。その際、すべてを網羅的に考察することはできないので、三つの限定を必要とする。第一に、考察の中心を同系譜の「本流」に据えたい。本書が行う「船旅」は、水源である古代ギリシア神話から出航し、主としてフランスにおける中世から近世にかけての民衆本を経て、近代ドイツのメールヒェンへと向かい、デンマークの創作メールヒェンに立ち寄った後、再びドイツに戻り、同系譜の流れ行く先を見きわめる。その際、第二の限定として、「水の女」のメタモルフォーゼに常に注意を払いながら、視覚と聴覚をめぐる身体論的な観点を考察の根底に据えたい。但し、第三の限定として、「水の女」が有する聴覚的誘惑手段と視覚的誘惑手段を考察する際に、「美しい声」を必要不可欠とするジャンル、すなわちオペラ作品に関しては言及にとどめ、主たる考察対象にしない。

ここで本書の大まかな見取り図を述べておこう。まず第一章において、「水の女」をめぐる物語の始原を古代ギリシア神話、とりわけオデュッセウスの冒険譚に求めながら、「見ること」と「聞くこと」をめぐる身体論的問題の端緒を探り、更に古代ギリシア文化とキリスト教の混淆に伴う「水の女」の変容と歌声の消失を問題にする。以後、主として近代ドイツ文学を考察の中心に据え、第二章では、ヴィーラントやブレンターノにも敷衍しながら、ゲーテにおける歌声の復活を扱う。第三章では、一八一一年にともに上梓されながら、本書なりの「翻訳」論において対極をなすフケー『ウンディーネ』とクライスト『水の男とセイレン』とを検討する。その際、件の系譜が「水の女」の他者性を「水」から「女」へ、つまり物質性から女性性へと重心を移していく過程に注目したい。「水の女」が地中海の海原ではなく、ドイツの奥深い森の湖沼に繰り返し現れるようになったとき、物質存在と人間存在との「和平」が求められ、同時に、男性存在と女性存在の新たな「戦い」が始まるのである。続く第四章では、ハイネ、アイヒェンドルフ、アンデルセンにおける「水の女」を扱いながら、その「美しい声」が鳴り響く「妙音の饗宴」を扱う。但し、「美しい声」を失うアンデルセン『人魚姫』以降、「戦い」はいわば先鋭化し、男性存在と女性存在の言語的断絶は深まり続け、両者は修復し難い断絶へと陥っていく。そうした断絶を言語の原理的機能不全性に託しながら、「否定性の文学」を新たに生み出そうとする現代ドイツ文学の新たな潮流を、リルケ、カフカ、ブレヒト、トーマス・マンを例に扱うのが、第五章である。そして最終章では、「水の女」の黙示録とも言うべきバッハマン『ウンディーネ行く』を考察し、加えて、近現代日本文学を扱う補遺において、トポスの行方を追う。

なお、緩やかに連続する各章は、同時にそれぞれ独立した「冒険譚」として読めるように配慮されている。その為、記述内容の重複が一部で避けられない。但し、重複箇所はいわば「航海日誌」、海図を広げ進路を定める際、我々は時として航路を振り返らなければならない。

> 船は、貴公子の胸の奥に一縷の望を載せたまゝ、戀ひしいなつかしい歐羅巴の方へ、人魚の故郷の地中海の方へ、次第次第に航路を進めて居るのでした。[7]

出航を前にして、清朝の南京に住む貴公子にひとりのオランダ人が人魚をもたらす話を思い出そう。我々は今、大きな海原の前に立つ。ひそかに慕情を抱く南京の貴公子さながら、「水の女」の故郷、ヨーロッパ文学の始原へと向かおうではないか。但し、我々も「世にも妙なる人魚の歌」[8]によって水底へと誘われてしまうかもしれない。航海には常に危険が伴うのだ。

註

（1）文学におけるモティーフとは、メールヒェンにおいて典型的に認められるように、たえず反復使用される類型的状況であり、ラテン語の語源 movere（動かす）に相応しく、緊張によってプロットの展開を生み出す原動力に他ならない。Vgl. Horst S. u. Ingrid G. Daemmrich: Themen und Motive in der Literatur. 2. Auflage. Tübingen u. Basel 1995, S. XIVff.; ヴォルフガング・カイザー『言語芸術作品　文芸学入門』（柴田斎訳、法政大学出版局、一九八八年、七一頁以下）参照。

（2）Vgl. Max L. Baeumer (Hrsg.): Toposforschung. Darmstadt 1973, S. IXff.

（3）Vgl. Daemmrich, a. a. O., S. XVIff.

（4）E・R・クルツィウス『ヨーロッパ文学とラテン中世』（南大路振一他訳、みすず書房、一九七一年）参照。

（5）中村雄二郎『共通感覚論』（岩波現代選書、一九七九年、六頁以下）、ならびに中村雄二郎『場所（トポス）』（弘文堂、一九八九年、五頁以下）参照。

（6）既に拙著『黙示録を夢みるとき　トーマス・マンとアレゴリー』（鳥影社、二〇〇一年）では、クルツィウスに依拠し、併せて「回帰する諸モティーフに満たされた一つの濃密な伝統領域」というトーマス・マンの言葉を援用しながら、「ヨハネの黙示録」を核とするトポスとしての「黙示録文化」を論じた。

（7）谷崎潤一郎『谷崎潤一郎全集』第四巻、中央公論社、一九八一年、二一二頁。

（8）同右、二〇九頁。

第一章　歌声の消失

いったい魂なんて、おれになんの役に立つのだ?　目に見ることができない。さわることもできない。おれには魂ってものがわからない。よし、魂なんか捨ててしまおう、そうすれば、大きな喜びがおれのものになるだろう。

オスカー・ワイルド『漁師とその魂』（西村孝次訳）

一　聴覚と知性

誘惑物語

ヨーロッパの神話、伝承、メールヒェン、詩、散文作品には、セイレン、メルジーネ、ウンディーネ、ニンフ、ニクセ、ローレライ、マーメイド、人魚姫など、数多くの「水の女」Wasserfrau が登場して来た。こうした「水の女」を扱う物語はそれぞれ独自の物語を形成するが、いずれの話も水を出自とする女性が陸に住む人間の男性を誘惑もしくは魅了するという点で概ね共通する。時にはニクスやマーマンも登場するし、そもそも世界で最も古い人魚像は男の形姿を有するが、(1) 物語においては「水の男」Wassermann が主人公となることは極めて少ない。(2) 総じて一家の主や水の世界の統治者としての役割、つまり支配者としての現実的な役割を担う「水の男」は、非現実的な異界の物語にはそぐわず、その結果、物語そのものを形成する力を持たない。本書が考察対象とする伝承領域の結構は、「水の女」が「陸の男」を誘惑もしくは魅了するという「誘惑物語」の体裁を総じてとる。しかしながら、「水の女」の文学的系譜は、いささか単純な構図とは裏腹に、いや「誘惑物語」の体裁を有するからこそ、いささか込み入った複雑な展開を我々に示す。問題の芽は、同系譜の起源であり、ヨーロッパの文学そのものの起源にこそある。成立が紀元前八世紀頃と推定されるホメロス『オデュッセイア』から、すべてが始まると言ってよい。まずは同神話の梗概を手短に紹介しておこう。

主人公オデュッセウスはトロイア戦争で活躍したギリシア軍の勇士。『イリアス』において示されているように、彼が発案した木馬の奇計によって一〇年続いた戦争は終結していた。その後日談とも称すべき『オデュッセイア』において、母国イタケを目指したオデュッセウスは、彼に怒りを抱く海神ポセイドンの妨害によって様々な艱難辛苦を強いられる。知謀に長けた英雄が帰国前にパイエケス人の島に漂着したときに人々の前で語った内容が、奇想天外の帰国譚に他ならない。物語の中の物語は、一つ目の巨人キュクロプスや風の神アイオロスや魔女キルケ等との関わり、それにオデュッセウス自身の冥府行を示し、聴衆の耳目を驚かす。その後、英雄はようやく帰国を果たす。しかし、自身の館では、大勢の男たちが自らの不在中に妻である王妃ペネロペイアに求婚し続け、回答を待つことを口実に狼藉を働いている。そこで英雄は知略をめぐらせて乞食の姿を装い、好機を待つ。館に出向いた際に求婚者たちから罵られても、また、夫を偲んで涙を流す王妃を前にしても、自らの正体を明かそうとはしない。翌日、ペネロペイアは夫の弓を持ち出して言う、この強弓に弦を張り、一二の斧を射通した者と結婚すると。しかし、求婚者たちは次々に試みるが誰一人として弦に弓を張ることさえできない。すると乞食を装うオデュッセウスが事も無げに大弓を張り、立ち並ぶ斧を見事に射抜くと、自らの正体を明かし、息子と忠実な下僕の協力を得て、求婚者たちを弓にて皆殺しにし、更には彼らと不義を働いた侍女たちに残忍な処罰を下す。こうした徹底的な誅殺を経て『オデュッセイア』は大団円へと向かう。

このような長大な神話の中で、本書が注目する遭遇譚の核は、パイエケスの民を前にして英雄が語った帰国譚、物語の中の物語にこそある。魔女キルケのアイアイエ島を離れたオデュッセウスの一行が故郷を目指して海原を進

フォス訳のドイツ語版ホメロス『オデュッセイア』
第4版（1895年）の挿画

むとき、セイレンたちの島に近づく。そこから歌声が聞こえてくると、オデュッセウスはキルケの忠告に従い、櫂を動かす部下に各自の耳に蠟をつめるように指示し、更に自分の体を綱で帆柱に縛り付けさせ、無事に通り過ぎるまでは決して綱を解かないようにと命じる。この知略により、オデュッセウスはセイレンの誘惑にいわば打ち勝ち、一行は無事に通り過ぎる。しかし、我々はこの一挿話を安易に通り過ぎることはできない。「水の女」が人間を水底へと誘うように、「水の女の物語」が我々を解釈の深淵へと誘う。セイレンはいかなる誘惑手段を行使したのであろうか。実は、セイレンの誘惑の手段をめぐって古代から現代に至るまで複数の解釈が存在し、見解の不一致がそのままいわば「物語」を培っていく。見解の相違は概ね三つ、第一に聴覚重視、第二に知性重視、第三に視覚重視の見解がある。(3)

哲学的原史

ホメロス『オデュッセイア』は、今日、アドルノとホルクハイマーの『啓蒙の弁証法』(仮綴じ本一九四四年、初版一九四七年)によって「啓蒙の哲学的原史」として読み直される。両著者が「既に神話が啓蒙である」「啓蒙は神話に退化する」という二つのテーゼから出発し、逆行の原因を啓蒙そのものに探るとき、『オデュッセイア』に「神話と啓蒙の弁証法」の起源を見出す。(4) このアレゴリー的読解に依拠して述べれば、オデュッセウスに対する自然神の妨害は人間に対する自然の猛威であり、「知謀に長けた」英雄の奸計は人間による自然支配の端緒と解される。それ故、英雄の艱難辛苦の旅は単なる空間移動ではなく、神話世界から文明世界へと向かう人類の時間的推移であり、成熟する人間の歩みである。この帰国譚において自然は人間によって克服され、支配されていく。但し、両著者は克服される「外なる自然」が克服する「内なる自然」の中にいささか隠微に入り込み、潜伏期間を経て、突如として猛威を振るう逆転の構図を見逃さない。まさしくそこに啓蒙の哲学的原史が真に存する。問題は「娼婦へと逆戻りした不貞の侍女たちに対して執行した処罰」(5)であろう。故郷に戻ったオデュッセウスが侍女たちの頽落を知ったとき、凶行とも称すべき復讐がホメロスの冷徹な語り口のもとで果たされる。まさにこの瞬間、英雄の「知謀」によって克服されたはずの自然が蛮行という形で噴出するのであった。両著者は同書「手記と草案」の中で確言する、「誰もが知るヨーロッパ史の底流には密かな歴史が流れている。それは文明によって抑圧され歪められた人間の本能と情欲がもたらす運命であった」と。[6]「啓蒙の哲学的原史」において「逆戻りした」のは侍女たちばかりではない。

アドルノとホルクハイマーにとって『オデュッセイア』全体が「啓蒙の弁証法」の確固たる証言と言えよう。中でもオデュッセウスとセイレンの遭遇は格別注目され、『啓蒙の弁証法』第一章「啓蒙の概念」にて示されているとおり、「啓蒙の哲学的原史」における最大の事件となり、その核心部において「芸術の哲学的原史」が重なる。「セイレンの誘惑は依然として強烈であった。歌声を聞く者は誰一人として逃れられない。自我、つまり人間の自己同一性的、目的志向的、男性的性格が生み出されるまでには、人類は恐るべき試練を自らに課さなければならなかった」[7]と両著者が述べるとき、文明を脅かす自然の克服がやはり二人の念頭にあった。克服の内実は、オデュッセウスが忘我という究極の喪失を自己同一性を失うことなく一時的にいわば享受することであり、一人の英雄による古代呪術から近代芸術への変換である。「知謀に長けた」オデュッセウスは部下への命令を通じて精神的営為と肉体労務といういわば分業体制を整えた上で、甘美な歌声を特権的に享受する側に立つ。知略によってセイレンの歌が無力化された瞬間、近代的な芸術体験が先取りされたのである。

聴覚重視

オデュッセウスとセイレンの邂逅をめぐって、『啓蒙の弁証法』が「啓蒙の哲学的原史」ならびに「芸術の哲学的原史」を問題にしたのに対して、本書は身体論的考察に重きを置く。問題はセイレンの誘惑手段である。誘惑者はどの身体器官を用い、そして被誘惑者のどの身体器官に訴えながら、相手を水底に導こうとしたのか。『オデュッセイア』第一二歌はセイレンたちが歌ったという事実のみならず、実は歌詞を伝えている。

アカイア勢の大いなる誇り、広く世に称えられるオデュッセウスよ、さあ、ここへ来て船を停め、わたしらの声をお聞き。これまで黒塗りの船でこの地を訪れた者で、わたしらの口許から流れる、蜜の如く甘い声を聞かずして、行き過ぎた者はないのだよ。聞いた者は心楽しく知識も増して帰ってゆく。わたしらは、アルゴス、トロイエの両軍が、神々の御旨のままに、トロイエの広き野で嘗めた苦難の数々を残らず知っている。また、ものみなを養う大地の上で起ることごとも、みな知っている。(8)

セイレンに触れた最古の文献では、オデュッセウスは相手の姿を見ることではなく、その歌声を聞くことによって快楽に浸る。英雄にとって半人半鳥とされるセイレンの奇怪な姿は一顧だにされない。またキルケによればセイレンの周りには「腐りゆく人間の白骨」(9)がうず高く積もっていたはずだが、しかしオデュッセウスには荒涼とした死の風景が一切目にとまらない。見ながら何も見ていなかったのか、あるいは目を閉じて耳に全神経を集中していたのか、いずれにせよ恍惚の瞬間において視覚的機能が停止し、聴覚が視覚を凌駕する。このことはおそらく『オデュッセイア』が口承伝承の時代に成立したこと、あるいは後代の人々が信奉したホメロス盲人説と関係があるのかもしれない。いわゆる「声の文化」の産物に相応しく、オデュッセウスとセイレンの邂逅は聴覚を重視する物語として展開する。

セイレンはオデュッセウス以外の卓越した「陸の男」とも対峙していた。ロドスのアポロニオスの叙事詩『アルゴナウティカ』(紀元前二五〇—紀元前二四〇年頃)によれば、金の羊毛を探し求めるイアソンのアルゴー船が帰途にセイレンの島に近づいたとき、仲間たちをセイレンの歌声から守る者がいる。ヨーロッパにおける詩人と音楽家の始祖、オルフェウスこそがその人であった。彼は古代の弦楽器キタラをかき鳴らすことでセイレンの歌声を乱し、楽器の音量がセイレンの声量を凌駕する。このことが楽器に対する声の敗北を意味するにしても、やはりセイレンの誘惑の手段は聴覚的であって、視覚的ではない。

かつてアポロドロスの作とされ、今日では別人の筆によるとされている紀元前一世紀成立の『ギリシア神話』Bibliotheke でも、オデュッセウスとセイレンの対峙は報告されている。オデュッセウスの一行が半人半鳥のセイレンのもとを通り過ぎるとき、『オデュッセイア』の記述と同様に、英雄が自分自身をマストに縛り付けさせ、他の者たちが耳に蠟をつめることで、一行は難を逃れた。但し、セイレンはアケロオスとムーサの間に生まれた三姉妹として「ペイシノエー、アグラオペー、テルクシエペイア」という名をもち、「一人は竪琴を弾じ、一人は唱い、一人は笛を吹き、これによってそこを航し過ぎる船人を留まるように説かんとした」[10]と書かれており、ホメロスにおける記述との違いは見逃せない。しかしながら、オデュッセウスが縄を解くように指示したのは、やはり「歌を聞こうと欲して」のことであると考えれば、「陸の男」と「水の女」をめぐる始原の対峙がやはり歌声を核に展開する点で変わりはない。

オウィディウス『変身物語』第五巻（紀元後一世紀）ではいささか事情が異なり[11]、セイレンが歌いかける場面も、声楽と器楽の競い合いの場面もなく、誘惑そのものが直接問題にされない。話題は半人半鳥の姿にあり、セイレンが行方不明の女神プロセルピナを海上で探すために得た黄金の翼にあった。セイレンの歌の才を惜しむ神々の配慮から、うら若い乙女の顔と人間の声が残される。但し、「乙女の顔」は美しい歌声を生み出す舌の為に残されるのであり、たとえ視覚的美に奉仕するにしても、聴覚的美に従事する点は避けられない。結果的に、セイレン存在の核が歌声によって形成されるゆえ、オウィディウスにおいてもセイレンの誘惑はあくまでも聴覚的である。

知性重視

このように『オデュッセイア』『アルゴナウティカ』『ギリシア神話』『変身物語』のいずれにおいても、程度の差こそあれセイレンの誘惑における聴覚的要素が大きな役割を果たす。但し、『オデュッセイア』では、他の二書とは異なり、歌の内容が記載されているだけに、誘惑が必ずしも純粋に音楽的ではない。セイレンの歌がいかなる音色、いかなる旋律を有していたのかは分からないが、歌詞については明らかであり、そこからセイレンの誘惑がある意味では知的であったと判断できよう。歌詞の眼目はオデュッセウスの知的好奇心を刺激する誘惑にある。事実、知略によって様々な艱難辛苦を乗り越えてきた英雄がまさに誘惑の虜になりかけるのは、「(蜜の如く甘い声を)聞いた者は心楽しく知識も増して帰ってゆく」とセイレンが歌って相手に知識の増大を保証し、更に過去であれ未来であれ地上の出来事のすべてに精通する自らの全知性を高らかに歌うときであった。

こうした半人半獣の知性はギリシア神話において必ずしも特異ではない。例えば、上半身が人間で下半身が馬の姿をした野蛮なケンタウロスの中で、ケイロンはその聡明さ故にアキレウスの教育を任され、女面獅体の怪物スフィンクスは人間に人間そのものを謎とする知的な問いかけをする。ギリシア神話において、粗暴な獣性と文化的な人間性を有する存在は少なくない。しかしながら、そうした半人半獣とは異なり、セイレンの場合は自己の全知性を強調するだけに、人間が有する知への根源的欲求と関わる。セイレンは近づく者をいわば「認識の木の実」で誘惑し、完全な知へと誘い、不可能を可能とさせ、そして同時に死すべき人間を死へと導く。既に古代においてキケロによって知性重視の見解が標榜されたように[12]、セイレンの主たる誘惑手段として美しい歌声や旋律よりも知的好奇心を刺激する歌の内容が注目される。知的な英雄を誘惑するには音楽ではなく、知性こそが相応しいということであろうか。

セイレンの歌を聞き「心楽しく知識も増して帰ってゆく」のは古代人ばかりではない。知的誘惑を広義に捉えた場合、モーリス・ブランショは常に誘惑の歌に曝されていた、否、曝され続けなければならなかった。ブランショによってポエジー言語を成立させるものそのものが根源的に問い直されるとき、『来るべき書物』(一九五九年)第一部はセイレンの歌に捧げられ、文学的営為の根源が確認される。それは、「深淵の歌」が「歌を歌へ向かう運動に変え、この運動をもっとも大きな欲求の表現と化する可能性[13]」、つまり「書く」という行為の根源的契機になるという確認であった。ブランショにとってセイレンの歌は作家としての本質的体験に他ならず、一切のポエジー言語を可能とする。「心楽しく知識も増して帰ってゆく」ことの内実として、現実の時間が壊され、物語固有の時間が成り立つ。その結果、ブランショによれば、オデュッセウスにおいては始原の歌へと向かう「航海」が書かれたのであった。「深淵の歌」は「書く」という知的営為の契機に他ならない。別言すれば、物語の背後には、常にセイレンの歌が鳴り響く。

根源的誘惑

以上の知性重視の見解に対して、やはり音楽性を重視する見解も根強い。肉体から魂を解放する根源的作用を音楽に認めるピタゴラスによれば、竪琴の七つの弦は地球の周りをハーモニーを奏でながら公転する七つの天球を象徴しており、そこにセイレンが住みつく。プラトン『国家』第一〇巻が伝えるパンピュリア族のエルの神話の中では、セイレンは地上との境にある天空の八つの円環の上に乗りながら独自の音調を担当し、運命の女神とともにハーモニーを奏でる。新プラトン派の哲学者プロクロスはセイレンをミューズの女神たちと同一視してしまう(14)。このように古の哲人の中でセイレンの歌声の美しさに注目し、セイレンの誘惑をあくまでも音楽的とする者は多い。

その後セイレンの美しい歌声が時空を超え、中世イタリアの詩人の耳にまでも届くとき、聴覚重視が更に顕著となる。

私は〔中略〕歌い女《め》のセイレン、大海原の真只中で船乗りたちを迷わせてしまうほど美しい歌声に恵まれておりました。この声でオデュセウスを正道から誘《おび》きだしたのでございます。私のはたにいる者は皆恍惚《うっとり》として、めったに立ち去る者もおりません。(『神曲』「煉獄篇」第一九歌)(15)

ダンテにおいてはセイレンによる知識への誘惑は全く問題にならず、ただ美しい歌声のみが人々に恍惚感をもたらす。このようにセイレンの歌から知性賛美が欠落し、音楽性のみが強調されすぎると、歌声は耳の純粋な愉悦となり、不純な心を生み出す「媒質」Mediumと堕する。事実、『神曲』におけるセイレンは、歌声を武器に信仰を妨げる世俗的快楽の権化に他ならなかった。
ダンテのような見方は後世のセイレン観では枚挙にいとまがないが、知的誘惑の欠如という点で興味深い事例を更にひとつ挙げておきたい。それは一七世紀の英国詩人ウィリアム・ブラウンの詩で、そこでは『オデュッセイア』におけるセイレンの歌から知性的要素があからさまに削除され、換骨奪胎がはかられている。

ここへいらっしゃい、翼を持った思い焦がれる心よ、
すべての疲れ切った水夫たち、
ここに人に知られていない愛の宝庫、
船人たちへの捧げ物があります、
何よりも甘い芳香、
それはフェニックスの壺と巣になるのです。
船の心配はいりません、
わたしたちの唇以外にあなたたちの邪魔をするものはありません、
岸辺に上がりなさい、
そこでは愛がいや増し、喜びが絶えることはありません(16)。

この詩は、キャサリン・ブリッグズによれば、ジェイムズ一世時代の英国で多数創作されたセイレンの歌のうちで最も有名な詩であるが、基本的に始原の歌の見事な模倣である。ホメロスにおいてもブラウンにおいても、セイ

レンは甘美な歌で船乗りを招き寄せ、ある種の癒しを保証する。但し、この偽りの保証において、古代ギリシアでは「知識」が、一七世紀英国では「愛」が以前よりも増すという決定的な相違が生じるのであった。これに古代ギリシアのセイレンによる自己の全知性の賛美とブラウンに限らず後世のセイレンに共通する知性賛美の欠落とを考え合わせると、いかに古代のセイレンの歌において知性が重視されていたかが改めて認められよう。古代ギリシアにおける「知識」は俗物的でも衒学的でもなく、オデュッセウスの如く過酷な自然と対峙する緊張の中で存立する生そのものなのだ。ブラウンの詩がジェイムズ一世時代、つまり自己の学識を誇った衒学的王の時代であることを考えると、まさにその感を強めるのである。

また見方を変えれば、知性よりも音楽性が重視され、実際に後代の展開において知性がほとんど問題にならない理由は、結局は歌声が有する直接性に帰するかもしれない。セイレンの誘惑をめぐり、聴覚に訴える音楽的刺激は、言葉を介する知的刺激よりも誘惑手段としてより直接的に、そしてまたより原初的に作用するのであろう。死と表裏一体の恍惚感を人間にもたらす手段は知識ではなく、やはり音楽が相応しいということであろうか。

二　視覚の簒奪

メタモルフォーゼ

セイレンの誘惑をめぐる知性重視と聴覚重視の見解はともに多かれ少なかれホメロスに依拠していたが、第三の見解として文学テクストに依拠しない視覚重視の見解がある。この最後の見解は、古代ギリシア文化がキリスト教と混淆していく過程で育まれ、中世イギリスの修道士マムズベリのアルドヘルムによって流布された見解に基づく。その内実はセイレンのメタモルフォーゼであり、いわばトポスの変容である。紀元前六世紀以降の古代ギリシアの壺に描かれ、あるいは香料壺としてかたどられ、紀元後一世紀にオウィディウスによって「顔は若い乙女でありな

紀元前 370 年頃のセイレン像
（ギリシア国立アテネ考古学博物館所蔵）
〔photo by Marsyas; CC-BY-2.5, from Wikimedia Commons〕

がら、鳥の羽毛や足をもっている[17]」と明言され、紀元後二世紀に成立し、一五世紀まで権威を保った動物誌『フィシオロゴス』でも半人半鳥とされたセイレンが、七世紀のアルドヘルムによって女性の上半身と魚の尾を持つ半人半魚の姿、つまり典型的な人魚の姿に変容させられ、しかも船乗りをその美しい姿で死へと導くという視覚的誘惑がことさら強調される[18]。オデュッセウスとセイレンの邂逅そのものからは、男性としての人間存在と女性としての異界存在との対立、つまり「陸の男」と「水の女」の抗争が読み取れるが、トポスの変容はいわば「性の哲学的原史」を先鋭化へと誘う。「両性の戦い」Der Kampf der Geschlechter には見る存在と見られる存在との対立があり、前者による後者の「周辺化」Marginalisierung[19]があった。

この新たな事態はキリスト教的な二重の戦いの結果と言えよう。一方に外なる敵としての異教や異端に対する勝利が、他方に内なる敵としての色欲に対する勝利がある。ヴィック・ド・ドンデによれば、オデュッセウスは模範的キリスト教徒とされ、その冒険譚は真の信仰を求める信者の旅、そして船は教会となり、マストに身を縛り付けられた英雄は十字架上のキリストになぞらえられた[20]。異教や異端の教えとされたセイレンの歌声には一般に耳をふさぐのがよく、十字架にしっかりと身をつなぎとめた者のみが異教や異端の教えに屈することなく問題を究明できると考えられる。そして外なる敵との戦いの最中にセイレンはいつしか半人半鳥から半人半魚へと姿を変え、「美しい声」のみならず、「美しい姿」という新たな誘惑手段を持つに至った。セイレンの誘いは相手の聴覚ばかりではな

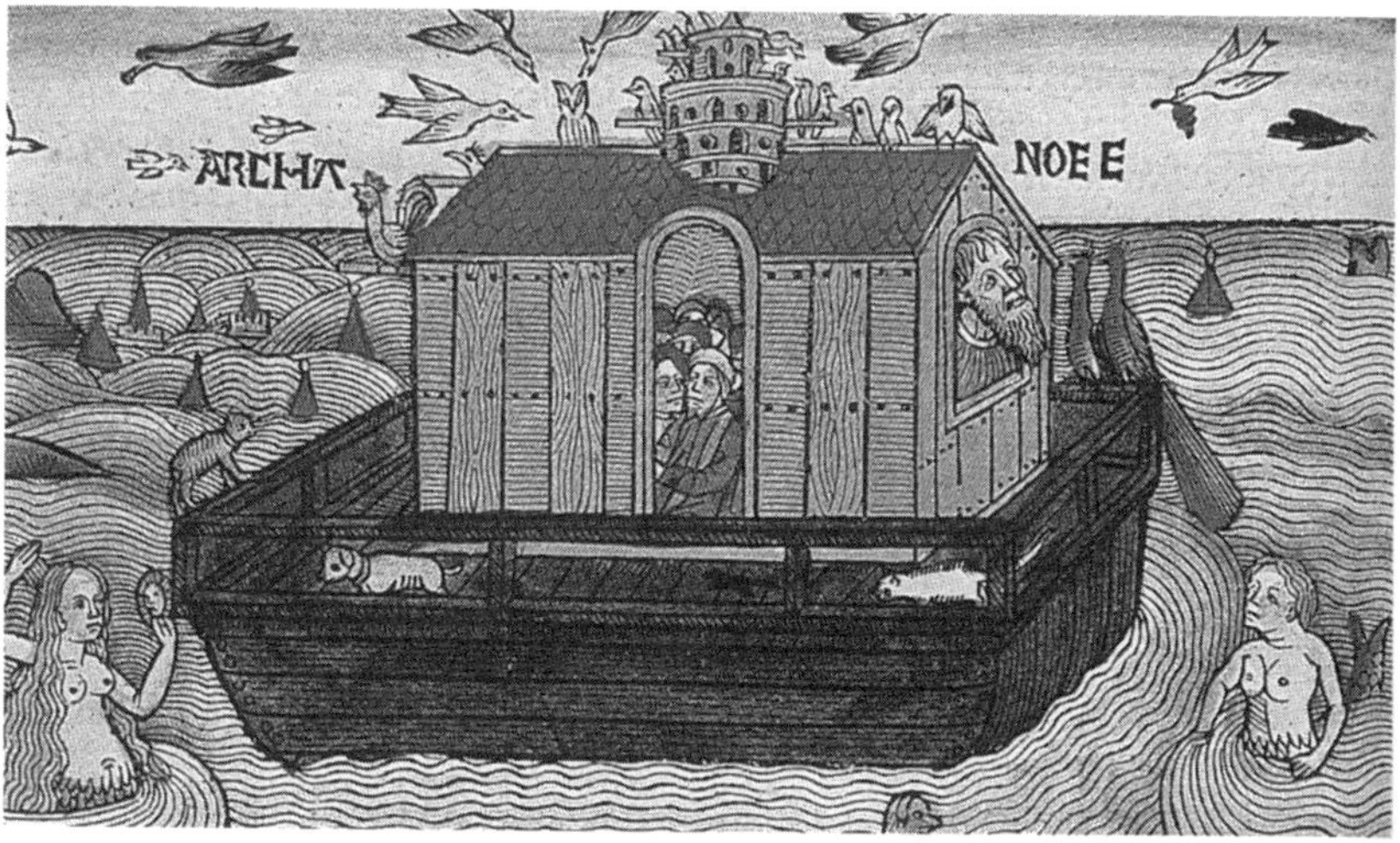

ルター訳ドイツ語聖書（1483年）の挿画
ノアの箱船とその周囲にセイレンとトリトンが浮かぶ

く視覚にも訴え始める。しかも、四世紀以降、ラテン文法学者セルヴィウスや聖アンブロジウスに代表されるように、かつてギリシアの著述家パラエファトゥスが唱えたセイレン娼婦説が勢いづき(21)、見せかけの美とその背後の死のみが強調され、セイレンが持つ知性はほとんど顧みられなくなっていく。

中世の図像はセイレンをめぐって大いに揺れる。聴覚性が重視される場合は、『フィシオロゴス』に基づいて半人半鳥とされ、視覚性が重視される場合は、アルドヘルムに基づいて半人半魚とされた。但し、セイレン娼婦説によって次第に後者が勢いづき、娼婦の持ち物とされた櫛と鏡を手にする半人半魚のセイレンが登場するようになる。海面下に「半魚」の部分を隠し、海面上に「半人」の部分、つまり、乙女の裸体を示すセイレンは、自らが「歌う」神話的存在ではなく、自らを「見せる」宗教的存在となる。別言すれば、肉欲の権化として、キリスト教における内なる敵へと変容していく。「ヨハネの黙示録」に登場する「大淫婦」、つまり宝石で身を飾り、金の杯を手にする「大バビロン」が陸上の敵とするならば、波間で櫛と鏡を手にするセイレンは海上の敵である。自己の身体の美的効果を高める道具によって毒ある色香をより多く放つようになったセイレンは、色欲の具現として教会や修道院の図像や彫刻において意外と多く用いられる。その執拗さは、たとえ内なる敵に対する勝利を示すものであれ、あるいは示すものであるからこそ、キリスト教にとっていかに克服し難い相手と対峙しているかを示唆しているのかもしれない。

歌声消失

セイレンは半人半鳥なのか半人半魚なのか、中世の図像も動物誌の記述も大いに混乱した。どちらか一方を描くものもあれば、両者を描くものもある。しかしいずれにしても、セイレンの視覚的要素のみが重視され、知性的要素は欠落し、聴覚的要素も次第に軽視されていく。もはや歌の内容は問題にならない。「水の女」はホメロスのテクストから離れれば離れるほど、つまり、始原から遠のけば遠のくほど、自己の新たな誘惑の手段を確固たるものにしていく。その結果であろうか、中世においてもルネサンスにおいてもセイレンの後裔たちは知識を保証することもせず、いつしか歌うことさえも止めてしまう。見方によれば、キリスト教との混淆の過程でセイレンは歌声を奪われたとも言える。西洋音楽史を繙けば[22]、中世キリスト教神学は音楽を、音楽そのものを超える超人間的な「神の言葉」と解した上で「禁欲的で峻厳で威嚇するような響き」を音楽に求めたので、音楽は近代的な意味での音楽鑑賞の対象にはなり得ず、そして何よりも教会音楽に対する女性の参加を認めなかったので[23]、音楽においても女性に対する「周辺化」が徹底された。中世音楽の実相、とりわけ民衆音楽の様相は闇に包まれているので必ずしも断言はできないが、少なくとも神学のレヴェルでは、オデュッセウスのように歌声を「享受」することも、セイレンのように「蜜の如く甘い声」で歌うことも、そしてそもそもセイレンが「美しい声」を行使することも許されなかったのではないか。中世においては、オデュッセウスとセイレンの邂逅は二重、三重の意味で有り得ない。セイレンが外なる敵であれ、内なる敵であれ、そもそもキリスト教の敵対者が「美しい声」を有することは許されないはずであり、そう考えれば、セイレンにおける歌声消失はひとつの必然であった。かつてギリシアの神々は、『変身物語』が示すとおり、セイレンから美しい歌声が消失しないように心を砕いたが、いまやキリスト教の神は容赦なくセイレンから美しい歌声を奪ったのである。

三　水の女の詩学

水の詩学

航海には常に危険が伴う。「水の女」の故郷、ヨーロッパ文学の始原へと向かった我々の旅は、いまや地中海を離れ次第に北へと向かう。その際、セイレンたちが自身の変容とともに「美しい声」を失い始めると、「水の女の物語」そのものが深淵の歌によって解釈という水底へと我々を誘い始めた。我々はここで今一度、海図を広げ、我々一行の位置を確認しなければならない。

濃密な文学空間を形成する「水」と「女」と「物語」とは独特の結びつきを有する。そもそも「水」と「物語」との間に、あるいは「水の物質性」と「ポエジー言語の特殊性」との間に、ある種の根源的連続性を看取した者は少なくない。例えば、ホーフマンスタールは『ある手紙』（一九〇二年）にて、自らの文学活動を断念したチャンドスが死に際のネズミから「無限なるものへのまなざし」を見て取り、「生と死の、夢と覚醒の流動体（Fluidum）が、一瞬、被造物へ流れ込む」感覚を契機に、新たなポエジー言語の模索を始める姿を描く[24]。ユングは一九三四年の論文で、ゲーテの詩「漁夫」を援用しながら、「ニクセは、アニマと名づけられた妖しい女性的存在のより本能的な前段階[25]」と述べ、水と無意識の根源的な連関を世に問う。同様に、水がしばしば神話的形式を用いながら我々の中に深い感情を蘇らせ、ポエジーとして結晶化することを、バシュラールは『水と夢　物質の想像力についての試論』（一九四二年[26]）にて主張する。また、以上の者たちに先んじて、既に一八世紀末に「最終的にすべてのポエジーは翻訳である」と述べ[27]、ポエジーを「流動的」flüssig[28]と洞察したノヴァーリスの存在も忘れてはならない。

以上のような「水の詩学」は、「水の女の詩学」成立の為の揺籃だったのではないか。「水の女」に関する個別的な研究は、個々の作家研究において従来より行われてきた。しかし、「水の女」の文学的系譜に関する本格的な研究は比較的遅れ、ドイツ文学研究においても、ハインツ・ポリツァーの論攷「セイレンたちの沈黙」（一九六八年）[29]を嚆矢とする。ポリツァーは、カフカの『セイレンたちの沈黙』をめぐる考察を出発点としながら、近現代ドイツ文学における「水の女」の文学的系譜を渉猟し、伝統と近代の境にいるゲーテ以降、「水の女」が近代的な過剰な自意識のもとで沈黙し、脱神話化という現代性を獲得する、と主張する。その後、一九八〇年代に入り、アンソロジーが次々に編纂される中[30]、主としてフェミニズムもしくはジェンダーの観点から考察が進む[31]。こうした新たな考察において、「水の女」の文学的系譜は、「両性の戦い」を基軸に、人間存在と自然存在、人間界と異界、陸と水、固定化と流動化、合理と非合理、父権制と母権制といったヨーロッパの思想や文学に顕著ないずれかの二項対立から読み解かれることが多い。

以上の研究に対して、モーニカ・シュミッツ＝エマンスは文学の根源的営為を視野に入れて同系譜を新たに読み解く[32]。ノヴァーリスと同様に「翻訳」という言葉にこだわるシュミッツ＝エマンスによれば、人間の悟性的認識の外側にある未知なる「他者」を「自己」の言語とも称すべき人間の悟性言語に「移し置くこと」Über-Setzen は、神話から現代文学に至るまで絶えず文学の根源的営為であり続け、「言語」と「言語にならざるもの」の衝突は人間存在と異界存在との遭遇譚においてとりわけ顕著である。しかしながら、この「翻訳」論においては、すべてが「戦い」として読み解かれ、それとは別様の「移し置くこと」が視野に収まらない。確かに、『オデュッセイア』によれば、美しい歌声でうたいながら「知謀に長けた」英雄の知的好奇心を刺激するセイレンたちの周りには、人間の白骨がうず高く積もる荒涼とした死の風景があった。「水の女」の始祖と言えるセイレンは魅力と恐怖の二重の戦慄を人間にもたらす得体の知れない何かであり、この遭遇譚は自然と対峙する人間の原初的な世界経験の物語であろう。

とはいえ、「水の女」の主たる舞台が古代の神話から中世の民衆本を経て近代のメールヒェンへと移っていることを忘れてはならない。創作メールヒェンにおける「陸の男」と「水の女」の関係は、本書第三章にて詳述するが、始原のそれとは質を異にし、人間存在と物質存在の「戦い」ではなく、現実と幻想が融和する中でいわば「和平」を目指す。その意味で、シュミッツ＝エマンスの「翻訳」論には修正が必要であろう。

そこで本書は、通常の翻訳と同様に、「他者」経験をめぐる文学的営為にも二つの「翻訳」を想定したい。文学が「他者」を人間の悟性言語に取り込み、その営為からポエジー言語を成立させるとき、手段は二つ、つまり、一方に「直訳」wörtliche Übersetzung があり、他方に「意訳」freie Übersetzung がある。ある程度一般化して言えば、前者は、悟性に従う「硬い翻訳」harte Übersetzung として、「他者」を人間の悟性的な言語体系に合理的かつ強引に押し込みながら、いわば「自己」による「他者」支配を目指す。これに対して後者は、夢に倣う「滑らかな翻訳」glatte Übersetzung として、「認識できぬもの」「言語にならざるもの」を幻想的かつ大胆に取り込みながら、いわば「自己」と「他者」との融和を目指す。総じて「硬い翻訳」は「戦い」を辞さず、「滑らかな翻訳」は「和平」を求める。

以上の位置確認から、我々が何を頼りに航海を行っているかが改めて明らかになろう。本書は「水の女の詩学」に聴覚と視覚をめぐる身体論的考察を内外の研究で初めて本格的に導入し、「水の女」の文学的系譜を新たな光で照らし出すことを目指す。同系譜は身体をめぐる人類の営為が凝縮した伝承領域と言ってもよい。既に本書は、「見ること」と「聞くこと」をめぐる身体論的な視角をいわば羅針盤としながら、「水の女」のメタモルフォーゼに常に注意を払った。続く論述でも身体論的な羅針盤を頼りにトポスの行方を追う。但し、我々の航海では、「翻訳」論的観点を第二の羅針盤として次第に用い、「水」と「女」と「物語」の複雑な結びつきを併せて論じていきたい。

四　歌う母と歌わぬ娘

新たな名前

ヨーロッパ中世において「水の女」の文学的系譜は二極化する。古代から中世前半にかけて「水の女」といえばやはりセイレンであったが、その後ヨーロッパの各地域に広まった様々な伝承や民衆本の中でセイレンは二重の変容を果たし、しかも新たな名前を獲得する。「水の女」はもはやキリスト教の内なる敵でも外なる敵でもなく、むしろ劇的にキリスト教化し、併せて半人半鳥でも半人半魚でもなく、人間の女性の姿で現れるようになり、主にフランス語圏でメリュジーヌ（ドイツ語読みでは古くはメルジーナ、今日ではメルジーネ）という名を、そして主にドイツ語圏でウンディーネ（古くはラテン語読みでウンディーナ）という名を持つに至った。この二重の変容がいつ、いかなる契機を経て成立したのかは、いまだ謎に包まれている。そもそも古代ギリシア・ローマとその後のヨーロッパ世界との間には深い断絶があり、ゲルマン人の大移動に伴う混沌を経てカール大帝のもとで再び統一した文化圏形成の過程そのものが定かではない。紀元前八世紀から紀元後八世紀を経て中世末期に至るまで、「水の女」の文学的系譜は確かな痕跡を残してはいない。

メリュジーヌ伝説

但し、メリュジーヌの伝承が一二世紀から一六世紀までの四〇〇年間に変遷を遂げながらしだいに成立し、書き残されたことは定かである。[33] 重要な痕跡として、フランスにおけるジャン・ダラスの散文小説、同じくフランスのクードレットの韻文叙事詩、そしてドイツにおけるテューリング・フォン・リンゴルティンゲンの翻訳が存する。[34] フランスの二人は互いに没交渉のまま書き上げたが、一三七三年頃成立し今は消失した「メール・ルジーナの物語」

をともに参考にしたとされており、またテューリングはドイツ語への翻訳の際にクードレットの韻文叙事詩を用いたので、いずれも相互に共通点が多い。ダラスの散文小説はフランスで最初に印刷された書物で、その後も民衆本として何度も印刷され、またテューリングの作品は一五世紀から一六世紀にかけてドイツ語圏において最も読まれた民衆本となり、ハンス・ザックスやニュルンベルクの劇作家ヤーコプ・アイラーによって劇化された。このように広く流布したメリュジーヌ伝説は、異類婚姻譚とボアチエ伯の家系史、つまり民話的要素と歴史的要素の混淆からなる。ここでは異類婚姻譚の梗概をテューリングの作品に基づいて手短に紹介しよう。

テューリング・フォン・リンゴルティンゲン
『メルジーナ』の挿画
（ニュルンベルクの国立ゲルマン博物館所蔵）

「森の伯」の末息子ライムントは森で猪狩りをしている最中に誤って伯父を殺してしまう。絶望のあまり深い森の中をさまよっていると、泉のほとりで三人の美しい姉妹に出会う。ライムントは末娘のメルジーナの美しさに惹かれ、そしてその慰めの言葉に心を癒される。そのとき彼女が口にしたのは、富と権力を約束する結婚の申し出であったが、但し条件がひとつあり、土曜日に彼女の姿を探し求めてはならないとされた。二人はともによきキリスト教徒として結婚し、一〇人の子供を授かる。物語はその後、家系史を中心に展開するが、ある土曜日、兄に唆されて疑念を抱いたライムントは湯浴みする妻の姿を覗き見てしまう。その時、ライムントが目にしたのはメルジーナの半人半蛇の姿であった。後にメルジーナは自分に対する夫の悪態によってその不実を知り、蛇の姿に戻り、嘆きの言葉を発しながら窓から飛び去っていく。

こうした異類婚姻譚において特に注目すべきは、二重のメタモルフォーゼであろう。中世の「水の女」はもはやキリスト教の敵ではなく、揺るぎない信仰を持つキリスト教徒となり、半人半鳥もしくは半人半魚の姿から美しい乙女の姿に変貌を遂げていた。但し土曜日になると呪いによって下半身が蛇に戻り、その半人半蛇の姿は別れの場面において衆目に曝される。ジャン・ダラスの散文では、こうした変容は母プレジーヌによってかけられた呪いとして説明されている。それは、メリュジーヌが二人の姉とともに父を山に閉じ込めてしまったことに対する母プレジーヌの怒りであった。(35) このいわば家庭内の諍いの原因として、やはり異類婚と裏切りがある。

ジャン・ダラスによれば、アルバニア(スコットランド)国王であったメリュジーヌの父が森で狩りをしていた際にプレジーヌに出会い、その美貌と歌声に魅了され、求婚をする。プレジーヌは相手の申し出を受け入れるが、その時、ひとつの条件を示す。それは出産に立ち会わないという条件であった。しかしこの条件は後に破られ、夫の不実を知ったプレジーヌは三人の娘たちとともに姿を消す。そして更にその後、その不実を聞いた三人の娘たちが上述のとおり父親を山に閉じ込めてしまう。だが夫を愛していたプレジーヌはそうした閉じ込めに激怒して、娘たちに呪いをかける。それは土曜日に半人半蛇に戻るという呪いであった。メリュジーヌは、もしある男性と結婚すれば死すべき人間となり、最後の審判で救済されるが、土曜日に姿を見られると再び蛇女に逆戻りしなければならない。つまり三姉妹がさまよう「陸の男」を泉にて待ち構えていたのは、呪いを解き、永遠の魂を得るためだったのである。

プレジーヌとメリュジーヌのそれぞれの結婚と別離には多くの類似が見られ、ある種パラレルな関係があるが、しかしここでは母と娘の間の重要な違いを見逃してはならない。つまり、「陸の男」を前にして、母は歌い、娘は歌わないのである。セイレンの場合とは異なりキリスト教化された「水の女」の物語では「誘惑」というよりも「魅了」という言葉が適当であろうが、プレジーヌもメリュジーヌもセイレンの後裔として過去と現在と未来に通ずる知性を持ち、その美貌で相手を魅了するだけに、両者ともにいまだ知性的要素も視覚的要素も失っていない。しかし、泉のほとりでプレジーヌは美しい歌声で歌い、相手を魅了するが[36]、メリュジーヌに関しては歌の描写が無い。つまり、母は聴覚的手段を行使するが、娘はもはや行使しない。セイレンの誘惑をめぐって見られた聴覚重視から視覚重視の変遷が、ここでは微視的には母と娘との間に、そして巨視的にはセイレンとメリュジーヌとの間に大きな隔たりを生み出す。こうしてメリュジーヌの物語には聴覚的要素が二重に欠落することになる。

五　水の精

パラケルスス

ルネサンス期の錬金術師で医術の大成者パラケルスス（一四九三―一五四一）の思想は、賢者の石、四大元素の再評価、ホムンクルスの生成など、一九世紀に至るまで正統思想に拮抗する別の水脈として、ヨーロッパに広範な影響を及ぼした。中でも独自の神秘主義的な自然思想は、とりわけ近代ドイツ文学に多大な影響をもたらす。ゲーテの『ファウスト』第一部における奇怪な呪文「燃えよ火の精《ザラマンダー》／うねよ水の精《ウンディーネ》／消えよ風の精《ジュルフェ》／勉めよ土の精《コーボルト》」[37]や、第二部におけるホムンクルスの登場などは、そうした影響の端的な現れと言えよう。

パラケルススが生涯にわたり関心を抱き続けた考察対象がある。それは、先の呪文で命名された妖精たちに他ならない。パラケルススは自然神秘思想の流れを踏まえて妖精の実在を信じ続け、後期の著作『水の精、風の精、土の精、火の精、その他の妖精の書』Liber de nymphis, sylphis, pygmaeis et salamandris et de caeteris spiritibus[38]において独自の妖精論を展開した。そこでは彼が幼少の頃から聞いていた民間伝承を重視し、妖精の存在を全く考慮しなかった聖書の補完を目指す。パラケルススが扱う「四元の精」Elementargeister、つまり地、水、火、風の四つの元素を棲処とする物質存在は人間と同じような生活をする。しかし、長寿を全うするものの、人間とは異なり、魂を持たない被造物として、死後はもとの元素に戻ってしまう。中でもパラケルススはシュタウフェンベルクの騎士の例を挙げながら、人間の男と結婚することで魂を獲得する水の女「ウンディーナ」undina の物語に注目する。この異類婚姻譚においてもタブーがあり、夫は妻を水の中に入れたり、水辺で侮辱してはならず、タブーを破ると妻は水の世界に帰らなければならない。但し婚姻関係が続く限り魂を失わずに済み、最後の審判の時には永遠の生を受け取れる。しかし夫が後妻を娶れば「水の女」は魂を失い、夫も重婚の罪を死によって償わなければならない。

「ウンディーナ」の物語は、人間存在の魂を求める物質存在の物語である。近代以後のドイツ思想では、一般に、「魂」Seele は語源的に「生命」Leben に由来する「肉体」Leib と、「精神」Geist は語源的に「物体」corpus に由来する「身体」Körper と対をなす。しかしながら、パラケルスス（ならびにパラケルススから多大の影響を受けた西洋近代の自然神秘思想）では、人間存在は「精神」と「魂」と「肉体」からなるのに対して、物質存在は「精神」と「肉体」とを併せ持つものの、「魂」を欠く。[39] 自然神秘思想の伝統における「精神」は、第一に宇宙の根本原理である「宇宙霊魂」、第二に人間のみならず動植物にもある「自由霊」もしくは「精霊」、第三に霊的かつ物質的な「気」という三つの層を有するが、「ウンディーナ」の物語において問題となる「魂」は、人間存在において「精神」と「肉体」とをつなぐ役割を果たし、しかも死後も永遠の「生命」を保証する。これに対して物質存在の場合、こうしたつなぎの役割を果たす「魂」を持たないだけに、寿命を全うすると、単なる「物体」に、つまり、元素に戻ってしまうのである。

パラケルススによって紹介された魂の獲得と消失の物語は、ドイツ語圏ではとりわけロマン派の時代に「ウンディーネ」Undine の物語として愛好され、世界文学の仲間入りを果たす。新たな展開については後述するが、ここではメリュジーヌとウンディーナの重要な共通点に触れておきたい。パラケルススが伝える「水の女」はメリュジーヌとは異なり、終始一貫して乙女の姿のままで、半人半蛇にも半人半魚にも変容することはない。また母からの呪いもない。このようにフランス語圏とドイツ語圏ではセイレンの後裔は異なった変容を遂げるが、しかし両者は歌わないという点で本質的に一致する。口承伝承を重視するパラケルススが当時の「水の女」の伝承の基本的要素を継承した結果であろうか、ウンディーナの物語はメリュジーヌの物語と同様にタブーと裏切りからなる異類婚姻譚であるばかりではなく、歌わない「水の女」の物語と言えよう。

いまや「水の女」の聴覚的誘惑は物語から完全に欠落する。一八〇〇年、ティークがメリュジーヌの物語を発表したときも、「美しい声」は欠落したままであった。しかし、幼少の頃から「水の女」に愛着を抱き、その物語に生涯にわたり新しい生命を吹き込もうとしたひとりの男によって、新たな展開が始まることになる。その男のもとで「美しい声」が再び歌い始めるのであった。

註

（1）バビロニアのコルサバート神殿跡から発見された神像（紀元前一八〇〇―紀元前一一〇〇年）。吉岡郁夫『人魚の動物民族誌』、新書館、一九九八年、九頁。
（2）Monika Schmitz-Emans: Seetiefen und Seelentiefen. Literarische Spiegelungen innerer und äußerer Fremde. Würzburg 2003, S. 56; 名執純子「もう一つの水の精――民間伝承と文学作品におけるWassermann」、日本独文学会北陸支部『ドイツ語文化圏研究』第二号、二〇〇四年、二四頁以下。
（3）ヴィック・ド・ドンデ『人魚伝説』、荒俣宏監修「知の再発見」双書三一、富樫櫻子訳、創元社、一九九三年、二四頁。
（4）Max Horkheimer u. Theodor W. Adorno: Dialektik der Aufklärung. Philosophische Fragmente. In: Theodor W. Adorno. Gesammelte Schriften. Bd. 3. Frankfurt am Main 1981, S. 16. 訳出の際、マックス・ホルクハイマー／テオドール・W・アドルノ『啓蒙の弁証法』（徳永恂訳、岩波書店、二〇〇〇年）を参照した。
（5）Ebd., S. 98.
（6）Ebd., S. 265.
（7）Ebd., S. 50.

(8) ホメロス『オデュッセイア』(上)、松平千秋訳、岩波文庫、一九九四年、三一九頁。なお、『オデュッセイア』からの引用の際には、以下の文献も参照した。Homer: Odyssee. Griechisch und deutsch. Mit Urtext, Anhang und Registern. Übertr. von Anton Weiher. Einf. von A. Heubeck. Düsseldorf u. Zürich ^{11}2000.

(9) 同右、三一三頁。

(10) アポロドーロス『ギリシア神話』、高津春繁訳、岩波文庫、二〇〇〇年、二〇五頁以下。

(11) オウィディウス『変身物語』(上)、中村善也訳、岩波文庫、一九八一年、二一〇頁以下。

(12) Werner Wunderlich (Hrsg.): Mythos Sirenen. Texte von Homer bis Dieter Wellershoff. Stuttgart: Reclam 2007, S. 39f.

(13) モーリス・ブランショ『来るべき書物』、粟津則雄訳、筑摩書房、一九八九年、四頁。

(14) 松浦暢『水の妖精の系譜　文学と絵画をめぐる異界の文化誌』、研究社、一九九五年、一九頁。

(15) ダンテ『神曲』、平川祐弘訳、河出書房新社、一九九二年、一九四頁。

(16) キャサリン・ブリッグズ『妖精の時代』、石井美樹子・海老塚レイ子訳、筑摩書房、二〇〇二年、一九五頁以下。

(17) オウィディウス、前掲書、二一〇頁。

(18) ドンデ、前掲書、五〇頁以下。

(19) Anna Maria Stuby: Liebe, Tod und Wasserfrau. Mythen des Weiblichen in der Literatur. Wiesbaden 1992, S. 11.

(20) ドンデ、前掲書、三八頁以下。

(21) 同右、二八頁。

(22) 岡田暁生『西洋音楽史』、中公新書、二〇〇五年、三—二九頁。

(23) 皆川達夫『西洋音楽史　中世・ルネサンス』、音楽之友社、一九八六年、八二頁。

(24) 本書第五章第一節参照。Hugo von Hofmannsthal: Ein Brief. In: ders.: Sämtliche Werke. Kritische Ausgabe. Bd. 31. Hrsg. von Ellen Ritter. Frankfurt am Main 1991, S. 51.

(25) C. G. Jung: Die Archetypen und das kollektive Unbewusste. Hrsg. von Lilly Jung-Merker u. Elisabeth Rüf. Olten u. Freiburg im Breisgau 1985, S. 34.

(26) ガストン・バシュラール『水と夢　物質の想像力についての試論』、小浜俊郎・桜木泰行訳、国文社、一九六九年。

(27) Novalis an A. W. Schlegel, 30. Nov. 1797. In: ders.: Schriften, Tagebücher, Briefwechsel, Zeitgenössische Zeugnisse. Hrsg. von Richard Samuel. Bd. 4. Stuttgart 1975, S. 237.

(28) Novalis an A. W. Schlegel, 12. Jan. 1798, a. a. O., S. 244.

（29）Heinz Politzer: Das Schweigen der Sirenen. Studien zur deutschen und österreichischen Literatur. Stuttgart 1968.

（30）Gerhard Schneider（Hrsg.）: Undine. Kunstmärchen von Wieland bis Storm. Rostock 1981; Henriette Beese（Hrsg.）: Von Nixen und Brunnenfrauen. Märchen des 19. Jahrhunderts. Frankfurt am Main, Berlin u. Wien 1982; Hanna Moog（Hrsg.）: Die Wasserfrau. Von geheimen Kräften, Sehnsüchten und Ungeheuern mit Namen Hans. Märchen von Nixen. München 1987; Barbara Stamer（Hrsg.）: Märchen von Nixen und Wasserfrauen. Frankfurt am Main 1987; Felix Karlinger（Hrsg.）: Geheimnisse des Wassers. Märchen und Geschichten. Frankfurt am Main u. Leipzig 1991; Frank Rainer Max（Hrsg.）: Undinenzauber. Geschichten und Gedichte von Nixen, Nymphen und anderen Wasserfrauen. Einleitung von Eckart Kleßmann. Stuttgart 1995; Werner Wunderlich（Hrsg.）: Mythos Sirenen. Texte von Homer bis Dieter Wellershoff. Stuttgart: Reclam 2007.

（31）Vgl. Inge Stephan: Weiblichkeit, Wasser und Tod. Undinen, Melusinen und Wasserfrauen bei Eichendorff und Fouqué. In: Weiblichkeit und Tod in der Literatur. Hrsg. von Renate Berger u. Inge Stephan. Köln 1987, S. 117ff.; Irmgard Roebling（Hrsg.）: Sehnsucht und Sirene. Pfaffenweiler 1992; Stuby, a. a. O.; Beate Otto: Unterwasser-Literatur. Von Wasserfrauen und Wassermännern. Würzburg 2001. 他に、主として近現代ドイツ文学におけるメルジーネ受容を包括的に論じたシュタインケンパーの研究も注目に値する。Vgl. Claudia Steinkämper: Melusine – vom Schlangenweib zur »Beauté mit dem Fischschwanz«. Geschichte einer literarischen Aneignung. Göttingen 2007.

（32）Schmitz-Emans, a. a. O.

（33）Vgl. Otto, a. a. O., S. 34–51.

（34）ここにそれぞれの原題と成立年、そして参考にした邦訳を挙げておく。Jean d'Arras: L'Histoire de la belle Mélusine. 1387–1393; Couldrette: Mellusigne. 1401（クードレット『メリュジーヌ物語』、松村剛訳、青土社、一九九六年）; Thüring von Ringoltingen: Dis abenteürlich buch beweyset uns von einer frawen genandt Melusina die ein Merfaye was. 1474.（『ドイツ民衆本の世界Ⅰ　クラーベルト滑稽譚　麗わしのメルジーナ』、藤代幸一訳、国書刊行会、一九八七年）

（35）ジャン・マルカル『メリュジーヌ　蛇女＝両性具有の神話』、中村栄子・末永京子訳、大修館書店、一九九七年、二八頁以下。

（36）同右、二九頁。

（37）Johann Wolfgang von Goethe: Werke. Hamburger Ausgabe in 14 Bänden. Hrsg. von Erich Trunz. Bd. 3. München 1988, S. 45.

（38） Theophrast von Hohenheim: Das Buch von den Nymphen, Sylphen, Pygmaeen, Salamandern und den übrigen Geistern. Faksimile der Ausgabe Basel 1590. Übertragen und mit einem Nachwort versehen von Gunhild Pörksen. Marburg an der Lahn 1996.

（39） 「ヨーロッパ近代の自然神秘思想」（『キリスト教神秘主義著作集　第一六巻　近代の自然神秘思想』、中井章子・本間邦雄・岡部雄三訳、教文館、一九九三年、五九七頁以下）参照。

第二章　歌声の復活

自分がセイレーンの息子なのだと、どんな形にせよそう感じてはいなかったナポリ人など、多分、今日ひとりもいなかったのだ。

ドミニック・フェルナンデス『ポルポリーノ』（三輪秀彦訳）

一　メールヒェン

「戦い」から「和平」へ

「水の女の物語」は、古今東西、世界中のいずれの地域にもある。だが、ヨーロッパ文学の場合、水を出自とする女性と陸に住む人間の男性の遭遇を扱う単なる「モティーフ」ではなく、「認識／表現」という「ロゴス」概念の二重性と深く関わりながら、「言語」と「言語にならざるもの」が繰り返し衝突する「トポス」を築く。セイレン、メルジーネ、ウンディーネ、ニクセ、マーメイド等、何れにおいても「水の女」は、人間悟性の範疇に収まらない非人間的存在であるという意味で、人間には否定的にしか認識されえない「認識できぬもの」であり、それ故にまた、人間の悟性的認識に対応する悟性言語では本質を衝くことができぬ故、否定的にしか表現できない「言語にならざるもの」でもある。ヨーロッパ文学に顕著な一連の「物語」は、否定性を根幹に宿しながら、「水の女」が「陸の男」に取り憑くという「誘惑物語」の体裁を始原から保つ。両者の遭遇譚は、「言語」と「言語にならざるもの」の衝突を通じて新たな文学的挑戦を促しながら、「戦い」を繰り広げてきたと言えよう。ホメロス『オデュッセイア』によれば、「美しい声」で歌いながら「知謀に長けた」英雄オデュッセウスの知的好奇心を刺激するセイレンたちの

海に身を投げるセイレンを描いた古代ギリシアの壺（紀元前500年頃，大英博物館所蔵）

周りには、人間の白骨がうず高く積もる荒涼とした死の風景があった。ロドスのアポロニオスによる叙事詩『アルゴナウティカ』によれば、歌と竪琴の名手オルフェウスは、野獣であれ草木であれすべての心を和ませる音色によって、相手の歌声から仲間たちを守る。敗れた半人半鳥は、敗北感ゆえに海に身を投げ、自らの命を絶つ。詰まるところ、神話における「陸の男」と「水の女」の対峙は、生死をかけた「戦い」と言えよう。魅力と恐怖の二重の戦慄を人間にもたらす得体の知れない何か、そうした「他者」との遭遇譚は、自然と対峙する人間の原初的な「戦いの物語」に他ならない。

しかしながら、物語の主たる舞台が古代の神話から中世の民衆本を経て近代のメールヒェンへと移っていくと、「陸の男」と「水の女」の関係は、始原のそれとは質を異にし、必ずしも「戦い」という範疇には収まらなくなっていく。中でも、中世のメリュジーヌやウンディーナの伝説とフランス啓蒙主義期の妖精物語が近代ドイツにて合流し、メールヒェンの成立を促す時、同系譜は明らかに二重の意味で「和平」へと傾く。「水の女」が地中海の海原ではなく、ドイツの奥深い森の湖沼に繰り返し現れるようになったとき、一方で、人間存在の魂を希求する物質存在の物語として「陸の男」と「水の女」の融和が求められ、他方で、「言語」と「言語にならざるもの」の衝突が巧みに回避されたのである。

ヴィーラント

そもそもドイツにおける創作メールヒェンの展開は、クリストフ・マルティン・ヴィーラント（一七三三―一八一三）に端を発する現実と幻想の融和を目指す。ドイツ啓蒙主義期におけるロココ文学の代表者は、セルバンテス『ドン・キホーテ』とフランス啓蒙主義期の妖精譚（conte de fées）を範とする『妄想に対する自然の勝利　すなわちロザルヴァのドン・シルヴィオの冒険。不思議なことがことごとく自然に起こる物語』（一七六四年）〔以下、『妄想に対する自然の勝利』と略す〕を通じて、ドイツにおいて新しいジャンルを誕生させていたのである。

『妄想に対する自然の勝利』の主人公ドン・シルヴィオは、一八世紀中葉、スペインのヴァレンシア地方にある城に独身の叔母とともに住んでいた。叔母は大の男嫌いで、美女と恋愛を描く妖精物語を諸悪の根源と見なし、騎士物語だけを甥に読ます。だが、ドン・シルヴィオは騎士物語ではなく、亡き父の愛読書であった妖精物語を叔母の目を盗んで読み耽るが、自らの豊かな想像力が災いして、現実と妄想の区別がつかない状態に次第に陥っていく。こうして「不思議なことがことごとく自然に起こる物語」として、妹を捜し求める主人公の「冒険」が始まる。三歳の時に行方不明になった妹は、ドン・シルヴィオによれば、妖精にさらわれたためにいまだ帰ることができない。主人公は一七歳の時に散歩の途中で助けた雨蛙を妖精だと確信する。これが冒険譚の契機であった。しかし、妖精をめぐって多様に展開する「妄想」を城の者たちは一笑に付す。物語の後半、いまだ「妄想」に取り憑かれているドン・シルヴィオに対して、周囲の者たちは彼が妖精物語と現実との区別をできるように試みる。その中で最も決定的な試みは哲学者ドン・ガブリエルが一同の前で語る妖精物語、すなわち『王子ビリビンカー物語』であった。

昔、ある国に太鼓腹の王様がおり、ようやく結婚すると、美しい男の子を授かる。王が王子の乳母を探し始めると、二人の妖精がそれぞれ大きな蜂と黒山羊になって姿を現す。蜂を雇えばわざわざ蜜を買う必要がないと考えた女王が蜂を王子の乳母に選ぶと、黒山羊は王子に呪いをかけて姿を消す。呪いを恐れた王は大魔術師カラムサールに相談すると、王子が一八歳になるまで乳しぼりの娘（Milchmädchen）を見なければ黒山羊の正体である妖精カプロジーヌの呪いを逃れることができ、王子をビリビンカーと名付ければ王子を危険から救い出すことができるという助言を得る。こうして王子は森の中にある巨大な蜂の巣の中で育てられるが、一七歳になると監視される生活に嫌気がさし、マルハナ蜂に姿を変えられた地の精グリグリの背中に乗って森の外に脱出し、美しい乳しぼりの娘に出会ってしまう。ここから多情多恨のビリビンカーが様々な美しい妖精たちに出会う奇想天外な話が本格化する。便器に変えられた空気の精クリスタリーヌ、水浴中の水の精ミラベラ、女神ディアナの姿をした乳しぼりの娘ガラクティーヌ、ミラベラの恋人フロックス、老魔法使いパドマナーバ、美しい火の精など、様々な人物とのやり取りを経て、物語は大団円へと向かう。ビリビンカーはパドマナーバの屋敷で出会った美しい火の精に浮気性を責められるが、性懲りもなく自らの愛を相手に誓う。その時、突然、「我々は皆証人である」という大勢の声が響き、妖精たちや老魔法使いや乳しぼりの娘がビリビンカーとのやり取りを話し出す。すると今度は、雷鳴が鳴り響き、暴風が宮殿の屋根をことごとく吹き飛ばす中、大魔術師カラムサールが舞い降りてきて、ビリビンカーに荘厳な声で告げる、「ビリビンカー王子よ、ここにいる四人の美女の中からそなたが望む者を選ぶのだ。火の精（die Salamandrin）、空気の精（die Sylphide）、水の精（die Ondine）、人間（die Sterbliche）の中からである。そなたの心が選ぶ者こそが、そなたの妻となり、これまで欠点であったと認めざるを得ないそなたの移り気を治してくれるはずだ」と。(1) すると王子は、美しさでは妖精たちに劣るものの、魅力では勝る人間の娘ガラクティーヌを躊躇いもなく選び、悔恨の意を述べ、まことの愛を誓いながら、自分の罪への赦しを相手に請う。いまや王子は浮気性のビリビンカーではなく、人間の娘は単なる乳しぼりの娘ではない。カラムサールの祝福をうけた王子は新たな名を授かり、王カカミエロとして王妃ガラクティーヌとともに幸せに暮らし、優れた治世を行う。哲学者ドン・ガブリエルが語る物語は、以上であった。

聴衆はこの話に対して否定的な見解を述べるが、ドン・シルヴィオただ一人がこの「実話」を擁護する。しかし、ドン・ガブリエルによって物語が「実話」ではなく作り話であり、妖精物語の世界が実在しないという説明を受けると、ドン・シルヴィオはすっかり落胆してしまう。更に、美しいドン・フェリシアは、妖精物語の濫読から始まったドン・シルヴィオの「妄想」が完全に「妄想」にすぎなかったことを説得的に説明する。様々な事実を知ったドン・シルヴィオは、次第にドン・フェリシアに対する崇拝と恍惚の念を心に抱きながら、もはや「妄想」ではなく、いまや「愛情」に支配されていく。物語全体は、二人の結婚が認められ、様々な謎が解き明かされる中で、物語の中の物語と同様に、人々の歓喜に満ちた大団円を最後に迎える。

通常、ヴィーラントの代表作と称される『アガトン物語』に対して、最初のロマーン『妄想に対する自然の勝利』はセルバンテス『ドン・キホーテ』の影響のみが強調され、さほど重要な扱いを受けてこなかった。ドン・キホーテが騎士物語を耽読するあまり奇想天外な冒険に旅立つように、ドン・シルヴィオは妖精物語を耽読するあまり現実と妄想の境を見失った旅に出、艱難辛苦を経た末に両者ともに自己の誤りを悟るに至る。確かにこのような模倣によってドイツ文学はイギリスやフランスのロマーンに近づくことは間違いない。しかしながら、『ドン・キホーテ』の影響にのみ注意を向けることはあまりにも片手落ちであり、作品全体を論じきるには至らない。やはり主人公の妄想の原因、つまり当時流布していた様々な妖精物語からの影響を見逃すことはできない。テクスト内在的な視点で述べれば、ドン・キホーテは戦いに敗れ故郷に戻ることで夢から覚めるが、ドン・シルヴィオの場合、妄想の原因も妄想を克服する契機もともに妖精物語である。その意味で本作品の核心は、作者によってロマーンから独立した作品としても扱われた第六章、すなわち『王子ビリビンカー物語』にこそある。更にテクスト外在的な視点からすれば、この妖精物語によって芸術形式としてのメールヒェンが成立することは見逃せない(2)。別言すれば、『王子ビリビンカー物語』においてメールヒェンは単なる小話でも民間伝承からの収集物でもなくなり、作者独自の芸術意識に基づいて書かれる創作になる。こうした展開は、メールヒェンが不特定多数の語り手から一人の特定の書

き手に委ねられる瞬間であろう。ここにドイツ文学、否、世界文学における創作メールヒェンの嚆矢がある。(3)

ヴィーラントは、フランス経由の妖精物語をいわば非現実的と称して一笑に付さなかった。また、『妄想に対する自然の勝利』においては、副題『すなわちロザルヴァのドン・シルヴィオの冒険。不思議なことがことごとく自然に起こる物語』が示すように、空想世界に対する現実世界の勝利が一方的にあるわけではない。また、グリム兄弟の先駆者と位置づけられるムゼーウスは、友人ヴィーラントからの影響もあり、『ドイツ人の民衆メールヒェン』の緒言において理性と幻想の両立を説く。(4) このようにメールヒェンが近代的な芸術形式として成立する過程で、新たな文学ジャンルに「現実と幻想の融和モデル」が求められた。その結果、「陸の男」と「水の女」をめぐる物語は、いわば随伴現象として、二項対立的な緊張関係を失っていく。オデュッセウスとセイレンの場合であれ、オルフェウスとセイレンの場合であれ、神話において認められた峻烈な対峙は、メールヒェンにおいては概ね影を潜める。ムゼーウスの「泉の水の精」やグリム兄弟の「池にすむ水の精」などの民衆メールヒェン系しかり、アンデルセンの「人魚姫」やメーリケの「美しいラウ」などの創作メールヒェン系しかりであった。創作メールヒェンの嚆矢においても、「水の女」が現れ、ビリビンカーと恋のやり取りをする場面が多々あることは決して偶然ではない。そこでは、峻烈な神話的対峙の代わりに、恋の茶番が前面に出てくる。例えば、美しい女性を見ると自らの弁舌の才を駆使してすぐに口説きにかかる軽佻浮薄なビリビンカーを水の精ミラベラが以下のように叱責していた。

あなたには修辞学のひどい先生がいたのですね。〔中略〕あなたの習い性となったこのような装飾過多の言葉でしたら、乳しぼり娘の心を動かすのには、ひょっとすると役立つかもしれません。しかし、私たちを同じやり方で扱ってはならないと、しかと肝に銘じておくのです。私のようにアベロエスを長年研究しているような女性は、詩歌の小花によって得られるものではありません。私たちの心の琴線に触れたいと思うなら、私たちを納得させることができなくてはなりません。真実の力こそ、私たちを余儀なく没頭させてしまえる唯一つのも

のなのです。〔強調は原著者〕[5]

一二世紀に実在したアリストテレス哲学の注釈者を信奉する「水の女」に対して、王子も負けてはいない。ビリビンカーは、一七世紀に自然の四精霊を探求したガバリス伯爵の証言に基づいて水の精の魅力が最も美しい人間の女性のそれを上まわることを知っていたので、相手が「たとえ漸層法と呼ばれる修辞法の厳格な遵守者」〔強調は原著者〕[6]であっても、ちょうど夜になったことを巧みに利用し、またしても相手と一夜をともに過ごすのであった。先の引用は、『王子ビリビンカー物語』というテクストが有する最も自己省察的な箇所であろう。というのも、恋の駆け引きが繰り返し描かれる中で、この場面だけが恋の言説の背後にある修辞学の影響を示唆し、誘惑を言語の問題として捉えているからである。但し、『王子ビリビンカー物語』における「水の女」たちはいずれも修辞学的な言説の表層を泳ぎ、内面描写の深層に潜り込まぬだけに、男女の没個性的なやり取りが続く。[7]ロココ的な「水の女」は、「陸の男」と峻烈に対峙することもなく、相手の心の琴線に触れることもなく、それだけに苦痛と魅惑を伴う戦慄をもたらすこともない。

二　耳の復讐

ゲーテ『若きヴェルターの悩み』

「陸の男」と「水の女」の対峙、それが近代においてある種の内面性を獲得するためには、一方でヴィーラントから多大な影響を受け、他方で民衆本からメルジーナ伝説に幼少の頃から親しみ、パラケルススの著作にも通じていた人物、すなわちヨハン・ヴォルフガング・フォン・ゲーテ（一七四九―一八三二）の登場を待たねばならない。「水の女の物語」に対するゲーテの関心の証左として、一七七二年にツァハリエ（一七二六―一七七七）が匿名で出した『メルジーネ』Von der schönen Melusinen; einer Meerfey[8]に対して同年に批評を公にしたことがまず挙げられよう。[9]一七七二年といえば、ゲーテ自身が既に婚約者のいる女性シャルロッテ・ブッフへの実らぬ恋に苦しみ、またゲーテの友人イェルザレムが人妻への愛に悩み自殺したことを知った年である。この二つの出来事が一七七四年に出版される『若きヴェルターの悩み』の執筆の契機となったことはよく知られているが、事実、作品中でヴェルターがシャルロッテに対する報われぬ愛に絶望して自殺をするのは、一七七二年にほかならない。この小説を一人の女性に魅了される男性とその死への過程を描く作品として捉え、そこに「誘惑物語」の要素を探ろうとするならば、作品中の一七七一年五月一二日付けのヴェルターの手紙に注目しなければならない。

このあたりには人の心をまどわす精霊が漂っているのか、それともぼくの胸の中のあたたかなすばらしい空想力のせいなのか、それはわからないが、周囲のいっさいがまるで楽園のように見える。町を出たすぐのところに泉が一つある。ぼくはまるでメルジーネとその姉妹たちみたいに、この泉にひどくひきつけられているんだ。〔中略〕遠い祖先の人たちは、みんな泉のほとりで知り合いになったり結婚を申し込んだりしたものなんだ。そうして、噴井や泉のまわりには恵み深い精霊がすんでいたんだね。そういうことに思いの及ばないのは、つらい夏の日の旅をおえて、泉の冷気にほっと息をつくという味を知らない人間だけだろう。[10]

メルジーネの名が挙げられているこの一節は、ヴェルターとシャルロッテとの出会いを導入する。新緑の季節、ゆたかな自然の息吹を謳歌し、自然との汎神論的一体感に浸るヴェルター。その心の中で沸き立つ自然感情は、後にシャルロッテとの出会いを経て、恋愛感情と一体化する。その際、ヴェルターの恋愛感情が相手との共通の読書体験によって高められていく展開は見逃せない。出会い、歓喜、高揚、抱擁、そして更には最後の悲劇的結末に至るまでどの場面においても、ひとりの孤独な読書体験であれ、ふたりで共有する読書体験であれ、ゴールドスミス、クロップシュトック、ホメロス、オシアン、レッシングを読むことがそれぞれ重要な役割を果たす。そして恋愛と読書が一体化した小説に相応しく、ヴェルターとシャルロッテの出会いは、作者自身の読書体験によって予告される。ここで問題となるのは、ゲーテが幼少の頃から慣れ親しんだ民衆本であろう。単に名前が挙げられるだけではなく、水辺での出会いに始まり男の行き過ぎた行動による離別で終わるメルジーネの物語が、『若きヴェルターの悩み』と緩やかに結びつく。シャルロッテには美しい容貌があるのみならず、読書によって培われた「精神の新しい輝き」[11]があり、主人公を歌声で感動させ、「古い音楽の魔力」[12]を確信させる力があった。シャルロッテの視覚的、知的、聴覚的魅力はセイレン的誘惑の新たな甦りとして、「水の女」という文学的伝統を継承する。シャルロッテをメルジーネと安易に重ねることは解釈の行き過ぎかもしれないが、両者の関連を全く無視することは逆にメルジーネの名前が挙げられていることの効果を見失い、また同時にゲーテ文学における「水の女」の意味を看過することにもなりかねない。

ゲーテ『新メルジーネ』

『詩と真実』によれば、幼少の頃から様々な神話や寓話そして民衆本に親しみ、それらの登場人物や出来事に想像力を膨らませ、読書で得たものに「手を加え、反復し、再現する」[13]ことを好んだゲーテは、幼少の頃からメルジーネ伝説に親しみ、二一歳の時に「よく知られているメールヒェンを甦らせ、手を加えながら別の話を語り、いやそれどころか語りながら手を加える」[14]ことを実践し、次いで四八歳の時、一七九七年二月四日のシラー宛の手紙で作品化を言及し、六七歳の時に公にし、七二歳の時に小説『ヴィルヘルム・マイスターの遍歴時代』の中に『新メルジーネ』を組み込む。但し、新たな物語は、欲望の赴くままに振る舞う理髪師の行動を示す故に、そしてまた、表題とは裏腹にメルジーネが一度も現れない侏儒の物語である故に、微視的に見れば、「諦念する人々」という副題を持つゲーテ晩年の大作の中で、巨視的に見れば、「水の女」の文学的系譜の中で、いわば「反空間」を築く。

『新メルジーネ』は話術の才を持つ理髪師によって語られた数年前の体験談に他ならない。語り手の「私」はとある宿場旅館で出会った一人の美しい女性に心を奪われる。「私」が自分の気持ちを相手に伝えたところ、愛の成就の条件として小箱の管理を報酬つきで引き受け、決して中を覗かないという約束を誓う。しかしある時、好奇心から小箱の中を覗いてしまうと、侏儒エックヴァルト族の絢爛豪華たる王宮が目に入る。「私」は相手の女性がエックヴァルト族の王女であることを知り、そして後に相手の女性に自身の不実を知られてしまう。理髪師は別れを余儀なくされるが、断ち切れない想いを愛情を込めて伝えたところ、侏儒族のことを揶揄したり酒の席で立腹したりしないという約束のもとで、ふたりの絆が保証される。しかしその約束も再び破られてしまう。「私」は相手と別れる運命となるが、相手の指輪を自分の指にはめることで自らも侏儒族の仲間入りをし、小箱の中の宮殿で幸せな生活を送り始める。とはいえ王女といよいよ結婚する段になると、もともと結婚を忌避していた「私」は結婚によってもたらされる束縛を嫌う。束縛の象徴とも言うべき指輪を外して元の世界に戻ろうとするが、なかなか取り外せない。そこで指輪をやすりで削る算段を思いつき、切断の末にようやく本来の人間の姿に戻るのであった。

このように「諦念」とは無縁な理髪師の物語は、異類婚姻譚に典型的に見られるタブーと裏切りと別離が問題となる点で民衆本のメルジーネの物語の骨子をある程度は失っていないが、「侏儒の物語」に大幅に改作されている点で、もはや「水の女の物語」ではない。しかしながら伝統からの離反は完全には遂行されない。そもそも民間伝承においては侏儒と「水の女」の間にはしばしば区別がなされず、混同されたという事実があるが[15]、しかしそれ以上に重要なことは、「水の女の物語」の要素が僅かではあるが、決定的な場面で残されている点にあろう。そうした残滓は『新メルジーネ』というタイトルにあるばかりではない。ドイツの民間伝承に登場する「水の精」、それも男性形の「ニクス」Nixではなく、女性形の「ニクセ」Nixeが、いささか唐突に二度使用されている点は見逃せない。その言葉が最初に使われるのは、「私」が小箱の中にいる自分の恋人の姿を見た日の夕方のことである。彼女が人間の大きさに戻り、純白の衣装を着て男の部屋に入ってくると、女が普段よりも大きくなったという印象を男は持ち、そして「水の精《ニクセ》や土の精の種族はみな日暮れに背丈が著しく伸びる」(16)という話を思い出す。また、後に酒の席で「私」の暴飲を諌める恋人に対して「私」が吐く暴言「水の精《ニクセ》には水が似合ってらあ！」は、水に関することであって、小箱や侏儒族への揶揄ではない。このように侏儒の物語全体の中で「水の精《ニクセ》」という言葉の二度の使用はいささか唐突であるが、この唐突さこそ『新メルジーネ』における「メルジーネの物語」の残滓と言えよう。

『新メルジーネ』は、ゲーテがメルジーネ伝説に「手を加え、反復し、再現」した結果、「水の女」の伝統から大いに逸れていく。このような逸脱は、身体論的観点から読み直す時にも、多分に認められよう。問題は理髪師が先の暴言を吐いた理由にこそある。侏儒エックヴァルト族の王女は美しい。しかも「美しい姿」を持つばかりではない。「美しい声」も持ち、多くの人々を魅了する。しかしながら、その「美しい姿」に惹かれながらも決して「美しい声」を受け入れない例外的な人物がいる。すなわち「私」に他ならない。体験談の語り手である理髪師は歌声に強い嫌悪を抱き、恋人の歌声が人々を魅了すればするほど嫌悪と嫉妬を抱き、その結果、暴飲を諌める恋人を揶揄してしまう。それが先の暴言であった。『新メルジーネ』は、「水の女」の系譜において、中世の伝統からも古代の伝統からも逸脱してしまう。ゲーテの改作は「美しい声」を欠くメルジーネの伝統から逸脱し、聴覚的誘惑手段を復活させる。このことはセイレン的伝統の復活を意味するが、但し主人公がただひとりの聞く男ではなく、ただひとりの聞かない男として設定されていることで、伝統の継承には屈折が伴う。古代神話において「弁舌に長けた」英雄が語る物語とは異なり、近代小説において「弁舌に長けた」理髪師が語る物語では、歌声が聞こえてくると、「私」のみがいわば耳に蠟をつめてしまうのである。

ゲーテ『ファウスト』

生涯にわたる「水の女」との関わりからは、幼少の頃の感動を失わない読み手のゲーテと新たな物語への野心を失わない書き手のゲーテの二重の姿が読み取れよう。そこには読者としての愛着と作家としての執着がある。更にゲーテそのひとの様々な体験や結婚に対する態度を考えた場合、話術の才を持つ理髪師の体験談という設定や理髪師の音楽に対する忌避と結婚に対する恐怖など、『新メルジーネ』にはゲーテその人と関わる興味深い問題が数多い。しかし、ここでは文学的トポス研究としての身の丈に合わせ、論述をこれ以上広げることを控え、「水の女」の文学的系譜におけるゲーテの位置づけに論述を留めておきたい。わき見をやめ、復活した歌声にもう少し聴き耳を立てようではないか。

　ゲーテが生涯にわたり関心を保ち続けた文学的素材は、メルジーネ伝説だけではない。少年の頃に見た人形劇を契機に関心を抱き、二〇歳の頃に作品化を模索し、二四、五歳頃に「初稿」を、次いでイタリア旅行を行った四二歳前後に「断片」を書き下ろし、ようやく五九歳の時に「第一部」を脱稿し、八二歳の時に七重の封印とともに「第二部」を完成させた『ファウスト』こそ、ゲーテ畢生の大作に他ならない。逆に言えば、ゲーテが生涯にわたり関心を保ち続けたのは、一般の理解とは異なり、ファウスト伝説に限られない。二つの伝承領域が交差する点はゲーテ『ファウスト』に二ヶ所あり、いずれもパラケルススからの影響が色濃い。一つは、既に引用した第一部の呪文「燃えよ火の精《ザラマンダー》／うねよ水の精《ウンディーネ》／消えよ風の精《ジュルフェ》／勉めよ土の精《コーボルト》」である。もう一つは、第二部の白眉、エーゲ海の祝祭であろう。ここではキプロスの女神ヴェーヌスが貝殻の車に乗りながらガラティアの姿で現れると、ホムンクルスは興味を抱いて車に近づくものの、車にぶつかり砕け散ってしまう。するとタレスがホムンクルスのことを「あれは尊大な憧れの現れだ」と言い、その後にセイレンが歌い出す、「されば、万物の始原であるエロスの神に一切を委ねよう。／海を称えよう！　波を称えよう！（中略）ものみな称えられてあれ、／四大のすべて、土水火風が！」と。[17]ここでのセイレンの役割は、古代神話のそれとは大いに違う。「エロス」は「陸の男」と「水の女」の神話的対峙を駆り立てるのではなく、ヒエロス・ガモス（聖婚）を通じての万物の合一を促す。[18]その限りにおいて、セイレンは、パラケルススの思想に依拠しながら、ファウストが冥界から呼び出したヘレナと行う結婚の序曲を歌い上げているのである。但し、セイレンの新たな役割は、『ファウスト』第二部そのものが筐底に秘されただけに、「水の女」の系譜において新たな展開を生み出すには至らなかった。実際、同系譜においてゲーテが決定的な役割を果たすのは、『ファウスト』ではなく、また二五歳の作『若きヴェルターの悩み』でもなく、二一歳の時に原型ができ後に作品化された『新メルジーネ』でもない。大役を果たすのは、ゲーテ二九歳の時に成立した詩「漁夫」であった。

水のざわめき　水のふくらみ
水辺に座る漁夫ひとり
静かにつり針みていると
冷気　胸まで迫ったのだ
じっと座り　耳傾けると
うしお高まり割れてくる
うねる水のざわめきから
ひとりの女の濡れ姿

女　男に歌い語った
「なぜあの子らを誘き寄せ
人の巧みな狡さにて
釣り上げ　天日にさらすのですか
知ってのこと　水底にいる
小魚たちの心地よさ
そのまま降りていらっしゃい

ここなら健やかに暮らせます

お日様も　お月様も
見違えるは水に入った後のこと
波間で息を整えて
戻るころ　麗しさ倍のお顔だち
水底の深い空に
潤う蒼穹に　誘われませんこと
ご自身のかんばせへと
永遠の露へと　誘われませんこと」

水のざわめき　水のふくらみ
濡れる漁夫の素足
心にあこがれ高まる
愛しい人の声きくように
女　男に語り歌った
危うしは男
なかば引かれ　なかば沈む
いまや見えぬ男の姿(19)

一七七八年の「漁夫」では、セイレン的歌声の甦りは、密度が高く、そして力強い。この詩はメルジーネの物語に認められる異類婚姻譚ではなく、タブーも裏切りも別離も扱わない。ここで問題となるのは邂逅と誘惑であり、そして誘惑手段としての歌声であり、しかも歌声に耳を傾け、その犠牲となる男がいる。但し、ドイツ文学における代表的な「バラーデ」Ballade はひとつの復讐物語であり、単なる誘惑物語ではない。誘惑と復讐の対象は一人の漁夫、水底の平穏を乱す「陸の男」である。「水の女」は、歌い語りそして語り歌うことで、つまり、バラーデの中の「バラーデ」によって、撹乱者に対する復讐を果たす。誘惑的な泉の記述とメルジーネの名前があるだけの『若きヴェルターの悩み』の場合とも、また女が歌うがその歌を男が嫌う『新メルジーネ』の場合とも異なり、「漁夫」における音楽が持つ非合理的作用の復活、ホメロスの時代にあった呪術的音楽の甦りこそ、誘惑と復讐の内実と言えよう。

バラーデ「漁夫」は、あまりにも早く時代に先駆ける。「水の女」に関する新たな展開は、後述するとおり、フケーの『ウンディーネ』（一八一一年）、ハイネ『歌の本』所収の「ローレライ」（一八二四年）、アイヒェンドルフの『大理石像』（一八一九年）や『詩人たちと仲間たち』（一八三四年）などによって果たされ、「水の女」たちによる「妙音の饗宴」を迎え、「水の女の物語」が世界文学的な広がりを見せ始める。こうした潮流の先駆として、ティークの『メルジーナ』Sehr wunderbare Historie von der Melusina（一八〇〇年）、ブレンターノ『ゴドヴィ』（一八〇一年）所収の「ルーレライ」、アルニムの『騎士ペーター・フォン・シュタウフェンベルクと水の精』Ritter Peter von Stauffenberg und die Meerfeie（一八〇六年）が挙げられよう。但し、ゲーテのバラーデと比べた場合、成立年からも、「美しい声」に関する記述の欠如からも、三作品は必ずしも先駆的とは言えない。勿論、主に一七七〇年代生まれのロマン派の詩人たちを一七四九年生まれのゲーテと単純に比較することはできないが、ゲーテのバラーデは明らかに時代に先駆ける。しかしながら、「漁夫」の先駆性は以上の点にとどまらない。

「漁夫」は二重の意味での復讐劇である。そこにあるのは、「陸の男」に対する「水の女」の復讐だけではない。

フレデリック・レイトン卿
『漁師とセイレン』（1856–1858 年頃）

一八二三年一一月三日、エッカーマンによれば、ゲーテは「漁夫」について言及し「あのバラーデは、ただ水の感じ、つまり夏にわれわれを水浴に誘うあの優美な力を表現したものにすぎない。それ以上のものはあの詩には何もないのに、どうしてそれが絵になるものか！[20]」と断言する。この発言は先に引用したヴェルターの言葉に通じるものがあり、またゲーテ自身の発言とされるだけに説得力があるが、しかしながら我々は詩人の言葉を鵜呑みにすることはできず、ある条件付きでしか認めることができない。その条件とは、「水の女」の視覚的実在を否定することに他ならない。すなわち、いささか逆説的であるが、「水の女」を描くことはできないというゲーテの見解を真に受けることである。漁夫は「水の女」を見たのではなく、ただその歌を聞いただけではないか。問題になるのは「水の女」の声であって、姿ではない。その結果、「水の女」の系譜における「美しい声」の復活は「美しい姿」の排除を意味する。それは中世以降、「水の女」の物語の中で排除され続けた「耳」が行った「目」に対する復讐とも言えよう。事実、ゲーテは「漁夫」が絵の対象になったことに苦言を呈したが、シューベルトやゼッケンドルフらによって音楽の対象になったことを全く問題にしない[21]。

それでは漁夫は何を聞いたのであろうか。かつて縛られたオデュッセウスが身をもがき始めたのは、セイレンが歌の中で知識を保証し始めたときであった。漁夫の場合はどうであろうか。漁夫の「心にあこがれ高まる」のは、実は「水の女」の歌に誘われ、水面に映る自分の顔を見たときである。「なかば引かれ　なかば沈む」ことの意味はそこにあろう。あるのはナルシス的自己愛であり、他者愛ではない。ゲーテにおいて「水の女」の誘惑手段とは、「耳」を通じて相手の「目」を内に向けさせることである。それが「目」に対する「耳」の復讐の内実に他ならない。古代ギリシア人が有する知性賛美がセイレンの歌に結実していたと解すれば、「知謀に長けた」オデュッセウスと全知全能のセイレンとの邂逅は単なる「他者との出会い」ではなく、神話的根源性において「自己との出会い」であると理解できよう。「外なる自然」と「内なる自然」の混淆が常に問題となるゲーテにおいては、漁夫が出会う相手は水底から現れた「他者」であり、同時に心底から現れた「自己」であった。帰する所、漁夫は視覚化できる「外なる自然」を通じて、視覚化できない「内なる自然」に出会ったのである。

「水の女」の系譜において、ゲーテは伝統の継承者となり、同時に伝統の改革者となり、そして新たな展開の先駆者となった。しかも先駆者としてのゲーテは「漁夫」を通じてロマン派やハイネによる「妙音の饗宴」の時代を飛び越え、現代へと至る。ユングは述べる、「水は無意識の最も知られた象徴」であり、「ニクセは、アニマと名づけられた妖しい女性的存在のより本能的な前段階」であると。[22] 但し、我々はここで一挙に深層心理へと踏み込むことはできない。なぜならば、近代ドイツ文学からの影響が著しいアンデルセンにおいて「美しい声」を失う人魚姫が創作され、その後、そうした「沈黙」が残響する現代ドイツ文学では、リルケやカフカにおいて「水の女」は沈黙し、「水の女」の歌はブレヒトにおいて非難となり、バッハマンにおいて黙示録的な叫びとなる事態が生じ、こうした多様な展開が我々に新たな問題を問うに至っているからである。また、「美しい声」の復活そのものを文学史的に深く追究する必要もあろう。というのもドイツ文学では一八〇〇年頃を境にヴィルヘルム・ハインゼから始まり、ヴァッケンローダー、ブレンターノ、E・T・A・ホフマンらによって音楽そして音楽家が文学的ディスクールの対象となり始めるからである。「美しい声」の復活もそうした文脈の中で捉え直さなければならない。こうして「水の女の物語」の身体論的考察は、ホメロスから民衆本を経てゲーテに至り、更に大いなる課題に行き当たることになったのである。

我々は今、大きな海原の前に再び佇む。南京の貴公子さながら物語の始原へと向かったが、我々の航海は広く外へと進むばかりではなく、深く内へも進まなければならない。新たに確立した詩的形式としてのバラーデにおいて、セイレンが有していた歌声とオデュッセウスが有していた語りの混淆は、「水の女」が出自とする「外なる自然」と人間の内奥という意味での「内なる自然」とを媒介しながら、人間悟性の及ばないもの、根源的なものと深く関わる。我々は新たな航海の準備をすすめる前に、ゲーテの「漁夫」の先駆的な問題性にいち早く気づいた人物の言葉に耳を傾け、ひとつのトポスを追う我々自身の身を振り返ろうではないか。

私の気付いたことだが、いささか芸術家的な精神のもちぬしたちなら誰しも、ハシッシュによって照らされた場合、水が恐ろしいほどの魅力を帯びたものとなってくるのである。流れる水、噴水、諧調《ハーモニー》なしで落ちる瀑布、涯しもない海の青が、あなたの精神の奥底で、転がり、眠り、歌うのだ。こういう状態にある一人の男を透き通った水の縁に放っておくのはひょっとして良くないかも知れない。譚詩《バラード》に出てくる漁夫のように、〈波の妖精《オンディーヌ》〉に引きずりこまれてしまうかも知れないのだ。[23]

ボードレールの『人工楽園』(一八六〇年)によれば、漁夫が聞いた歌声は、我々の外からではなく、我々の内から響く。更に、前述のとおり、ユングはゲーテの詩を援用しながら水と無意識の根源的な連関を世に問う。両者に依拠して述べると、認識できぬ「未知」や悟性の光が届かぬ「異界」は外ばかりではなく内にも存在し、「自己」の中にこそ真の「他者」が宿るという逆転が生じるに至る。こうして「水の女」は「水の深さ」が「心の深さ」となる認識し難い「他者」表象となっていく。ひとつの伝承領域を追い続けた我々は、自らの内なる声にも聴き耳を立てなければならない。今や「水の女」というトポスそのものが我々に「歌い語る」、そして「語り歌う」のである。「なかば引かれ　なかば沈む」のは、漁夫ばかりではない。

三　恋の茶番

一九世紀

ミューズの女神たちが詩の神であり音楽の神であった太古において、言葉と音楽は不可分の関係にあった。このような神話的状況を想定し、みずからの時代を批判的に省察しながら、近代ヨーロッパの詩人が音楽と一体であった言葉の喪失を嘆くことは少なくない。言葉が音調から外れたいわば散文の時代において、「言葉はもう一度歌にならなければならない(24)」、そうノヴァーリスは書き記した。

一九世紀前半、ベートーヴェン、シューベルト、メンデルスゾーン、シューマン、リストなどの「大作曲家」たちが活躍するドイツにおいて、新たな音楽文化が花開く。いわゆる「クラシック音楽」が確立する時代、音楽は、一方で「市民」という新しい聴衆のもとで大衆化し、他方でショーペンハウアー、キルケゴール、ニーチェらの哲人によって形而上学的な世界観モデルとして高められていく。しかも、音楽そのものが、一方で享楽的な「娯楽音楽」U-Musikとなり、他方で深遠な芸術としての「真面目な音楽」E-Musikとなることで、相反するヤヌスの相貌を持つに至る。このような乖離の中で、一八世紀末から一九世紀前半にかけてのドイツ文学は、音楽家を市民的生と芸術家的生の境界に位置づけながら芸術家の苦悩を問題にし、また、言葉を超えたポエジーを表現する「究極のポエジー」として音楽をいわば神話化する。ドイツ文学、ことにドイツ・ロマン派における音楽は、ある種のユートピア性を付与された「絶対音楽」となり、総じて言語にならざるもの、根源的なもの、絶対的なものを担う。ルードルフ・カスナーに拠れば、「ドイツ人ほど自分自身に至る場合に、長い道のりを歩む人間はいない」のであり、「分裂と自分自身への最も長き道のりは〔中略〕ドイツ音楽の中に最も強く表現されている」故に、一九世紀は「分裂の世紀」であり、「音楽の世紀」であり、「ドイツ的な世紀」であった(25)。音楽の国ドイツをめぐるこのような分裂は、実は既に一九世紀初頭に文学作品として結晶化しており、ドイツ文学の中でも極めて特異なヤヌスを出現させていたのである。

ヤヌスの乖離

一八〇七年、クレーメンス・ブレンターノ（一七七八―一八四二）がヨーゼフ・ゲレス（一七七六―一八四八）の協力を得て書き上げた『時計職人ボークスの不思議な物語』が上梓される。それは、（一）市民射撃協会の声明文、（二）ボークスの自己告白、（三）ボークスのコンサート報告、（四）ボークスの脳に関する医学的所見、以上の奇妙な四テクストが相互に結びつく形で成り立つ。

（一）　市民射撃協会の声明文は、凋落の一途をたどる「人間」Mensch に対して「大地と暮らし」Erde und Leben の明け渡し要求がなされたことを伝える。無用な幻想を含む「人間」の家財道具が予言者や賢人や詩人らに向けて競売にかけられたが、実際に競り落としたのは「市民」Bürger という名で「人間」に敵対する俗物であった。新しい借地人は、「大地と暮らし」を快適な「土地と国家」Land und Staat に整備した上で、「人間」を放逐してしまう。しかし、市民射撃協会にとって、堅実な市民的秩序をいまだ脅かす勢力が残存する。それは、大地に根づき天を支える巨木に巣くい、新しい芸術や文学の活動を行う「たちの悪い鳥と害虫毒虫」（八七六）[26]であった。同協会は、啓蒙主義者フリードリヒ・ニコライ（一七三三―一八一一）の当てこすりである「一般ドイツ図書館員」（八七六）に、害虫駆除を委ねたものの何ら効果を得られなかったので、毎朝、一枚の葉が落ちて光が射すたびに、つまりは「教養層の為の朝刊新聞」Morgenblatt für gebildete Stände が発行されるたびに、残存勢力を自らの手で撃ち落とすことに執心する。そして最後に促すのは、いまだ「人間」と称されている者たちに「人間」の社会から完全に足を洗うことであった。その為には、「人間」は自らの人物像と主義に関する自己告白を市民射撃協会に提出した上で、同協会に受け入れを請わなければならない。

（二）　以上の声明文を読んだボークスは、市民射撃協会への入会を望む。提出された自己告白書によれば、ボークスは先祖代々受け継がれた調整済みの時計として生を授かり、成長して機械装置の体になってしまう。加えて、話を有利に進めるためにも、自身が授かったもう一つの特長、つまり弁舌の才についても言い及ぶ。クリスティアン・ロイターの小説『シェルムフスキー旅行記』（一六九六年）の主人公シェルムフスキーの末裔である時計職人を弔う際、「古典的な時計職人に対抗して同盟を結んだ新手のロマン派一味から来た説教師」（八七九）が若い時計職人たちを同派に巧みに勧誘しようとするので、ボークスが相手の弔辞を早めに遮る。ボークスは無用な「妄想の産物」を一蹴し、実人生に有益な「パンの為の学問」を重視するが、自身の内に堅実な「市民気質」Bürgerlichkeit のみならず、それと相反する「人間くささ」Menschlichkeit があることも打ち明けなければならない（八八一）。なぜならば、ボークスは自ら肉体上の弱点として自覚する「幾分酩酊気味の耳」故に音楽の魔力から逃れることができないからである。市民射撃協会は時計職人にコンサート会場に出向き、そこで自らに生じる出来事について報告するように指示を出す。

（三）　ボークスは指示に従い、コンサート・ホールにて自らを襲った「奇妙な発作」について報告する。時計職人は、休憩時に一旦は正気に戻るものの、次々に奏でられるハイドンの交響曲、クラリネット曲、アリア、クラリネットとファゴットのデュエット、ホルン三重奏によって幻視とも夢とも称すべき酩酊状態に入り、深い苦悩へと陥っていく。音楽による苦悩は、海や船の隠喩が頻出する旅として示され、実際にロイターの小説に基づいて旅の途上のシェルムフスキーが恋人のシャルマン夫人と友人の同胞伯を伴って現れる。また、クラリネットの音色が牧童クラーリンと恋人クラリネッテの悲劇的な物語を導き、フレンチホルンの響きが様々な民謡からなる特異な夢物語を紡ぐなど、奇想は走馬燈のように続く。以上の報告に対して市民射撃協会は、ボークスの協会加入の可否を医者の所見に委ね、併せて、ボークス自身に朝刊新聞の付録に自分の肖像を送付する義務を課す。

（四）　提出された医学的所見は、当時の医学に対する諷刺に他ならない。調査を委ねられた医師団は、堕罪という大墜落の際に被った脳挫傷をまずはボークスに疑い、予備調査にて自然に反する「極性」Poralitäten をボークスの内に認め、しかも胆汁質と多血質という気質の異なる二つの顔が頭部に存するという驚くべき事実に行き着く。その上で、医師団がことの真相を見きわめるために開頭手術を決行し、頭蓋骨内を照らすと、壁にぶら下がる数知れぬ時計の他に、先のコンサートで知覚された人物やモティーフにまつわる奇怪なものが次々に現れてくる。医師団は患者の脳の進入可能な箇所で異常をことごとく見つけ出し、後は第四脳室を未調査箇所として残すだけとなると、知識欲にかられたスフェークス博士が「第二のオルフェウス」として「エウリュディケ」である真理を得るべく意を決して暗い深淵へと降りていく。他の医師たちが空気清浄の手段として大量の爆竹と花火を闇の中に投げ込むと、狂乱に陥った胆汁質の者はスフェークス博士を更に深い闇へと引きずり込みながら逃げ出す。この結果、多血質の者は取り残され、ヤヌスは分裂してしまう。以上の報告を受けて、射撃協会はボークスに関して一方の半身を受け入れ、他方の半身を懸賞金付きの指名手配書を出して追跡する決議を下す。概ね以上のことが伝えられ、『時計職人ボークスの不思議な物語』は幕を閉じる。

分裂の諸相

ブレンターノとゲレスの共作は、ハイデルベルク・ロマン派の最初の諷刺作品として、同派とヨーハン・ハインリヒ・フォス(一七五一—一八二六)との間に決定的な敵対関係を生み出していく。[27]『時計職人ボークス』は、文学史上の有名な決裂をもたらしたが、テクスト内で様々な結合と分離を内に宿している点も見逃せない。ブレンターノとゲレスの絆は強く、両者の連帯は執筆分担の解明がいまだなされぬ程に統一戦線を維持し、主人公の人物像において一つに溶解する。たとえテクストの詩的・幻想的描写がブレンターノに、学術的・写実的描写がゲレスに帰すと推定できるにしても、[28]「ボークス」BOGS という名前が「ブレンターノ」BRENTANO と「ゲレス」GÖRRES という名前のそれぞれ最初と最後の文字からなる合成語であるという点で、その名は両者の連帯の証に他ならない。

但し、医師団が明らかにした事実も看過できない。

調査の経過において、二つの顔の間にあるかなりの不一致が判明しました。一方が苦い火酒を非常に好めば、他方は胡椒入りの酸っぱいものを好む、一方が非常に怒りっぽいようで、その点で胆汁質であれば、他方は子羊のように温和であるだけに、おおよそ多血質であり、一方が猫好きなら他方は犬好き、一方が皮肉っぽければ他方は快活で、両者は絶えず背を向けて嫌味を言っておりました。（八九八）

主人公ボークスという人物像は、一方で名前が示唆するように、表面上は両著者の連帯の証でありながら、他方で胆汁質の顔と多血質の顔の不一致が強調されるように[29]、実質的には二律背反の体を成す。『時計職人ボークス』の内では、両著者の混淆を成す主人公から体液説に基づく亀裂が明らかになり、最後に胆汁質の者が逃走を企てることで、異質な二者は離散し、ヤヌスの相貌は解体する。このように、『時計職人ボークス』成立の際に生じた結束と離散に先駆けて、テクスト内で結合と分裂が生じていたのである。

更にタイトルにおいても、テクスト内での結合と分裂が問題になる。主人公の名が「連帯の証」としての結合体であるならば、作品名は複数の文書に基づく「ごった煮」Allerlei と称してもよいであろう。先に示した表題『時計職人ボークスの不思議な物語』もしくは『時計職人ボークス』は便宜上の略記であり、

長いこと人間的な暮らしを離れていたが、しかし水中と陸上で音楽的苦しみをかなり受けた後、今となって市民射撃協会への受け入れを願う／時計職人**ボークス**の不思議な物語／あるいは付録として週刊バーデンに氾濫した**コンサート報告**／並びにボークス氏に生き写しの肖像画と氏の脳の状態に関する医学的鑑定

と本来は表記しなければならない。この冗長な表記は、文構造としては「AあるいはB」Entweder A oder Bという二者択一と「ならびにCとD」Nebst C und Dという追記とからなる。しかも、「A」はパロディーの対象としてブレンターノの愛読書であるロイターの小説を、「B」は一八〇七年三月一〇・一一日付け「マンハイム新聞」に掲載された実際のコンサート案内に依拠しながら当時の音楽をめぐる言説をそれぞれ示唆し[30]、更に追記の「C」は肖像画の送付先となる「教養層の為の朝刊新聞」が、「D」は当時の医学が、揶揄の対象であることを明らかにする。このように『時計職人ボークス』は一つのタイトルを有しながらも、それが「ごった煮」であるだけに、総じて統一ではなく、分裂の様相を呈してしまう。

また、『時計職人ボークス』が有する分裂の諸相のひとつとして、それも最も重要な分裂の相として、「クンスト」Kunstという概念が有するヤヌスの顔は看過できない。前述のとおり、ボークスの堅実な市民的・悟性的側面は射撃協会に受け入れられるが、狂気と見なされる人間的・感性的側面は俗物的な市民社会では居場所を失い、スフェークス博士の追跡にもかかわらず、闇の世界に姿をくらましてしまう。ボークスにおけるヤヌスの離散は、市民的秩序に基づく散文的日常と審美的価値が求められる詩的非日常との齟齬であり、市民的生と芸術家的生の対立に他ならない。このような扞格は、時計職人が有する高度な「技術」と音楽家の巧みな演奏による「芸術」とのずれ、つまり「クンスト」が有するヤヌスに基づく。幻覚・陶酔・狂気を培うことで市民的秩序を揺るがす「芸術」、すなわち音楽が、「技術」に支えられた市民的生の対極、つまり対蹠地を形成するだけに、音楽に関心を示し、熱狂し、陶酔する者は、射撃協会の側からすると、巨木に巣くう「たちの悪い鳥と害虫毒虫」であり、いわば対蹠地の住民「アンティポーデ」Antipodeに他ならない。一九世紀初頭、ドイツ文学においてあまりに特異なヤヌスが出現すると、き、時計職人によって実用化される「時の流れ」と、演奏者によって芸術化される「音の流れ」とは、決定的に分流し、一方は市民的生に、他方はその対蹠地に流れた。詰まるところ、芸術家的生を営む「人間」こそ、「市民」にとって最も忌まわしきアンティポーデであり、駆除の対象だったのである。但し、駆除は決して容易ではない。「第二のオルフェウス」の「バビロン捕囚」、すなわちスフェークス博士の冥府行が示唆するように、アンティポーデはすべてを呑み込む闇を内に宿すのである。

深い闇へと誘う「音の流れ」は、市民的秩序を揺るがす諸悪の根源であり、幻覚や狂気を生み出す原因であった。「よく組織された警察」としての射撃協会は、音楽に対する過度な陶酔を処罰し、不可解な疾病の原因究明を医師団に委ねる。但し、『時計職人ボークス』は政治権力による排除と医学的権威による究明に導かれるだけではない。声明文、自己告白文、回答、謹告、官僚的覚書、医学的所見、決議書、添え書き、結語など様々な公的な言説が対蹠地をめぐって渦巻く故に、音楽がもたらす不可解な情動や非言語的な音楽そのものを言語化しようとするテクストの意志が強く働く。その意味で権威的な言説の磁場では、市民的秩序のみならず言語的秩序からも解き放たれたように見える「音の流れ」も、実はしっかりと「言語的な刻印を受ける」[31]。但し、胆汁質者の逃走が端的に示すように、未知なるものを既知なるものへ言語的に変換する試みは、たとえ諷刺的であるにしても、失敗に帰す。ここで重要なことは、音楽的なものが悟性言語の枠には収まらないと結論づけることではなく、政治上の排除も医学上の究明も音楽をめぐる言語的渦の広がりと深まりの中で語られ、闇が闇として残り続けることではないか。このような蹉跌こそ文学における挑戦を新たに促す。『時計職人ボークス』が「音の流れ」をめぐって自らの言語的営為を省察する側面は、見逃すことができない。

Exkurs　音楽神話

ヨーロッパ、とりわけドイツにおいては、一八〇〇年頃を境に、音楽美学上のパラダイムの転換が生じる。バロックの音楽理論家ヨハン・マッテゾン（一六八一―一七六四）の音楽百科全書『完全なる楽長』（一七三九年）によって啓蒙主義的な音楽教育が確立した後、ドイツで最初の音楽研究家ニコラウス・フォルケル（一七四九―一八一八）が一七七九年以降ゲッティンゲン大学の音楽監督として活躍し、ヴァッケンローダーやティークに実際に音楽を指導する中で、ピタゴラスに基づく神学的・数学的な音楽理論から自然哲学的な音楽理論への移行が着実に進む。音楽の本質についての神学的考察が終焉し、音楽の作用原理の根源として神に代わって自然が措定されると、音楽が人間の心にもたらす非合理的な情動に考察の中心が置かれる。新たな音楽美学のもとでは、音楽は「算術の水たまり」からではなく、「自然の泉」から水を汲み出さなければならない。[32] こうして音楽は、本来は読解不可能な自然を音響的な言語へ翻訳する「媒質」Medium と見なされると同時に、音楽自体が解き難い謎となっていく。なぜならば「自然の泉」には悟性の力が及び難いからである。

以上のようなパラダイムの転換に触発されたドイツ文学は、それまで重視してきた造形芸術に代わり、音楽を詩的構想の核に据え始め、特にロマン派において三つの新たな展開を生み出す。（一）まずは音楽をめぐる哲学的考察の深化であった。シェリング、フリードリヒ・シュレーゲル、ノヴァーリスなどの論客が着眼したように、[33] 総じて描写対象を持たず、言葉などの外的形式に依拠しない音楽の「無概念性」Begriffslosigkeit、詰まるところ「絶対音楽」absolute Musik が問題となる。（二）こうした論述を受けて、後期ロマン派の詩人たちは音楽を扱う散文作品を次々に世に問う。そこで音楽ならびに音楽的創造の探求がなされる中で、音楽はコミュニケーションではなく、絶対的孤独をもたらす媒質へと変質していく。つまり、芸術家的生と市民的生の境界に位置づけられた音楽家は芸術的苦悩の中で深い孤独へと陥っていくのである。こうした展開が近代ドイツ文学において芸術家の創作活動や孤独な運命を省察する芸術家小説を形成することは言をまたない。（三）以上の新たな動きの他に、いささか次元の異なる第三の展開も忘れてはならない。それは、ヘルダーによる単純な歌の理想化であり、詰まるところ「声の文化」の再評価であった。口承重視の動きは民謡収集として展開するほかに、音楽性を有する民謡調の抒情詩や「語り」と「歌」が一つになったバラーデの実作を促した。こうした動きの背後では、世界の理想像を自然に見出そうとする意識が働き、アイヒェンドルフの詩「占い棒」Wünschelrute において「すべての物の内に歌ねむる」[34] と端的に示されたように、音楽と一体であった「始原の言語」が求められたのである。

ところで、『時計職人ボークス』は第二の展開において重要な役割を果たす。そもそもドイツ文学における最初の音楽家小説はヴィルヘルム・ハインゼの『ヒルデガルト・フォン・ホーエンタール』（一七九五―一七九六年）であった。しかしながら、ハインゼの小説が音楽の理論や歴史に関する記述によって占められるのに対して、ティークの一部加筆を含むヴァッケンローダー『芸術を愛する一修道僧の心情の吐露』の最後に収められた「音楽家ヨーゼフ・ベルクリンガーの注目すべき音楽生活」こそ、音楽家の苦悩が初めて本格的に扱われたという理由から、音楽家小説の嚆矢と呼ばれるのに相応しい。『芸術を愛する一修道僧の心情の吐露』において同時代の芸術モデルをめぐる複数のテクストが多層的な相互連関を形成する中で、ベルクリンガーの物語が「注目すべき音楽生活」たる所以は、主人公の内的苦悩を核に分裂の諸相が示された点にあろう。同物語は、音楽愛好者としての芸術受容を扱う前半部と作曲家としての芸術創造を扱う後半部とから成り立ち、全体として芸術と実人生の決定的乖離を扱う。ベルクリンガーは幼年時代より音楽に興味を抱き、篤実な医者である父とは異なり、健全な魂を獲得することよりも、歓喜によって天上へと飛翔する魂を求めたのである。その結果、自身の夢想的・詩的な生き方と父の現実的・散文的な生き方、音楽に代表される芸術と医学に代表される学問、彼岸への無限なる憧憬と此岸への実利的適応、これらの対立の狭間で主人公は苦悩するが、結局のところ、聖ツェチーリエへの讃歌を書き、ついに復活祭の時に父の家を離れ、音楽の楽園と思えた宮殿へと向かう。物語後半部では、苦しみを経て音楽家になったベルクリンガーを新たな苦悩が襲う。つまり、ベルクリンガーは幼年時代に自身を心酔させたすべての旋律が実は作曲法という数学的法則に基礎づけられていたことを修行中に知り、悟性によって凡庸な作品を生み出すことに辟易したのである。こうした芸術創造の矛盾を経て音楽家として大成すると、今度は自らの内から生じる芸術的欲求と宮廷が強いる外からの世俗的要求との埋め難い間隙に苦しむ。ベルクリンガーは初めて自らの内なる欲求にのみ従った自作として復活祭の為の受難曲を作曲し、その演奏を終えて生涯を閉じる。このように描かれた一音楽家の受難は、前半では父の散文的世界から、後半では宮殿の卑俗な世界から永遠に飛び立つ試みの失敗を、詰まるところ、地上の様々な束縛からの飛翔の頓挫を示す。ベルクリンガーが音楽を契機に魂の翼による天上への飛翔を感じたにもかかわらず、現実には受難の生へと沈み込むとき、物語の語り手は洞察する、「芸術精神は、人間にとって永遠の神秘のままであり続け、その深みを探求しようと思うと、眩暈を催す。――しかしまた永遠に、この上ない驚異の対象でもある」[35]と。物語の中で芸術の極みとして描かれている音楽は、世俗的生の対極に置かれる対蹠地として、究め難い謎と化す。また、浮き沈みをもたらす「音の流れ」がときに清流となりときに激流となる「水の流れ」のように描かれていることも、看過してはならない。ベルクリンガーは

なんという恍惚と驚嘆の念に陥りながら、楽曲を聴いたことか。それは小川のように陽気で朗らかな旋律で始まりながら、次第に気づかれぬまま不可思議に段々と濁るうねりとなって流れ進み、ついには激しく声高に鳴咽し、あるいは荒々しい岩礁を貫くように恐ろしく轟々と鳴り響いてくる。[36]

水は二つの顔を持つ。「音の流れ」が人間の内奥へと染み込み、心を揺さぶる「水の流れ」と化すとき、水は多血質にも胆汁質にも変容する。そもそもドイツ文学、とりわけ音楽家小説では、中世の神秘主義者や一八世紀の敬虔主義者が行ったように、音楽によって揺り動かされる情動を水の領域からの比喩形象で表すことが多い[37]。事実、クライスト『聖ツェチーリエ』(一八一〇年)、E・T・A・ホフマン『楽長ヨハネス・クライスラーの音楽的苦悩』(一八一〇年)、グリルパルツァー『哀れな辻音楽師』(一八四七年)等の音楽もしくは音楽家をめぐる文学上の系譜、いわばドイツ文学中の大河では、浮き沈みを伴う「音の流れ」はヤヌスの顔を持つ「水の流れ」として表象されることが少なくない。

以上のとおり、音楽と水の結びつきは音楽家小説において顕著であり、「音の流れ」は「水の流れ」として我々の内奥へと染み込む。非固定的であり非言語的である音楽が、他の芸術と比べると、視覚や触覚によって確認できな

いもの、言語によって把握できないものを扱うだけに、音楽をめぐる文学的記述は水・火・空気などの形をなさない元素と対応することが少なくない。中でも水は、バシュラールに依拠して述べれば[38]、他の元素以上に「完全な詩的現実」であり、しばしば神話的形式を用いて我々の中に深い感情を蘇らせながら、ポエジーとして結晶化する。そもそも、通常の市民的生がもたらす合理的思考が明確に記述されるのに対して、芸術家的生がもたらす美的思考は明確に区別された概念では記述されえず、ある種の「流れ」の中で浮き沈みを繰り返す。総じて芸術家小説は、感情と悟性、非合理と合理、自然と非自然、魔術と科学との間に引かれた境界をめぐる物語であり、中でも音楽家小説は「水の流れ」を伴う越境を扱うことが多い。

奇妙な発作

こうした越境は、音楽家小説の系譜において、『時計職人ボークス』とともに本格的に始まる。ボークスの「謹告」は、自身が苦しみながらも音楽がもたらす陶酔から距離をとった結果を射撃協会に報告するために行われたが、しかしながら、試みが不首尾に終わった結果を皮肉にも露呈してしまう。問題は、コンサートの始まりとともにボークスを襲った「奇妙な発作」であった。

心臓は鼓動し、すべての脈は打ち、私の体全体が動いている懐中時計よりギシギシと音を立て、楽士たちが音を合わせ、照明はキラキラと輝き、群衆がザワザワとざわめき、私の近くからは人気が無くなりました。私は発電機の充電管と見なされたのです。ホールは私とともに回転し、あらゆる楽器から音の嵐が起こりました。私は目を閉じ、膝を合わせ、両手を上着のポケットに入れ、時計を握っていたのです。さらば世界！　ハイドンの交響曲の嵐が私の薄い髪の毛の間に入ってきて、私の脳はそのすべての能力を伴って耳から抜け出て、風によって膨らんだ二枚の帆のように分かれ、風は私を天と地、水と火の間をくぐらせて何度か岩に投げつけたのでした。ああ、私の時計よ！　おお！　おお！　浸水、浸水だ、私たちは沈んで行く！　水が四方八方から入り込み、帆が裂け、耳を通って音楽の渦が流れ、蒸留が一〇回なされた強い酒の味がまさにし、水かさが増しに増し、頭を満たし、世界が沈み、目から炎が燃え上がり、私は泣きました。私は海の底におり、人々は皆魚に、私自身はニシンの一種になっており、私は繰り返し自分を見たのです。（八八三以下）

堅実な時計職人は、「ハイドンの交響曲の嵐」der Sturm einer Haidnischen Symphonie に曝されるやいなや、別れの言葉を発しながら市民的日常から離れ、「音の流れ」が作り出す非日常的世界に水没していく。交響曲の父と称された「ハイドン」Haydn（一七三二―一八〇九）の音楽が当時の音楽様式を代表する規範であったことは言をまたない。重要なことは、言語化し難い謎としての音楽やその作用がもたらす情動を言語化する試みがなされていること、それも先行するテクストからの聖書的、異教的（heidnisch）、文学的表象の連なりという「ごった煮」によって堕罪のイメージが喚起されていることである。曲の高まりはクジラが行う尾ひれの一打ちとなって、旧約聖書のヨナを出現させるが、ヨナが歌う神への讃歌にもかかわらず、ボークスは古代アッシリア帝国の首都ニネヴェへと放り出され、罪の世界へと堕ちていく。会場を「ハイデルベルクの大樽」と化す曲の静まりは、ニネヴェを沈み込ませ、結局のところすべてを焼き落としてしまう。すると牧童クラーリンを誘惑する「水の女」が登場する。フルートが鳴り出すと、

流れにのって愛らしいほっそりとしたセイレンが泳いできて、牧童に近づき、トゥーレの杯から飲み物を差し出しました。すばらしく美しい頭を揺り動かしては振り返ると、静かに目を大きくしながらぼんやりと眺めては、牧童をじっと見つめ、相手に歌い語ったのです。すると牧童の心には愛しい人の呼び声を聞いたときのような憧れが高まり、波はざわざわと音を立て、ふくれあがり、牧童のはだしを濡らしました。女は男に歌い語

りました。すると男の身は危うくなりました。男はなかば引かれ、なかば沈み、その姿はもはや無かったのです。（八八四以下）

この引用箇所では、ギリシア神話のセイレンがゲーテのバラーデ「トゥーレの王」と「漁夫」を踏まえて現れ、誘惑の歌で相手を水底へと誘う。このパロディーは、やはり「ごった煮」と称すべき心象風景の中でも、ひときわ際立つ。「ハイドンの交響曲」の後の曲目でもセイレンが繰り返し現れる中、ボークスはいわば「音の流れ」にのって彷徨う「第二のオデュッセウス」であろう。そうした冒険者の脳内で闇に陥るのが、「第二のオルフェウス」スフェークス博士であった。ボークスがオデュッセウスと同様に弁舌の才を有することも忘れてはならない。

そもそも『時計職人ボークス』におけるパロディーは総じて成立史的、文学史的、テクスト内在的の三つの相から成り立つ。揶揄の対象は、前述のとおり、第一にハイデルベルク・ロマン派に敵対した勢力に向けられ、主に「教養層の為の朝刊新聞」があからさまに茶化される。また、聖書を含めた先行する文学テクストがパロディーの対象となることも多い。こうした第二のパロディーとして用いられた言説を再びパロディーの対象としてしまう第三のパロディーもある。特に、ボークスの脳に関する医学上の所見はボークスが提出した「謹告」を踏まえた自己言及的パロディーから成り立つ。例えば、牧童クラーリンと恋人クラリネッテの悲劇的な物語は両者の子供じみた諍いに貶められ、また、美しいセイレンは静脈網で死んだままぶら下がっており、更にシェルムフスキーの声も轟く。

東方の三博士来訪の夕べということで、下男〔クラーリン〕が煤雑巾でまかない女〔クラリネッテ〕を黒くしてしまいましたが、するとこのことでまかない女は相手に対して腹を立て、黒く塗る者とひどい罵り合いの応酬になってしまったのです。その瞬間に私たちは普通アーヌスと呼ばれている第三脳室の入り口の前に鈴つき橇が近づいてくるのを見ました。〔中略〕御一行の旅の行き先と目的を更に尋ねられると、「ええいままよ、私たちはシルヴィウス氏の有名な水路を取り急ぎ視察し、シャルマン夫人の為に生命の木から愛のリンゴ数個を摘み取るつもりです」という答えでした。(九〇二以下)

旅の目的を告げるシェルムフスキーの言葉は、ロイターの小説の直接的なパロディーであると同時に、同小説に対するパロディーに対する更なるパロディーでもあろう。一六世紀にパリの解剖学者シルヴィウスが脳内に発見した「水路」の通過、それが音楽的情動を医学的に解明しようとする近代科学に対する諷刺となり、しかも、「愛のリンゴ」へと向かう旅、それが堕罪のイメージを再び喚起するだけに、シェルムフスキーの旅の目的は『時計職人ボークス』の核心を衝く。シェルムフスキーの旅の行き先はポジッリポ、つまりナポリの丘陵地帯であった。行き先は第三脳室という医学的な脳内空間であるばかりではない。一四九五年にナポリで梅毒が発病して以来、ヨーロッパ全土に広まった疫病をフランス人が「ナポリ病」と称したことからも、ナポリは堕罪空間の隠喩に他ならない。「音の流れ」による陶酔が「水の流れ」に誘われた堕罪として表象されるだけに、シェルムフスキーの言葉は言語化し難い「奇妙な発作」の自己言及的な言語化である。

ごった煮

新しい芸術や文学の活動を解さない「俗物」を揶揄する目的で書かれた『時計職人ボークス』では、その目的を果たすために、音楽は市民的秩序を脅かす対蹠地として描かれた。その結果、「音楽の国」ドイツにおいて、言語ならざる「音楽」ならびにその受容を言語化しようとする文学の挑戦が本格化する。先行するベルクリンガーと同様に、ボークスも市民的生と芸術家的生の境界に立つ。但し、前者が「音楽の世紀」に相応しい苦悩する音楽家の顔を持ったのに対して、後者は「分裂の世紀」に相応しいヤヌスの相貌を抱く。もっともこの分裂した相貌こそ文学の新たな展開を促す。『時計職人ボークス』に関する当初の執筆目的は、文学史上の一エピソードにすぎない。もっとも「俗物」に対する揶揄は「文学史の問題」にすぎないが、対蹠地ならびにそこの住民を言語的に捉えようとする試みはまさに「文学の問題」と言えよう。対蹠地もアンティポーデも、悟性的言語の光が届きにくい「闇」であると同時に、新しいポエジーが湧き出る「泉」に他ならない。

とはいえ、『時計職人ボークス』が「ごった煮」からなる点も見逃せない。ドイツ文学に新たな「他者」表象を促したのは、一八世紀から一九世紀にかけて生じた音楽美学上のパラダイム転換であり、その結実はロマン派が抱いた「絶対音楽」の理念であった。こうした状況を背景にしながら、新たな「水の女」は、セイレンの後裔として、死と表裏一体の恍惚感を「陸の男」にもたらす誘惑の歌をうたいだす。『時計職人ボークス』が問題にする審美的な「音の流れ」に、すなわち「自然の泉」から湧き出たはずの「水の流れ」に聴き耳を立てたとき、聞こえてきたのは、一方で時計の機械的な響きであり、他方で「奇妙な発作」を引き起こす曲目、とりわけセイレンのバラーデであった。しかしながら、文学的な「ごった煮」の中で歌い出すセイレンは、独自の力強さと深まりを欠くパロディーの産物に他ならない。しかも、ヴィーラント的な恋の茶番が前面に出てくることで、古代神話における峻烈な対峙も近代文学における内的深まりも後退していくのである。

註

（1）Chr. M. Wieland: Die Abenteuer des Don Sylvio von Rosalva. Hrsg. von Sven-Aage Jørgensen. Stuttgart（Reclams Universal-Bibliothek Nr. 18163）2001, S. 406.

（2）Vgl. Volker Klotz: Das Europäische Kunstmärchen. München 2002, S. 94ff. なお、本書では、ドイツ語の Märchen を、「童話」とも、「昔話」とも、「おとぎ話」とも訳さず、また、日本において独特のニュアンスを持つに至った「メルヘン」とも表記しない。ある程度の重なりを有するものの、近代ドイツ文学における新たな文学概念としての Märchen を、それぞれの言葉が有する意味に還元できないからである。そこで本書は、比較的原語に近い「メールヒェン」という表記を用いることにした。

（3） もともとは小話や作り話程度の意味であった「メールヒェン」は、近代ドイツ文学において、不特定多数の無名の民衆による伝承である「民衆メールヒェン」Volksmärchen と、特定の著名な個人による創作である「創作メールヒェン」Kunstmärchen とに二極化していく。なお、こうした二極化については、第四章にてハイネの「ローレライ」を扱う際に詳述する。

（4） J・K・A・ムゼーウス『リューベツァールの物語　ドイツ人の民話』（鈴木滿訳、国書刊行会、二〇〇三年、「解説」四三一頁以下）参照。

（5） Wieland, a. a. O., S. 363.

（6） Ebd., S. 364.

（7） ヴィーラントは『アガトン物語』（一七六六―一七九八年）第五巻第五章において、主人公アガトンを前にしてミューズとセイレンが行う歌合戦を、「感情に基づく愛」と「単なる欲望に基づく愛」の争いとして描く。ひとの心に深く訴えかけることのないセイレンの歌は、真の愛を高らかに歌い上げるダナエの歌声に屈してしまう。Vgl. Christoph Martin Wieland: Geschichte des Agathon. In: ders.: Werke in zwölf Bänden. Bd. 3. Hrsg. von Klaus Manger. Frankfurt am Main 1999, S. 148ff.

（8） Vgl. Claudia Steinkämper: Melusine – vom Schlangenweib zur »Beauté mit dem Fischschwanz«. Geschichte einer literarischen Aneignung. Göttingen 2007, S. 259f.

（9） Christine Lubkoll: In den Kasten gesteckt: Goethes ‚Neue Melsine'. In: Vierzehn Abhandlungen zu Wasserphantasien. Hrsg. von Irmgard Roebling. Sehnsucht und Sirene. Pfaffenweiler 1992, S. 50.

（10） Johann Wolfgang von Goethe: Werke. Hamburger Ausgabe in 14 Bänden. Hrsg. von Erich Trunz. Bd. 6. München 1988, S. 9f. 引用では、高橋義孝訳（ゲーテ『若きウェルテルの悩み』、新潮文庫、一九八五年、九頁）を用いた。

（11） Goethe, a. a. O., S. 23.

（12） Ebd., S. 39.

（13） Goethe, a. a. O., Bd. 9, S. 35.

（14） Ebd., S. 447.

（15） 加藤耕義「水の精霊　民間伝承から創作メルヒェンへの一過程」、学習院大学大学院ドイツ文学語学研究会『ドイツ文学語学研究』第一七号、一九九三年、六五頁以下。

（16） Goethe, a. a. O., Bd. 8, S. 362.

（17）Goethe, a. a. O., Bd. 3, S. 256.

（18）C・G・ユングの講演「『ファウスト』と錬金術」（池田紘一訳、九州大学独文学会『九州ドイツ文学』第二〇号、二〇〇六年、二四頁以下）参照。

（19）Goethe, a. a. O., Bd. 1, S. 153f.

（20）Johann Peter Eckermann: Gespräche mit Goethe in den letzten Jahren seines Lebens nach den Erstausgaben mit Nachlaßmaterialien ediert und umfassend kommentiert. Hrsg. von Christoph Michel unter Mitwirkung von Hans Grüters. Frankfurt am Main 1999, S. 67.

（21）「漁夫」の成立は歌う女の姿が描かれる『新メルジーネ』の成立の遙か先であるが、ゲーテの苦言が『ヴィルヘルム・マイスターの遍歴時代』への『新メルジーネ』の組み込みの後であることは看過してはならない。

（22）C. G. Jung: Die Archetypen und das kollektive Unbewusste. Hrsg. von Lilly Jung-Merker u. Elisabeth Rüf. Olten u. Freiburg im Breisgau 1985, S. 34.

（23）ボードレール『ボードレール全集V』、阿部良雄訳、筑摩書房、一九八九年、二五頁。

（24）Novalis: Schriften. Hrsg. von Paul Kluckhohn u. Richard Samuel. Bd. 3. Stuttgart 1968, S. 284.

（25）Rudolf Kassner: Das neunzehnte Jahrhundert. In: ders.: Sämtliche Werke. Bd. VIII. Im Auftrag der Rudolf Kassner Gesellschaft herausgegeben von Ernst Zinn u. Klaus E. Bohnenkamp. Pfullingen: Verlag Günther Neske 1986, S. 15ff. 訳出の際にルードルフ・カスナー『十九世紀　表現と大きさ』（小松原千里訳、未知谷、二〇〇一年）の訳文を用いた。

（26）ブレンターノからの引用は、Clemens Brentano: Werke. Hrsg. von Friedhelm Kemp. 2., durchgesehene Auflage. Bd. 2. München 1973. に拠り、本文中にて括弧内に頁数を示す。なお、本邦における唯一の翻訳として、以下の拙訳がある。クレーメンス・ブレンターノ／ヨーゼフ・ゲレス『長いこと人間的な暮らしを離れていたが、しかし水中と陸上で音楽的苦しみをかなり受けた後、今となって市民射撃協会への受け入れを願う時計職人ボークスの不思議な物語／あるいは付録として週刊バーデンに氾濫したコンサート報告／並びにボークス氏に生き写しの肖像画と氏の脳の状態に関する医学的鑑定』（小黒康正訳、九州大学独文学会『九州ドイツ文学』第二三号、二〇〇九年、二三―四八頁）参照。

（27）ブレンターノは一八〇四年八月にハイデルベルクに移住、一八〇五年五月にアヒム・フォン・アルニムとともに『少年の魔法の角笛』第一巻を刊行、そして一八〇六年の冬学期から四学期間ハイデルベルク大学の教壇に立ったゲレスと親交を結ぶ。詩的精神の人間と「俗物」Philisterという二つの階層が人間にはあり、芸術家的生と市民的生とは一致を見出せないという点で、ブレンターノはゲレスと考えを分かち合う。この間、既に『オデュッセイア』（一七八一年）と『イリアス』（一七九三年）の翻訳によってドイツ人にホメロスをもたらしていた著名な古典文献学者であり（Vgl. Homer: Odyssee. Reprint der Ausgabe Leipzig 1895. Übersetzt von Johann Heinrich Voß. Illustriert von Friedrich Preller. Leipzig 2011.）、合理主義とプロテスタンティズムを信奉する後期啓蒙主義者のフォスは、一八〇五年にイェーナからハイデルベルクに移住して来たが、当初、ブレンターノとは良好な関係を築く。一八〇六年七月頃から両者の関係は徐々に悪化するものの、『時計職人ボークス』が出るまでは表だった対立には至らない。しかし、件の書が出ると、フォスは時計職人の人物像に自身への揶揄があると思い込み、その後、著者たちの作品群に次第に不信感を強め、一八〇八年一月の「教養層の為の朝刊新聞」にて初めて公にハイデルベルク・ロマン派に攻撃的立場をとり、同年一一月の同紙にて『少年の魔法の角笛』を酷評、双方は決定的な決裂に及ぶ。その結果、論敵の攻撃を受けて、ブレンターノ、ゲレス、アルニムはハイデルベルクを離散、同地のロマン派は解体する。このように『時計職人ボークス』の成立は、ハイデルベルクの教養層に大きな亀裂を生み出し、俗物市民に対するいわば前線部隊の結束を促しながらも、最終的に部隊の離散をもたらすのであった。Vgl. Armin Schlechter: Uhrmacher und Zifferfeinde. In: Clemens Brentano u. Joseph Görres: Entweder wunderbare Geschichte von BOGS dem Uhrmacher, wie er zwar das menschliche Leben längst verlassen, nun aber doch, nach vielen musikalischen Leiden zu Wasser und zu Lande, in die bürgerliche Schützengesellschaft aufgenommen zu werden Hoffnung hat, oder die über die Ufer der badischen Wochenschrift als Beilage aufgetretene KONZERT-ANZEIGE. Nebst des Herren BOGS wohlgetroffenem Bildnisse und einem medizinischen Gutachten über dessen Gehirnzustand. Heidelberg 2006, S. 59–97.

（28）Ebd., S. 93.

（29）胆汁質がブレンターノに、多血質がゲレスに対応するという見解がある。Schlechter, a. a. O., S. 90; Christine Lubkoll: Mythos Musik: Poetische Entwürfe des Musikalischen in der Literatur um 1800. Freiburg im Breisgau 1995, S. 185f.

（30）Schlechter, a. a. O., S. 72ff.

（31）Lubkoll, a. a. O., S. 196f.

（32）Lubkoll, a. a. O., S. 36.

（33）Chung-Sun Kwon: Studie zur Idee des Gesamtkunstwerks in der Frühromantik. Zur Utopie einer Musikanschauung von Wackenroder bis Schopenhauer. Frankfurt am Main 2003, S. 66ff.

（34）Joseph von Eichendorff: Werke in sechs Bänden. Hrsg. von Wolfgang Frühwald, Brigitte Schillbach u. Hartwig Schultz. Frankfurt am Main 1987, Bd. 1, S. 328.

（35）W. H. Wackenroder u. Ludwig Tieck: Herzensergießungen eines kunstliebenden Klosterbruders. Stuttgart（Reclams

Universal-Bibliothek Nr. 7860）1997, S. 123.

（36）Ebd., S. 108.

（37）John F. Fetzer: „Auf dem Flügeln des Gesanges“: Die musikalische Odyssee von Berglinger, BOGS und Kreisler als romantische Variation der literarischen Reise-Fiktion. In: Literatur und Musik. Ein Handbuch zur Theorie und Praxis eines komparatistischen Grenzgebietes. Hrsg. von Steven Paul Scher. Berlin 1984, S. 264.

（38）ガストン・バシュラール『水と夢　物質の想像力についての試論』、小浜俊郎・桜木泰行訳、国文社、一九六九年、三一頁。

第三章　一八一一年

見ろよ、このじょうぶそうな足。大きくなったら、すてきな黄色い長ぐつをはかせてやろう。

オトフリート・プロイスラー『小さい水の精』（はたさゆうこ訳）

一　「和平」の物語

「翻訳」論

総じてヨーロッパ文学が様々な位相の「他者」を繰り返し伝える中、とりわけ「水の女」の系譜は始原より文学的「他者」経験と深く関わる。この異界存在をめぐる伝承領域は、既に述べたように、ホメロス『オデュッセイア』におけるセイレンとオデュッセウスの邂逅を契機に、水を出自とする女性と陸に住む人間の男性の対峙や離反を扱う。およそ「水の女」は、人間悟性の範疇に収まらない非人間的存在であるという意味で、本来は人間には否定的にしか認識されえない「他者」、つまり「認識できぬもの」das Unerkennbareであり、それ故にまた、人間の悟性的認識に対応する悟性言語では本質を衝くことができぬ故、否定的にしか表現できない「他者」、つまり「言語にならざるもの」das Unsagbareでもある。「水の女」の系譜は、概ね文学一般にも当てはまることだが、「他者」を「自己」の言語に取り込み、未知なるものを既知なるものに変換することで、物語という体裁をなしていく。もっともこうした言語化によってすべてが表現可能とはならず、むしろ言語外経験を言語化する際の矛盾が露わになることも少なくない。文学とは、言語体系の編み目をくぐり抜ける「他者」を言語的に捉えようとする弛まぬ挑戦に他ならない。このような言語的挑戦は見方によっては「他者」の周辺をめぐる「堂々めぐり」の観をなす。しかし、内実は螺旋状、もしくはそれ以上に複雑な展開をとげ、「自己」と「他者」の境界という場所において、新しいポエジー言語が次々に立ち上がってくるのである。

言うまでもなく、「他者」をめぐる文学的営為は既にギリシア古典文学からも読み取れよう。しかし明確な自覚は近代文学を待たねばならず、ドイツ文学ではロマン派において語りえぬ対象こそがポエジー言語成立の最大の原理となる。事実、フリードリヒ・シュレーゲルにとって、悟性によって理解不可能なもの、つまり「混沌」もしくは「無限なるもの」こそ「新しい神話」を生み出すための表現対象であった。但し、「水の女」の系譜と初期ロマン派の芸術理論を単純に結びつけることはできない。前者において「水の女」はまさに「他者」という表象を明確に有する「非人間的存在」であるが、後者の場合、もろもろの文学的形式の創造基盤を考究する芸術批評理論として、「他者」経験を直接扱わない。しかしながら、そうした理論によって先導された後期ロマン派の様々な実作では、語りえぬ対象は「渦」「象形文字」「アトランティス」などとともに頻繁に「水の女」として表象され、芸術的創造の根源としても想定されていく。しかも、そうした過程の中で、「他者」や「他者」が棲む異界は外ばかりではなく内にも存在し、「自己」の中にこそ真の「他者」が宿るという逆転の構図も生じるに至り、ロマン派における「水の女」という他者表象は複雑な展開を遂げることになる。

本書は既に第一章において、「翻訳」Übersetzung を文学の根本的衝動と捉え直し、人間の悟性的認識の外側にある未知なる「他者」を「自己」の言語に「移し置くこと」Über-Setzen を文学の根源的営為と考えた。その上で一般化して言えば、ヨーロッパ文学における「水の女」とは、ポエジーと水との根源的連続性が具象化され、文学的な「他者」経験が色濃く反映し、「言語」と「言語にならざるもの」が衝突する「場所」、すなわち、ポエジー言語を生み出す力学が殊の外強く働く「トポス」である。ここで既に述べた「翻訳」論を補足的に繰り返そう。ヨーロッパ文学が「他者」を人間の悟性言語に取り込み、その営為からポエジー言語を成立させるとき、詰まるところ手段は二つ、一方に「意訳」があり、他方に「直訳」がある。「意訳」は夢に倣う「滑らかな翻訳」として、「認識できぬもの」「言語にならざるもの」を幻想的かつ大胆に取り込みながら、いわば「自己」との融和を目指す。これに対して、「直訳」は悟性に従う「硬い翻訳」として、「他者」を人間の悟性的な言語体系に合理的かつ強引に押し込みながら、いわば「自己」による支配を試みる。総じて「滑らかな翻訳」は「和平」を目指し、「硬い翻訳」は「戦い」を辞さない。

『オデュッセイア』再考

もっとも「滑らかな翻訳」における夢幻的融和も、「硬い翻訳」における悟性的支配も、ともにヨーロッパ文学の始原においては分かち難い。ホメロス『オデュッセイア』、とりわけオデュッセウスとセイレンの遭遇譚からは、「啓蒙の哲学的原史」や「芸術の哲学的原史」のみならず、「翻訳の哲学的原史」が読み取れよう。「知謀に長けた」英雄の振る舞いには、文明による自然支配の起源と近代的な芸術体験の萌芽があるだけではない。併せて、人間の悟性的認識の外側にある未知なる「他者」の歌を「自己」の言語に「移し置くこと」がなされたのである。

とはいえ、「翻訳の哲学的原史」については、『オデュッセイア』そのものに依拠しながら、慎重に考察する必要があろう。オデュッセウスとセイレンの遭遇がパイエケスの民の前でオデュッセウスによって語られる話の中身、つまり「物語の中の物語」である点は看過できない。オデュッセウスのことを知り尽くす女神アテネがその当人に言う、「あらゆる策略において、そなたを凌ぐ者があるとすれば、それは余程のずるく悪賢い男に相違ない〔中略〕自分の国に在りながら、欺瞞や作り話をやめようとせぬ、そなたは心からそのような作り話が好きなのですね」[1]と。刮目に値するのが英雄の「知謀と弁舌」であるならば、オデュッセウスは「知謀に長けた」英雄であり、同時に「弁舌に長けた」語り手に他ならない。オデュッセウスがパイエケスの民を前にしても自らの特性を発揮し、話を巧みに操作していないとは言い切れない。「物語の中の物語」は事実と虚偽の境にある。

件の遭遇譚は、英雄の「知謀」と語り手の「弁舌」が特に冴えわたるだけに、疑心を抱かせる余地がとりわけ大きい。勿論、遭遇譚を完全な「でっち上げ」と見なすこともできよう。とはいえ、取りあえず「物語の中の物語」に対して根本的な疑義を呈しないとしても、「甘美な歌声」の聞き取りに対しては疑念を払拭できない。英雄ははたして半人半鳥の歌を本当に聞き取ったのであろうか。セイレンがオデュッセウスを称え、自らの全知全能性を誇りながら、誘惑の歌をうたったとする遭遇譚の核心には、多くの聴衆を前にした「弁舌に長けた」語り手の語りであるだけに、少なくとも事実の歪曲があるはずである。更には、英雄ははたして半人半鳥の歌を正確に聞き取れたのであろうか、と問うこともできよう。オデュッセウスの様々な奸計を人間による自然支配の端緒と解するならば、自然存在の「歌」も克服の対象に他ならない。異界存在もしくは絶対的「他者」の言語は「言語にならざるもの」として本来ならば人間には否定的にしか認識されえず、悟性的言語への移し替えが不可能、少なくとも全訳不可能のはずである。しかしながら、「物語の中の物語」では、自然が英雄によって克服されたごとく、「言語にならざるもの」が「弁舌に長けた」語り手によって巧みに「翻訳」されている。つまり、セイレンという「他者」の言語がオデュッセウスによって認識可能な範囲で「自己」の言語に移し換えられているのである。もし「翻訳」がセイレンの「歌」と同時に既になされていたとするならば、オデュッセウスは無力化された歌を改めて無力化したにすぎない。

もっともセイレンの歌の無力化に関しては、多分に反論が予想されよう。セイレンが半人半鳥として何らかの人間的要素を有すること、物語の展開において歌が誘惑の歌として成立しなければならないこと、そもそも神話が非現実的要素を多分に有すること、以上を考えれば、セイレンが人間の言語を操ること自体、ある種の文学的許容範囲であろう。事実、『オデュッセイア』は怪物や巨人をめぐる非現実的奇談を数多く含み、ヨーロッパ文学における始原的空想の総体として「他者」に対する「滑らかな翻訳」を多分に志向している。しかしながら、セイレンを含め怪物や巨人をめぐる奇談は「弁舌に長けた」語り手が一人称で語る「物語の中の物語」であることはやはり看過できず、オデュッセウスとセイレンの遭遇を含め、既に根源的な「他者」経験がオデュッセウスの弁舌によって「翻訳」済みになっている。そう捉えた上で、根源的な問いを繰り返そう。オデュッセウスはセイレンの歌声を正確に理解し、正しく「翻訳」しえたのであろうか。そしてそもそもセイレンの歌声、いやそれどころかセイレンの存在を人間の悟性言語に取り込むことは可能なのであろうか。

このような問いに対して、『オデュッセイア』は直接答えるのではなく、二層構造をもって間接的に答える。『オデュッセイア』はオデュッセウスが物語の対象となる現実的な層と、オデュッセウスが語る現実離れした層からなり、前者はリアリズムの、後者はファンタジーの萌芽となる。従って「物語の中の物語」は総じて「滑らかな翻訳」を志向し、根源的な問いを無効にしてしまう。つまり、抽象的・概念的問いは不問に付され、「和平」が目指されるのである。もっとも言語が直接問題となるセイレンの歌声をめぐって「硬い翻訳」は痕跡を残す。啓蒙による神話の克服と同様に、「自己」による「他者」の言語的取り込みも、ある種の見せかけにすぎない。それだけに、克服されたはずの「水の女」はファンタジーの層を、更にはリアリズムの層を突き抜けて、新たなポエジー言語を生み出す力を伴って、文学史上に頻繁に現れる。このような軌跡がヨーロッパ文学における「水の女」の系譜に他ならない。既存の言語の編み目をくぐり抜ける「水の女」に対して、「意訳」でのぞむか、「直訳」でのぞむかは、認識論的には「他者」に対する「自己」の世界観の相違であり、文学的には創造をめぐる根本衝動の相違であろう。「水の女」は二つの「翻訳」の間を常に揺れ動くのである。

フケー『ウンディーネ』

もっともヨーロッパ文学における「水の女」の系譜は、中世のメリュジーヌやウンディーナ伝説とフランス啓蒙主義期の妖精物語が近代ドイツにて合流し、メールヒェンの成立を促す時、同系譜は明らかに「和平」へと傾く。「水の女」が地中海の海原ではなく、ドイツの奥深い森の湖沼に繰り返し現れるようになったとき、人間存在の魂を希求する物質存在の物語として、「陸の男」と「水の女」の融和が求められる。

一八一一年、フリードリヒ・ドゥ・ラ・モット・フケー（一七七七―一八四三）は、パラケルススの妖精論に依拠して創作した『ウンディーネ』を世に問うた。パラケルススによれば、既に述べたとおり、「ウンディーナ」undinaとは、人間の男と結婚することで魂を獲得し、永遠の生を授かろうとする物質存在である。夫は水を出自とする妻を水の中に入れたり、水辺で侮辱してはならず、タブーを破ると妻は水の世界に帰らなければならない。但し婚姻関係が続く限り魂を失わずに済み、最後の審判の時には永遠の生を受け取れる。しかし夫が人間の女性を後妻として娶れば「水の女」は魂を失い、夫も重婚の罪を死によって償わなければならない。このような異類婚姻譚にフケーの『ウンディーネ』は基づく。物語の冒頭、大雨の日に森で道に迷った騎士フルトブラント・フォン・リングシュテッテンは、湖畔にある漁師の家にたどり着く。そこで騎士が出会ったのは、老夫婦と一八歳にもなるがいまだ恥じらいを知らないウンディーネであった。この物語は独自の前提を二つ有する。まず第一に、一五年前、漁師夫婦はようやく授かった赤ん坊を水の事故で失っていたが、この事故は、三歳になったウンディーネを人間の世界に送り出すために彼女の父が行った謀であった。第二に、水底に引きずり込まれた漁師夫婦の娘は、後にとある都市の有力者によって養女ベルタルダとして育てられる。騎士が森に迷い込んだきっかけは、実は、ベルタルダに求婚するべく世にも珍しい贈り物を探し出すためであった。このような二つの前提とともに物語は展開し、騎士とウンディーネが結婚し、後者は人間の愛を得たことを契機に気まぐれな娘から美しい淑女へと一挙に変容を果たす。騎士は新妻を伴って城へと戻り、しかもベルタルダも城に呼び寄せ、三人が仲むつまじく暮らし始める。しかし、ベルタルダをめぐる様々な出来事が二人の結婚生活を脅かし、ついに騎士が船上にてウンディーネを罵ってしまう。「水の女」はもはや水の世界に戻らざるをえない。しかも騎士がベルタルダと次第に寄りを戻し結婚するに至ると、ウンディーネは自分の愛を裏切った相手を殺しに戻り、婚儀を葬儀に変えてしまう。このような悲劇的結末を迎えた異類婚姻譚は、人々の語り伝えとともに幕を下ろす。騎士が葬られた墓の傍らに小さな泉が湧き出し、墓の周りを囲むように流れ続けたということである。

以上の物語に関してこれまでの研究は、フケー『ウンディーネ』がいかにパラケルスス『妖精の書』から素材を獲得し、いかなる影響をジロドゥー『オンディーヌ』やバッハマン『ウンディーネ行く』にもたらしたかが詳細に明らかにされてきた。しかしながら、素材の影響関係を重視するあまり、総じてコメンタールの域を脱せず、その結果、ヨーロッパ文学における「水の女」の系譜全体の中でフケー『ウンディーネ』を考察し位置づけようとする視点を欠く。(2)もっとも古典的なモティーフ研究に対して、近年では、フケー『ウンディーネ』を核とする諸テクストから単なる影響関係以上のものを探る傾向が顕著になり、特に一九八〇年代後半からは新たな考察が深まったことは間違いない。(3)とはいえ、総じてフェミニズムの観点からの考察が多い故に、古典的なモティーフ研究とは異なる広がりを獲得しながらも、フェミニズム的視点を超えた更なる広がりをいまだ十分には獲得していない。また、パラケルスス『妖精の書』からの影響のみを重視する点も問題であろう。パラケルススからの影響は決して無視することはできないが、『ウンディーネ』が有する問題は『妖精の書』にのみ必ずしも還元できない。本章は、「翻訳」という観点を手がかりに、ヨーロッパ文学における「水の女」の系譜の中にフケー『ウンディーネ』を新たに位置づける試みではあるが、ここでの広がりはあくまでもテクストに基づく広がりでありたい。そこでまずは、フケー『ウンディーネ』が「三重の遭遇譚」であること、そしてテクストが「メールヒェン」に対して示す一貫した態度を明らかにする。いずれも、パラケルスス重視のあまり、これまで看過されてきた点と言えよう。

ジョン・ウィリアム・ウォーターハウス
『オンディーヌ』(1872年)

地中海→アルプス→ドイツ

フケー『ウンディーネ』は『妖精の書』から想を得た最も重要な局面、つまり愛の成就において、ヨーロッパ文学の起源と結びつく。婚礼の翌朝、ウンディーネが夫となった騎士フルトブラント・フォン・リングシュテッテンに自らの素性を打ち明ける場面がある。

波間に出てきて歌うたおやかな水の女に、実にうまい具合に聴き耳を立てた漁師の数は少なくありません。それから相手の美しさを語り続けましたので、そのような不思議な女たちのことを人々はウンディーネと呼んでいます。そのウンディーネの一人を、実際にあなたは今、目の前にしていらっしゃるのですよ。(F八四)[4]

オデュッセウスの奸計がいまだ功を奏し続けているのであろうか、「陸の男」たちは「水の女」の歌を盗み聞く。しかしながら、フケー『ウンディーネ』はパラケルスス的刻印を経て、魂獲得の物語へと大きく傾く。ウンディーネによれば、「地中海の有力な水界の王」である父が娘の自分に魂を持たせたいと考えて人間界に送り出したのであり、実際にウンディーネは騎士の愛を通じて魂を獲得する。フルトブラントは地中海を故郷とする「水の女」の打ち明け話を奥深い森の中で聞くと、物質存在に魂を与えた自らの愛を自覚し、「ギリシアの彫刻家ピグマリオンよりも自分は幸せなのだ」(F八七)と言う。このようにフケー『ウンディーネ』は物語の結構をパラケルススの妖精論に依拠しながらも、「水の女」が自らの出自を吐露することでホメロスのテクストと結びつき、ドイツの騎士が自らの営為の祖型を想起することでオウィディウスのテクストと結びつく。

このような混淆は騎士が夢の中で行う空間移動においても顕著である。フルトブラントは水辺でウンディーネを罵ったばかりではなく、ベルタルダと結婚し、更なるタブーを犯そうとする。婚礼の前、フルトブラントが見る夢はウンディーネに残された最後の手立てに他ならない。フルトブラントは白鳥の歌を契機に瞬く間にドイツを離れる。「実際、騎士には、自分が地中海に浮かんでいるような気が不意にした。一羽の白鳥がよく響く声で、ここは地中海ですよと騎士の耳に歌いかけた」（F一七一）のだ。するとフルトブラントは地中海の水底にいるウンディーネと叔父キューレボルンの対話を目の当たりにし、自分が重婚の罪を犯そうとしていることを知り、再び白鳥の歌を契機に目覚める。

白鳥たちがふたたび鳴き出し、羽ばたき、飛び立った。騎士はアルプスを越え、いくつもの川を越えて漂い、とうとうリングシュテッテンの城に入り、自分の寝床で目を覚ましたような気がした。（F一七三）

白鳥の歌に始まり終わる夢の中で、フルトブラントは一挙に地中海に行き着き、再び地中海からアルプスを越えてドイツに戻り、目を覚ます。「地中海→アルプス→ドイツ」の空間移動は、夢から現実への、無意識から意識への帰還であり、同時にホメロスからパラケルススを経てフケーに至る「水の女」の系譜とも重なる。中世「ドイツ」において騎士フルトブラント・フォン・リングシュテッテンとウンディーネが邂逅する物語には、ルネサンス「アルプス」経由でまとめられたシュタウフェンベルクの騎士とウンディーナの民間伝承が表層において重ねられ、そしてまた古代「地中海」から生じたピグマリオンとセイレンのそれぞれの神話が深層において合わせられて、「陸の男」と「水の女」をめぐる三重の遭遇譚が出来上がっている。

「新しい神話」の模索

ここで今一度、ヨーロッパにおける「水の女」の物語が主たる舞台を「地中海」から「ドイツ」へ移したことに着眼したい。いささか大胆な言い方をすれば、フケー『ウンディーネ』に継承されたのはホメロス『オデュッセイア』の「作り話」的要素ではなかろうか。前述のとおり、ホメロス『オデュッセイア』は現実的な物語空間と非現実的な物語空間との二層構造を有する。これに対してフケー『ウンディーネ』においては現実的な物語空間と非現実的な物語空間との境界が定かではなくなり、後者が前者をいわば吸収する。「今からもう何百年も前のことであろうか、ひとりの年老いたよき漁師がおり、ある美しい夕刻に戸口の前に腰をおろして網を繕っていた」(F三)という書き出しがあり、老人の住む小屋の前の美しい湖と魑魅魍魎が徘徊する奥深い森という書き割りがある。嵐の夜に小屋に現れた騎士が「見事に美しい金髪の少女」(F一一以下)に一目で魅了されるという設定も、「作り話」の結構に他ならない。小屋を飛び出したウンディーネを探す騎士が自然の猛威を前にして「岬も小屋も小屋に住む人も、すべてが人を惑わし愚弄する幻だと思った」(F二八)ことはその場面に限られたことではなく、全体が現実離れした幻想的な物語空間を形成し、総じて「夢の文法」に従う。

たしかにフケー『ウンディーネ』は「作り話」的要素を多分に有する。しかし「作り話」に距離をとる姿勢を併せ持つことも見逃してはならない。第七章、新婚の夜、ウンディーネが「魂」のことを問い、次にフルトブラントが「地の霊」とか「キューレボルン」といった謎の言葉を問う。するとウンディーネは「メールヒェンよ、子供向けメールヒェンよ」Mährchen! Kindermährchen!(F七六)と言って不審を抱く相手をなだめる。また、ベルタルダは、リングシュテッテンの城にてウンディーネと自分の素性、つまり二人が「子供の時に取替えっこされた」ことを初めて聞かされると、「いつもはただ話として聞いていたメールヒェンの中のひとつにいまや自分が生きているような奇妙な気がする」(F一二二)と言う。非現実的な「作り話」の意で用いられているメールヒェンを更に語り手も共有し、物事が当初の思惑どおりに進まない理由を「私たちを滅ぼそうと窺う悪の勢力が、選び出した生け贄をとかく甘美な歌と見事なメールヒェンを用いて眠らせようとする」(F一五四)からだと説明する。語り手はたとえ「見事」であれ、悪魔が用いるような胡散臭いメールヒェンには距離をとりたがる。

フケー『ウンディーネ』は総じて非現実的な「作り話」的要素によって形成されているが、ところどころで「作者」としての語り手が登場し、「読者」に対して自らの営為に解説を加える。例えば、第一三章冒頭で語り手は騎士とウンディーネの話をめぐって次のように述べる。

この話を書きしるすのは話が心の琴線にふれるからであり、他の方々にも同じことを経験してもらいたいと思うからでもあり、その上で書き手としては親愛なる読者にひとつお許しを請う。今かなり長い年月を簡単な言葉で片づけ、その間の成り行きについてあらましを述べるにとどめても、大目に見ていただけないか。成り行きをまさに技巧を凝らして一歩一歩すすめる展開がよいことぐらい、ちゃんと分かっている。（F一二四）

語り手は執筆の動機が心を揺さぶる感動にあり、その感動を他者と分かち合いたいという思い、つまり感動と共感にあることを吐露した上で、「フルトブラントの気持ちがウンディーネから離れベルタルダに移り始めた」（F一二四）ことを略述したいと言う。但し、語り手は三角関係の展開に関しては以下のように説明する。

以上のことはいずれも手際よく詳述できるだろうし、そうするのがおそらく本当だろうことは、書き手なりに分かっている。しかし、それはあまりにも自分の心を傷めるのだ。なにせ身に覚えがあることなので、思い出すなりにいまだに思い出の影を憚ってしまう。親愛なる読者よ、似たような感情を多分ご存じではないか。はかない人間の運命とはそうしたものなのだから。（F一二五）

副題に「物語」eine Erzählungというジャンルが明示されているフケー『ウンディーネ』は、否定的意味でのメールヒェンとは一線を画する。全体が一九章構成になっており、各章に内容を簡潔に示す章題が付されているように、語り手は「手際よく詳述する」ordentlich ausführen語りの技法を了解している。また、第二章で物語の進行が一旦止められ、ウンディーネが漁師の家に来るようになった経緯がやはり簡潔に示されている点などからは、語り手が代的なメールヒェン、別言すればフケーなりの「新しい神話」を模索している証左ではなかろうか。

「物語」の常套手段に通じているとも言える。しかしながら、執筆動機として挙げた「心」Herzを省筆に対する弁解の根拠にもする語り手は、文学史的に見れば「疾風怒濤」の後の語り手よろしく、徒に合理的原理に陥ることも拒む。このような揺れは、フケー『ウンディーネ』が前近代的なメールヒェンとは距離をとりながらも、同時に近代的なメールヒェン、別言すればフケーなりの「新しい神話」を模索している証左ではなかろうか。

現実と幻想の融和モデル

「陸の男」と「水の女」をめぐる物語は、地中海からドイツに至る展開の中で、神話から民間伝承を経て創作メールヒェンへと主たるジャンルを移していく。(5) なぜ創作メールヒェンなのかと問うならば、やはり非現実的存在である「水の女」を最も大胆かつ滑らかに取り込める文学ジャンルであるからだと答えることができよう。セイレンが「弁舌に長けた」オデュッセウスによる「物語の中の物語」で存在したように、総じて「水の女」は非現実的な物語空間に棲む。もっともホメロス『オデュッセイア』において現実的な物語空間と非現実的な物語空間との峻別があったのとは異なり、個人の手に委ねられる創作メールヒェンにおいては、「技巧を凝らして」「手際よく詳述する」語り手によって現実的要素と非現実的要素とが巧みに束ねられ、その結果、合理と非合理が交錯する物語空間が成立する。

そもそもドイツにおける創作メールヒェンの展開とは、前述のとおり、ヴィーラントに端を発する「現実と幻想の融和モデル」の確立に他ならない。メールヒェンが近代的な芸術形式として確立していく中で、「陸の男」と「水の女」をめぐる物語は二項対立的な緊張関係を失っていく。その典型とも称すべきフケー『ウンディーネ』においてはむしろ、「陸の男」と「水の女」とが緩やかに結びつき、(6) 併せて「陸」の現実的空間と「水」の非現実的空間が混淆へと向かう。いわば湖水による陸地の抱きしめが冒頭で描かれ、泉による墓塚の抱きしめが結末で描かれることで、テクストは「陸」と「水」の不変の融和に始まり、「陸の男」と「水の女」の永遠の結合で終わる。奥深い森が空間的に人里から離れ、彼岸が時間的に人の世から離れているという意味で、テクストの始まりも終わりもユートピア的と言えよう。此岸では「水の女」による魂の獲得が果たされるものの、「陸の男」と「水の女」の関係は破綻する。その意味で、人間存在と物質存在は最終的には融和しない。しかしながら、破綻ゆえに始まりと終わりのユートピア的場景は一層際立つ。しかも「陸」の現実的空間と「水」の非現実的空間は境界を失わない。フルトブラントが戒めを破り、ウンディーネとの別離を強いられると、ウンディーネはまずフルトブラントの夢に何度も現れては騎士を慰め、次いでフルトブラントが更なるタブーを犯そうとすると、ウンディーネは二人の婚礼の儀に立ち会ったハイルマン神父の夢に現れて窮状を訴え、そしてまた再びフルトブラントの夢に現れては、前述のとおり、相手をドイツから地中海に連れて行き、危機回避を図る。夢において人間界と異界がつながり、合理と非合理が交錯するとき、「現実と幻想の融和モデル」が頂点に達するのである。

ねじれ

フケーなりの「新しい神話」は、創作メールヒェンとして「夢の文法」に従うだけに、独特のねじれを有する。一五年前の事故を契機にベルタルダは冒頭のユートピア的空間から引き離され、世俗的な権力者のもとで育てられるのに対して、ウンディーネはユートピア的空間に引き入れられ、敬虔な老夫婦のもとで育てられる。このような「取替えっこ」はホメロスの『オデュッセイア』にもパラケルススの『精霊の書』にも無く、自然との乖離が問題となる時代の「新しい神話」の眼目に他ならない。フルトブラントが都市から森に入り、ベルタルダのもとからウンディーネのもとに来ることで、「新しい〈魂の獲得物語〉」が「〈新しい魂〉の獲得物語」として動き出す。洗礼を受けたが、異教的・異界的名前を保持し続けた「波の女《ウンダ》」は当初はいわば飼い慣らされていない自然そのものであったが、第八章「婚礼の翌日」が示すように、騎士の愛を通じて「魂」を獲得し、一挙に文化を身にまとう。「取替えっこ」とメタモルフォーゼの結果は、第一一章「ベルタルダの聖名の祝日」にて露わになり、もとから魂を有する人間存在よりも新たに魂を獲得した物質存在が称揚される。ウンディーネによって演出された、ベルタルダと実の両親の再会劇はベルタルダと客人たちの下劣さによって完全に失敗に帰す。衆人の前でウンディーネを面罵し、老夫婦を口汚く罵るベルタルダに対して、老婆は実の娘が「悪い女になってしまった」とつぶやき、ウンディーネは「ベルタルダ、あなたには魂があるの、本当に魂があるの?」と問う（F一一一）。「取替えっこ」の事実が確認された後、ウンディーネとベルタルダに対する人々の評価が確定し、第一八章のフルトブラントとベルタルダの婚礼においても「主役は誰からも好かれた優しいウンディーネでなければならないような気がする」（F一七六）というフルトブラントや客人の率直な思いを語り手は報告する。また、頓挫した再会劇の後、第一二章冒頭でフルトブラントの内面を伝える語り手の言葉にも注目してよいであろう。

リングシュテッテンの城主にとっては、この日すべてがこんな成り行きになってくれない方がもちろん有り難かった。しかしあのようになってしまったとしても、愛らしい妻があんなに慎ましく、思いやり深く、誠実な振る舞いをしたことを、嬉しく思わずにはいられなかった。「自分が妻に魂を与えたとすれば、おそらく自分の魂よりもよい魂を与えたんだろう」と、騎士はひそかに思わずにはいられなかった。（F一一六）

こうして新しい魂は称揚されるのであった。ユートピア的空間から引き離された人間存在は何かを失い、ユートピア的空間に引き入れられた物質存在は何かを獲得する。古代のピグマリオンによってひとつの理想が創造されたように、近代のピグマリオンによって新たな理想が創造されたのであれば、「何か」とはまさに「よい魂」に他ならない。

もはやフケー『ウンディーネ』において、セイレンの後裔はその始祖とは大いに違う。魂を獲得する前のウンディーネには、たしかにセイレン的要素が残る。その証左として、小屋を飛び出したウンディーネが洪水の為にできた小さな島の上から美しい声でフルトブラントに歌いかける第三章の場面が挙げられよう。しかしながら、やはり「見事に美しい金髪の少女」はオデュッセウスが対峙した誘惑者ではなく、また古代キリスト教的なまなざしのもとでの肉欲の権化でもない。特に「よい魂」を得たウンディーネはセイレンとは正反対の存在になり、その結果、もはや「陸の男」ではなく、「水の女」こそが新たな犠牲者となる。物語において愛は破綻するが、破綻の原因は「水の女」という「他者」の側にあるのではない。ウンディーネは初めは魂を有しない物質存在としていわば「他者」であり、他者性を気まぐれという性格において繰り返し示すが、しかし一旦、騎士の愛を通じて「よい魂」を獲得すると、物語における真の「他者」は新たに魂を獲得した物質存在ではなく、もとより魂を有していた人間存在となる。ウンディーネによって命を奪われるフルトブラントは、もはや物語が求める真の犠牲者ではない。つまりここにおいて「取替えっこ」による逆転の構図が明らかになる。かつて物質存在は常に人間存在によって周辺化されてきたが、いまや古い魂の人間存在こそが新しい魂の物質存在によって周辺化されなければならない。「夢の文法」に依拠する創作メールヒェンにおいて、古い魂は汚れ、新しい魂はいよいよ純化する。

フケー『ウンディーネ』がホメロス『オデュッセイア』とパラケルスス『精霊の書』からの影響を表向き残しながらも、逆転の構図によって二つの出自から離れ、併せて前近代的なメールヒェンとも一線を画そうとするとき、更なるねじれが明らかになる。「陸の男」と「水の女」の永遠の結合が暗示されるユートピア的結末は、ウンディーネに対する人々の思慕がいかに大きいかを示す。喪失は人間存在の見果てぬ夢となり、古い魂による新しい魂の希求となる。フケーなりの「新しい神話」の模索として「新しい〈魂の獲得物語〉」から「〈新しい魂〉の獲得物語」へと変容した物語は、後半において「〈新しい魂〉の喪失物語」へと更なる変容を遂げる。「後の世になっても村の人々はこの泉をさし、これこそ棄てられた哀れなウンディーネが、こうしていつまでも恋人をやさしく腕に抱いているのだと、堅く信じていたそうである」（F一八八）という末文が示すように、不在はひとつの伝説と化す。ドイツのピグマリオンとセイレンの後裔をめぐる異類婚姻譚は、旧来のメールヒェンとは距離をとりつつも、最後に民衆メールヒェンを装いながら、不在をめぐる新たな創作メールヒェンへと変貌するのである。

脱神話

ところで、このようなねじれは「翻訳」においていわば減摩剤と化し、「他者」の言葉を「自己」の言葉に滑らかに取り込む。事実、ウンディーネは他者性を保持しながらも、人間の言葉を駆使し、人間と自由に言葉を交わす。メールヒェンでは、人間存在と物質存在との間の言語コミュニケーションはもとより自明である。言い方を変えれば、フケー『ウンディーネ』は創作メールヒェンとして「翻訳」の問題を不問に付し、非現実的な事柄を大胆に取り込む。実際に、人間言語と自然言語とは滑らかにつながり、人間存在と物質存在は何ら差し障りなく互いを了解し合う。但し、ウンディーネが魂を獲得し、人間感情を有する意味は大きく、ウンディーネの言葉は人間存在にも了解されるが、キューレボルンのそれは常に物質存在にしか了解されない。圧巻の場面は、第一四章の「黒谷」にてフルトブラントとベルタルダとがキューレボルンの術中にはまり、絶体絶命の危機に立たされたときではないか。

するとウンディーネの美しい声が轟音を貫いて響き、月が雲間から現れると、ウンディーネの姿が谷底の高みに見えだした。ウンディーネが水を見下ろして叱ったり威したりすると、迫り来る塔ほどの大波もぶつぶつと呟きながら崩れ消え、水は月光に映えながら静かに流れた。（F一五〇）

この場面でウンディーネが人間言語を発したのか、あるいは自然言語を発したのかは、判然としない。もっとも疑いのないことは、ウンディーネの声が人間にも自然にも通じ、オルフェウスの声のように人間の為に自然の猛威を静める力を有する点であろう。しかしながら、皮肉なことに、ウンディーネは人間の怒りを静めることはできず、続く第一五章においてフルトブラントが怒りのあまり戒めを破り、ウンディーネは別離を強いられる。舟べりを越えて姿を消したウンディーネに関して、語り手は以下のような注釈を付す。

ウンディーネが水の中を潜っていったのか、水に流されたのか、誰にも分からず、どちらでもあり、どちらでもないようだった。しかしまもなくその姿はドナウの流れにすっかり溶け込み見えなくなった。ただ、舟の周りにはまださざ波がすすり泣くようにさざめいていて、「ああ、ああ！　操を守って！　ああ！」とおおよそ聞き取れるのであった。（F一六二）

ウンディーネが人間世界から物質世界への敷居を越えるとき、人間言語と自然言語とが溶け合う。その際、語り手はウンディーネの頓絶を辛うじて人間言語に「翻訳」する。もっともこの営為は常に一方向においてしか成立しない。先に取り上げた第一七章の夢において、ウンディーネが水底に戻った後も夢というメディアを通して自らの言葉をフルトブラントに伝えるとき、騎士は言葉を発せず、聞き役に徹する。ここでも「他者」の言葉から「自己」の言葉への移し置きがあるにすぎない。文学的営為が「自己」の言葉をもとに成り立つ故に、「翻訳」がいわば一方通行となることは必定であろう。但し、フケー『ウンディーネ』における「翻訳」が決して強引な支配関係に基づかず、「さざ波」と頓絶とが一体化するようなある種の融和を目指している点は看過できない。ヨーロッパ文学における「水の女」の系譜の中で、フケー『ウンディーネ』は言語コミュニケーション重視という点で際立つ。たとえ「翻訳」回路が「自己」中心的な一方通行になっているにしても、自他の言語コミュニケーションが紛れもなく重視されているのである。

フケーの「水の女」はセイレン的要素を残す物質存在からフルトブラントを通じて文化を身につけた理想的存在にまで至り、加えて自然の猛威をオルフェウスのように自らの声で制御する存在にまでなる。その意味で、ウンディーネの歩みは「陸の男」との遭遇を通じて成熟する「水の女」の歩みであろう。しかも、本来の「啓蒙の哲学的原史」と重なるように、「水の女」は人間の側の頽落を知ると一挙に水底に「逆戻り」をし、人間の側の裏切りを前に水の世界の掟に従って「復讐」を果たす。とはいえ、繰り返しになるが、創作メールヒェンにおいては近代的な意識のもとで合理と非合理の交錯、現実と非現実の混淆が求められ、その結果、人間存在と物質存在の対峙は影を潜め、両者の融和が求められ、それだけに対話が重視される。近代ドイツの「水の女」が果たす「啓蒙の弁証法」は古代ギリシアの「陸の男」のそれとは最終的には重ならない。物語の動因が敵対関係ではなく、友愛関係にある点で、フケーなりの「新しい神話」は脱神話を志向するのである。

二　「戦い」の火蓋

クライスト『水の男とセイレン』

「言語」の側に立つ「陸の男」と「言語にならざるもの」から浮かび上がる「水の女」との「戦い」は、一八一一年、「水の女」の系譜がフケー『ウンディーネ』において「和平」を極めたとき、背後に退いたかのように見えた。しかしながら、実は「和平」の極まりと同時に、ホメロス『オデュッセイア』に潜在的に認められた「硬い翻訳」が再び文学的に結実し、新たな「戦い」の火蓋が切られたのである。問題は、「他者」に対して一方が夢に倣う友愛的融和を、他方が悟性に基づく敵対的支配を志向するだけではない。そもそも「他者」の内実が異なる。それでは、我々が航海の途上にて新たに遭遇する「他者」とはいかなる存在か。我々の知性に訴える半人半鳥か、「美しい姿」で我々を魅了する半人半魚か、それとも我々の魂を渇望する物質存在か。新たな「他者」は、ハインリヒ・フォン・クライスト（一七七七—一八一一）が自らの晩年、すなわち一八一一年に「水の女」の系譜に参入するとき、その姿を露わにする。

総じてクライスト文学は、認識し難い存在や曰く言い難い出来事の言語化を試みながら、ことの信憑性をめぐって展開する。中でも『水の男とセイレン』は人間悟性の範疇に収まらない非人間的「他者」を直接扱いながら、それを「自己」の言語に取り込み、未知なるものを既知なるものに変換しようとする試みに他ならない。そもそもこの小テクストは民衆メールヒェンでも創作メールヒェンでもなく、幻想への志向を有しない。そこでは「他者」を人間の悟性的な言語体系に押し込もうとする啓蒙の原理が強く働き、主として「他者」に対する捕獲と調教と解剖が問題になる。語り手による最初の報告は、ハンガリーの湖で捕獲された「水の男」をめぐる奇譚であった。

一八〇三年七月三〇日のウィーンの新聞によれば、ハンガリーにあるケーニッヒスゼー漁業組合の漁師たちが漁の間にこれまで幾度と無くある種の裸で、彼らの言うところでは、四本足の生き物を見かけていたが、ひとが姿を現すとすばやく岸から水の中に入っていなくなってしまうので、どのような種族なのかは見極めがつかなかった。漁師たちは長期にわたり待ち伏せをした結果、とうとう一七七六年の春に幻の動物を仕掛けた網で捕獲した。捕らえてみると、なんと驚いたことに、その動物は人間だったのだ。漁師たちはすぐさまカプヴァールの管財人のもとに運び込んだ。管財人がこのことを領主監督局に届け出ると、水の男をきちんと保護し護衛の監視下に置くのだ、という命令がくだった。水の男の齢は当時おおよそ一七ぐらいで、体格はしっかりとし体つきがよいが、這っていたため手と足だけは曲がっていた。足や手の間にはアヒルのような柔らかい小さな水掻きがあり、あらゆる水生動物と同じように泳ぐことができ、体の大部分をウロコで覆われていた。(K一五五)[7]

総じてこの小テクストは「権威」志向が強い。奇譚の報告は、信憑性を得ようとするかの如く、冒頭より新聞報道に依拠する。捕獲された得体の知れない生き物は、まず年月とともに事実確認され、新聞が有する醒めた分析的言語に組み込まれていく。不確かなものを確かなものにしたい、あるいは確かなものにせざるを得ない人間の認識衝動が奇譚を突き動かす。この衝動は言語のレヴェルでは新聞に、人々の行動レヴェルでは当局に向かう。漁師たちによって捕獲された「生き物」Geschöpf が「人間」Mensch であり、しかも「水の男」Wassermann として性別も判明する中、「人間」は直ちに統治機関の末端から上部に運ばれ、その管理下に置かれる。こうして得体の知れないものが言語的にも政治的にも権威に「捕獲」されることで、語り手は自らの知的好奇心に促されるまま安心して「他者」の身体を分析していく。

第一段落で「水の男」の身体調査が報告された後、第二段落では自然存在の文明化、人間社会への組み込みが始まる。しかし、続く第三段落では「水の男」が人間社会から逃走し、二度と人間に捕獲されない。こうして人間による自然存在の文明化が一蹴される。

> ひとは男に歩くことを教え、初め生の魚やカニばかりを食事として与えたが、旺盛な食欲を示してたいらげた。〔中略〕男は話すことも学び、既に多くの言葉を口にしており、仕事にも熱心で、従順でおとなしかった。しかしながら、九ヶ月がすぎ、監視の目がもはや厳しくなくなったとき、橋を渡って城を出て、水で満たされた濠を見ると、服を着たまま中に飛び込み、姿をくらました。
>
> 男を再び捕まえようとするあらゆる手立てが直ぐさま講じられたが、しかしながら捜索はことごとくうまく行かず、その後、特にケーニッヒスゼーを通る運河建設の際、一八〇三年に再び姿を見たが、だが再捕獲することは決してできなかった。（K一五五以下）

「水の男」の飼い慣らし、いわば調教は衣食住に及ぶ。しかも、記述から察するに、いつしか歩けるようになり、厳しい監視下の桶の中ではなく、監視のゆるい城の中で生活をし、ある程度の行動の自由が許されている。文明化が短期間に成功したのかもしれない。とりわけ「水の男」が人間の言葉をある程度習得したことが何よりの証左であろう。つまり、人間化の為の最終かつ最大の学習課題が「水の男」において果たされたのである。しかしながら、自然存在はみずからの本能を失ってはいない。「水の男」はかつて煩わしいが故に投げ捨ててしまった衣服を、今度は脱ぐのも煩わしいのか、何かに取り憑かれたように着の身着のままでみずからの出自に戻ってしまう。人間存在は知識欲によって、自然存在は帰巣本能によって突き動かされる。その意味で第一段落と第二段落とは好対照をなす。

最終段落では、三度ハイフンが挿入されることで全体が更に四つに区分される。自然存在を悟性の光によって照らし出す試みは更に続く。但し、「水の男」以上に得体の知れない「他者」と遭遇するに至り、混迷の度合いは一層深まる。

> これまで作り話と見なされ、セイレンと呼ばれた多くの海の幻影に、以上の出来事は光をもたらす。グリーランドの発見者ハドソンは、二回目の探検の途上のこと、一六〇八年六月一五日にそうしたセイレンを目にし、ハドソンとともに船員全員も見たのだ。セイレンは船の脇を泳ぎ、船員たちをじっと見つめた。頭から下半身に至るまで普通の体格の女性と全く同じだった。肌は白く、肩の周りには長い黒髪が揺れていた。セイレンが向きを変えると、魚の尾が船員たちの目に入った。それはイルカの尾にかなり似ており、鯖の尾のように斑点がついていた。（K一六〇以下）

テクストが作り話の域をことさら脱しようとするのか、奇怪な「海の幻影」が日付と目撃者によって保証されることで、目撃情報の信憑性が高められている。しかし目撃者たちが見たものは何か。それは第三段落までの記述対象である「水の男」以上に深い謎、つまり「水の女」である。謎の深まりがテクストにおいて意識されたことは間違いない。歩行する「人間」としての前者は、そこに啓蒙の「光」がある程度届いただけに、ドイツ語系の言葉で「水の男」Wassermannと表記されたが、これに対して半人半魚である後者の場合、外来語系の言葉で「セイレン」

Sirenen と強調されているように、その「翻訳」不可能性がそれとなく示唆されている。

——一七四〇年の暴風雨が西フリースラントのオランダ堤防を壊した後のこと、草地の水たまりにいわゆるセイレンが見つけられた。ひとは彼女をハールレムに連れて行き、服を着せて糸の紡ぎ方を教えた。普通の食事をとり、数年は生きた。言葉は覚えず、声は死に瀕する者のうめき声と同じだった。いつであれ水には強く惹かれていた。(K一六一)

「セイレン」も「水の男」と同様に調教され、啓蒙の「光」に曝される。調教の場所はアムステルダム西方にある典型的な近代工業都市であり、そこで織工としての手ほどきを受けたらしい。しかし「セイレン」の帰巣本能は「水の男」のそれ以上に強く、「いつであれ」失われない。但しその決定的な他者性は強烈な帰巣本能にあるのではなく、言葉の未習熟にある。「セイレン」は、「水の男」とは異なり、人間の言葉を習得できない、あるいは習得しようとしない。声として発せられる音はすべて人間には「うめき声」にしか聞こえない。クライストのテクストでは、「他者」の性差は身体のみならず、言語にも及ぶ。

——一五六〇年のこと、セイロン島の漁師たちがこのような怪物をいちどきに数体、網に捕獲した。ディアス・ボスケス・デ・ヴァランスが検査にあたり、死んでしまった二、三体を宣教師数名の立ち会いのもとで解剖したところ、体内は人間の体とことごとく一致した。丸い頭、大きな目、ふっくらした顔、平べったい頬、上に反り返った鼻、真っ白の歯、灰色がかり、ときとして青みがかった髪、腹にまで垂れ下がった長い白い髭があったのだ。(K一六一)

第四段落第三部で明らかになることは、見せかけの客観性である。調教が十分な成果を得られなかっただけに、「他者」に対する人間の苛立ちは挙げ句の果てに解剖に行き着く。しかしこの解剖報告はあまりにもお粗末である。報告内容が顔部に限られるだけに、「体内は人間の体とことごとく一致した」という記述は信憑性を欠く。生物学的にも生理学的にも最も謎を秘めるはずの下半身、半人半魚であれば半魚の部分に関してテクストは沈黙し、いわば観相学的な描写に終始する。表面的な報告からは新しい知見を得ることはできない。ここには、未知を悟性的な言語秩序の中に取り込もうとする試みもなく、認識の限界に迫ろうとする知的冒険もない。しかも「腹にまで垂れ下がった長い白い髭」という記述からすれば、話題がいつしか「水の男」に戻ってしまった感がある。それはクライストのテクストが有する独特の抜け目なさであり、ある意味では偽装工作に他ならない。

> ――これらの一種がいわゆるナポリの魚小僧であり、それに関する信頼できる記述はゲーラの『自然学事典』にある。（K一六一）

『水の男とセイレン』は、冒頭において事実の貯蔵庫とも称すべき新聞に頼ったように、結末においては知の貯蔵庫とも称すべき当時の権威ある事典に縋る。何れにしても「他者」は醒めた分析的言語に組み込まれていく。テクストの最後で命名されるのは「魚小僧」Fischnikkel、つまり「男の水の精」Nickelmannであって、「女の水の精」Nickelfrauでもなく、ましてや「セイレン」でもない。いつしかテクストは我々の関心を「セイレン」から逸らし、話題を「水の男」に戻してしまう。不確かなものを確かなものにしたい、あるいは確かなものにせざるを得ない人間の認識衝動に促されて、クライストのテクストは権威的な言説への依拠に始まり終わった。但し、その過程の中で、啓蒙の「光」が最も届かぬ「海の幻影」をいつしか話題から逸らしてしまう。詰まるところ、クライストのテクストは、一方で「他者」を人間の悟性的な言語体系に押し込もうとする啓蒙の原理を強く働かせながら、他方で啓蒙の「光」で照らし出すことのできないものをそれと無く排除していた。未知なる「他者」を「自己」の言語に「移し置く」作業は、最大の「他者」を隠蔽することで可能になる。

外来の語

一八一一年、「水の女」の系譜において一方で「和平」が頂点に達し、他方で新たな「戦い」が始まるとき、そうした分岐はフケーとクライストのそれぞれの作品タイトルに顕著に現れる。『ウンディーネ』というタイトルは失われた自然存在に対する人間存在の見果てぬ夢を端的に示す。純化を遂げる「新しい魂」が汚れる一方の「古い魂」によって希求されるとき、フケーのテクストは「和平」を志向する。これに対して、『水の男とセイレン』というタイトルは啓蒙の「光」が届く対象と届かぬ対象とを端的に示す。そこで問題となるのは、「水の男」と「セイレン」とを結びつける「と」undであろう。なるほどこの接続詞は二つの自然存在を顕在的に並置してはいるが、しかしながら、啓蒙の原理に取り込まれるものと排除されるものを挙げているという点で異質な二つの対象を潜在的に対置している。しかもこの対置はある種のアンバランスによって成り立つ。なぜ「水の男」Wassermänner に対して同じくドイツ語系の言葉「水の女」Wasserfrauen ではなく、ギリシア語系の言葉「セイレン」Sirenen が並べられているのであろうか。

類似のアンバランスは、実はフケー『ウンディーネ』にもあった。ウンディーネとフルトブラントの一行がドナウ川を船で下る途中、ウンディーネの叔父キューレボルンが仕掛ける様々な怪奇現象に悩まされ始めると、騎士は「こんなことになるのも、同類同士が一緒にならず、人間と人魚が奇妙な縁を結ぶからだ〔中略〕あれが人魚だなんて知るわけがなかった」（F一五五以下）と異類婚に対する憤懣を漏らし、しかも怒り心頭に発するやいなや、「やにわに立ち上がって水に向かって罵り〔中略〕ニクスだろうがセイレンだろうが、この抜き身の剣のまえに立ち会え」（F一五九）と相手を挑発する。騎士がウンディーネの戒めを破り、相手を水辺で侮辱してしまうまさに直前のことであった。確かにフルトブラントが二度口にする「人魚」Meerfräulein はラテン語 siren にあたるドイツ語に他ならない[8]。ウンディーネが地中海出身の「海の女」であることを踏まえてのことであろう。しかし、騎士の憤激の対象はドイツの民間伝承系の「水の男」とギリシア神話系の「水の女」として言い表される。ここでも先と同様の問いが生じよう。騎士の憤激対象として「ニクス」Nix と並んで、なぜその女性形の「ニクセ」Nixe ではなく、「セイレン」が挙げられたのであろうか。

そもそも作品タイトルとしての『ウンディーネ』と『水の男とセイレン』とでは命名の原理が異なる。前者は人間の希求対象を、後者は人間の捕獲対象を端的に示す。一方では自然存在としての「水の女」に関心が集中し、他方では関心の所在が水を出自とする男性存在と女性存在とに分かれる。しかも『水の男とセイレン』の場合、接続詞「と」の役割は性の区別にとどまらない。啓蒙の「光」に照らし出される「他者」はドイツ語系の言葉で表記され、その「光」が届かずいつしか排除される「他者」は外来語系の言葉で「外来の語」Fremd-Wort として表記され、「と」を介して対置される。たしかに「水の男」は、言葉によって築かれた水路を泳ぎ抜け、遠くから姿を現し、不可解の中へと再び沈んでいく[9]。しかしながら、「話すことも学び、既に多くの言葉を口にしており、仕事にも熱心で、従順でおとなしかった」男性存在と「言葉は覚えず、〔中略〕いつであれ水には強く惹かれていた」女性存在とは質を大いに異にする。それ故、クライストのテクストは、『水の男と水の女』Wassermänner und -frauen というタイトルでは成立し難い。

物質性から女性性へ

ヨーロッパ文学における「水の女」の系譜は、総じて誘惑物語の体裁をなす。『水の男とセイレン』の「セイレン」はうめき声を発するのみで、話すことができず、ましてや歌うこともできない。しかし、古代ギリシアにおいてセイレンは「美しい声」で「陸の男」を死へと誘い、また、次章にて詳述するとおり、ドイツ・ロマン派においてセイレンの後裔たちは「美しい声」と「美しい姿」で「陸の男」を魅了するだけに、古代より「陸の男」と「水の女」は、敵対関係であれ、友愛関係であれ、言葉を通じて相互に意志疎通が可能であった。だが、クライストの「セイレン」は、「美しい声」で言葉巧みに水底へと誘うことも、自らの出自を滔々と説明することも無い。問題は、「他者」に対してフケーのテクストが夢に倣う幻想的融和を、クライストのテクストが悟性に基づく言語的支配を志向するだけではない。そもそも「他者」の内実が異なる。「水の女」が、饒舌な物質存在ではなく、口の利けない女性存在として現れるとき、件の系譜は他者性の重心を「水の女」の物質性から女性性へと移していく。それだけに、新たな「セイレン」を敢えて「翻訳」するとすれば、「水の女」*Wasser*frau ではなく、「水の女」Wasser*frau* と表記しなければならない。一八一一年、「水の女」の系譜は「意訳」と「直訳」の間を揺れ動くのである。

註

（1）ホメロス『オデュッセイア』（下）、松平千秋訳、岩波文庫、一九九四年、二四頁。

（2）Vgl. Nona el Nawab: Ingeborg Bachmanns „Undine geht“. Ein stoff- und motivgeschichtlicher Vergleich mit Friedrich de La Motte Fouqués „Undine“ und Jean Giraudoux’ „Ondine“. Würzburg 1993.

（3）新たな考察の代表例を挙げておこう。まず、インゲ・シュテファンはアイヒェンドルフとフケーにおける「水の女」を考察し、両者において「女性と自然」とが同一であり、「エロスと死」とが不可分の関係にあると主張する（Vgl. Inge Stephan: Weiblichkeit, Wasser und Tod. Undinen, Melusinen und Wasserfrauen bei Eichendorff und Fouqué. In: Weiblichkeit und Tod in der Literatur. Hrsg. von Renate Berger u. Inge Stephan. Köln 1987.）。ヨーロッパの創作メールヒェン全体を視野に入れるフォルカー・クロッツは、民衆メールヒェン的要素を多分に有するフケー『ウンディーネ』から、不自然な状態にある社会存在としての「古い人間」と、人間化の過程において外的な水との関わりを減らし内的な水（涙）との関わりを高めた「新しい人間」との不協和音を社会批判的に考察する（Vgl. Volker Klotz: Das Europäische Kunstmärchen. München 2002, S. 162–173.）。既に一九七〇年にヴォルフガング・ゲアステンラウアーはフケー『ウンディーネ』における自然と人間世界の対立を、妖術とキリスト教的倫理の抗争という枠組みの中で理解したが（Wolfgang Gerstenlauer: Undines

Wiederkehr. Fouqué – Giraudoux – Ingeborg Bachmann. In: Die neueren Sprachen 69（= N. F. 19）, 1970, S. 514f.）、このような見解はペーター・フォン・マットによって更に発展的に継承される（Peter von Matt: Liebesverrat. Die Treulosen in der Literatur. München u. Wien 1989, S. 229–239.）。その論述によれば、ドイツの古典主義ならびにロマン主義時代の文学はキリスト教的・父権的な旧来の秩序に対する強烈なコントラスをなす「反宗教」であり、精霊の物語こそその典型に他ならなかった。フォン・マットにとって、ウンディーネに対する裏切りは「新しい神に対する裏切り」であり、古い権力に対する「降伏」となる。「水の女」の系譜全体をフェミニズムの観点から考察するアナ・マリーア・ステュービは、個々のテクストの時代的特徴を明らかにすることを目指す。フケー『ウンディーネ』に関しては、女性に対する狂気やヒステリーをめぐる医学的・心理学的言説の萌芽を読み取り、ロマン派の時代が有するジレンマ、つまり、女性が目指す自立的な自己規定と社会が強いる女性の特殊化との間に生じるジレンマを、魂の獲得後に自己主張の力を一挙に失うウンディーネに認める（Vgl. Anna Maria Stuby: Liebe, Tod und Wasserfrau. Mythen des Weiblichen in der Literatur. Wiesbaden 1992.）。ベアーテ・オトは、「水の女」が有する異質性の問題を伝統的な文学研究の枠内にとどまらず、マスメディアにまで広げて網羅的に論じた点で、モティーフ研究における新たな新機軸を打ち出したが、フケー『ウンディーネ』に関しては従来の解釈をまとめるにとどまり、新たな解釈を提示するには至らなかった（Vgl. Beate Otto: Unterwasser-Literatur. Von Wasserfrauen und Wassermännern. Würzburg 2001.）。「水の女」が有する異質性の問題を世界文学の視野で本格的に論じたのは、モーニカ・シュミッツ＝エマンスであった（Vgl. Monika Schmitz-Emans: Seetiefen und Seelentiefen. Literarische Spiegelungen innerer und äußerer Fremde. Würzburg 2003.）。その主張によれば、「他者」の典型的表象である「水の女」は理解可能な形でいわば克服されるのではなく、むしろ克服と非克服の境界にあり、とりわけフケー『ウンディーネ』において、自然は人間世界とは共通の「文法」を持たない、「翻訳」不可能な構造的異界と見なされる。

（4）フケーからの引用は、Friedrich de la Motte Fouqué: Der Todesbund: ein Roman; Undine: eine Erzählung. In: ders.: Sämtliche Romane und Novellenbücher. Hrsg. von Wolfgang Möhrig. Bd. 2. Hildesheim, Zürich u. New York: Georg Olms 1992. に拠り、本文中にて（F八四）の形で括弧内に頁数を示す。なお、訳出の際にフーケー『水妖記（ウンディーネ）』（柴田治三郎訳、岩波文庫、一九八六年）を参考にした。

（5）一八一一年の時点では、一方で、民間伝承収集の主たる舞台が一六、一七世紀のイタリアから一七世紀末のフランスを経て、一八世紀後半のドイツに移る中で、ムゼーウスの『ドイツ人の民衆メールヒェン』Volksmärchen der Deutschen（一七八二―一七八六年）が既に世に問われており、他方で、ヴィーラントの『王子ビリビンカー物語』（一七六四年）からゲーテの『メールヒェン』（一七九五年）を経てノヴァーリスやティークのメールヒェンが次々に出されていく。詰まるところ、前者はグリム兄弟の『子供と家庭のためのメールヒェン集』（初版、一八一二―一八一五年）に範を取るメールヒェン、つまり不特定多数の民衆を担い手とする口承重視の「民衆メールヒェン」Volksmärchen の系列をなし、後者は『アンデルセン童話集』へと行き着くメールヒェン、つまり特定の個人の手に委ねられる書承重視の「創作メールヒェン」Kunstmärchen の系列をなす。もともとは単なる小話もしくは作り話程度の意味であったメールヒェンは、両系列が時には峻別され、時には影響を及ぼし合う中で、確固たる文学ジャンルになりつつあったと言えよう。まさにこの途上にフケー『ウンディーネ』は位置づけられる。Vgl. Gerhard Schneider (Hrsg.): Undine. Kunstmärchen von Wieland bis Storm. Rostock 1981; Frank Rainer Max (Hrsg.): Undinenzauber. Geschichten und Gedichte von Nixen, Nymphen und anderen Wasserfrauen. Einleitung von Eckart Kleßmann. Stuttgart 1995.

（6）アナ・マリーア・ステュービは、『ウンディーネ』の結末では愛の破綻が描かれるが、フケー自身は両性の和解を望んでいたことを指摘する（Stuby, a. a. O., S. 82ff.）。そもそも『ウンディーネ』が一八一四年に本として初めて公刊された際、ウンディーネに寄せる詩が冒頭に添えられたが、この献詞では、フケーはウンディーネを詩人の女神として礼讃する。なお、本書が使用する復刻版テクストでは、この献詞は頁数なしでフケー『ウンディーネ』の本文の前に載せられている。

（7）クライストからの引用は、Heinrich von Kleist: Sämtliche Werke. Brandenburger Ausgabe. Hrsg. von Roland Reuß u. Peter Staengle. II/8 Berliner Abendblätter 2. Basel u. Frankfurt am Main 1997. に拠り、本文中にて（K 一五五）の形で括弧内に頁数を示す。なお、訳出の際に『クライスト全集』第一巻（佐藤恵三訳、沖積舎、一九九八年）を参考にした。

（8）Jacob Grimm u. Wilhelm Grimm: Deutsches Wörterbuch. Bd. 12. München 1984, S. 1850.

（9）クライストの小テクストを「水の女」の系譜との関連で唯一考察したのは、モーニカ・シュミッツ＝エマンスであった。その論述によれば、第三段落中で言及される運河は、まるで悟性の働きの比喩であるかのように、未知なる要素を調教し実用化する事業となり、「水の男」は、運河を泳ぎ抜けるように、語彙武装した年代記作者の手からもするりと抜け出す。Schmitz-Emans, a. a. O., S. 13f.

第四章　妙音の饗宴

『オンディーヌ』の精緻をきわめた細部の彫りこみを弾くとき、執拗にくり返される凝ったトレモロ、はっと息をのむようなアルペジオのきらめき、わざとずらされたオクターヴの旋律の上方をひびかせるとき、ピアノの抽象的な音が、むしろそのことゆえに、他の楽器には手の届かない水に限りなく近づく。

青柳いづみこ『水の音楽　オンディーヌとメリザンド』

一　ローレライ「伝説」

ユゴー『ライン河幻想紀行』

ライン川には、「人間の想像力が咲かせる風変わりな花[1]」があった。それは、ヴィクトール・ユゴー（一八〇二―一八八五）の旅行記『ライン河幻想紀行』（一八四二年）によれば、神話と聖者伝説が生み出した「花」に他ならない。その一輪として「エコーとヒュラスの寓話が重なりあってローレライの恐るべき岩の中に根を下ろした[2]」伝説がある。但し、ユゴーが実際に名高い岩の脇を通ったとき、この妖花はいわば既に萎え始めていた。ユゴーいわく、「その昔、神話の中で多くの王侯や伯爵たちに言い寄られたローレライの妖精は、今や声も枯れて、疲れ始めている[3]」。この記述は、一巨岩をめぐる言説のいわばインフレーションを示唆しているが、看過してはならないのは、一方でフランス・ロマン派の巨匠が「ローレライ伝説」について誤った認識を有しながらも、他方で何人にも先駆けて同

ルートヴィヒ・ブロイラー『ローレライの岩』(1840年頃)

伝説の退行を看取している点である。誤認については、多くの同時代人と同様にユゴーがハインリヒ・ハイネ(一七九七—一八五六)の詩「ローレライ」の術策に陥った結果であり、更に退行そのものは、この詩によってもたらされた「ローレライ伝説」の必然的帰結に他ならない。

新しい「伝説」

ハイネが一八二三年末に執筆後、一八二四年三月九日に「ゲゼルシャフト」誌に送付し、後に一八二七年の『歌の本』Buch der Lieder に所収した詩「ローレライ」は、(4)ライン川中流の巨岩をめぐって当時流布していた言説の巧みな利用による、いわば捏造された新しい「伝説」に他ならない。「待ち受ける岩」という原義を有する巨岩の存在は、独特の山びこを返す故に、そしてまた周辺が航行上の難所である故に、古来よりよく知られていた。(5)しかし、「ローレライ伝説」は、実は、クレーメンス・ブレンターノ(一七七八—一八四二)の詩「ルーレライ」Lureley(一八〇一年)(6)に端を発する近代文学の産物であって、決して古からの言い伝えではない。巨岩の山びこにまつわる断片的「口承」mündliche Überlieferung が、(7)ロマン派の一詩人によって魔性の女の歌声をめぐる「書承」schriftliche Überlieferung に変貌したこと、それが「ローレライ伝説」の嚆矢であった。その一〇年後、男に騙され捨てられた魔性の女は、ブレンターノの友人アイヒェンドルフ（一七八八―一八五七）の詩「森の対話」Waldgespräch（一八一二年）において、「魔女ローレライ」die Hexe Lorelay として森を疾駆する。[8] 更に五年後、フォークト（一七五六―一八三六）の『ラインの物語と伝説』Rheinische Geschichten und Sagen（一八一七年）では、まさに「伝説」として定着する。その翌年、シュライバー（一七六一―一八四一）は『ライン旅行案内』Handbuch für Reisende am Rhein（一八一八年）において、夕暮れ時に岩の上で魅惑的な歌をうたうローレライの話が広く国中に流布していることを保証する。[9] そして三年後、今度はブレンターノとアイヒェンドルフの共通の友レーベン（一七八六―一八二五）が『ローレライ、ラインの伝説』Loreley, eine Sage vom Rhein（一八二一年）を上梓し、その巻頭に序詩「ローレライの岩」Loreleyfels を付している。このようにハイネの詩以前に既に伝説は「伝説」として定着しており、ハイネ以後にもE・メーリケ、E・ケストナー、K・ヴァーレンティンなど「伝説」を継承する者は後を絶たない。

ライン地方の伝説の中でローレライ伝説ほど人口に膾炙されたものはなく、それはまるで岩に響くエコーのように、多様に押し寄せては砕け、また繰り返される。[10]

文学的トポスと化した「ローレライ伝説」をこのように巧みに説明したのはベヒシュタイン（一八〇一―一八六〇）であり、それも『ドイツ伝説集』Deutsches Sagenbuch（一八五三年）においてであった。近代文学の一産物はわずか五〇年にてドイツの伝説と化し、実際にドイツの古謡や伝説の産物であると一九世紀末まで信じられ、[11] 更にはナチス・ドイツによって敢えて「作者不詳」Dichter unbekannt とされ、意図的に「口承」の産物へと戻されたのである。

ハイネ「ローレライ」

ところで、ハイネの「ローレライ」は、ドイツ語圏にとどまらない受容や、ジルヒャー（一八三八年）やリスト（一八四一年）によってメロディーが付されたことなど、国境を越え、ジャンルを超え、「伝説」として継承される。この詩がローレライ伝説において決定的役割を演じ、伝説を代表することは言をまたないが、但し際立つ点は受容面に限られない。すなわち、ハイネの詩はローレライ伝説の中で三つの点で際立つ。第一に「メールヒェン」に対するパロディーがあること、第二に「水の女」による新たな憑依があること、第三に「語る」行為そのものが問題になることである。以下、ハイネの詩を引用しながら、三つの特殊性について、検討していく。

Ich weiß nicht, was soll es bedeuten,
Daß ich so traurig bin;
Ein Mährchen aus alten Zeiten,
Das kommt mir nicht aus dem Sinn.

私には分からない、
なぜこうも悲しいのか。
いにしえのメールヒェンが、
心から離れない。

Die Luft ist kühl und es dunkelt,
Und ruhig fließt der Rhein;
Der Gipfel des Berges funkelt
Im Abendsonnenschein.

風ひえる夕暮れに、
静かに流れるライン。
照り映える山の頂きは
夕陽をあびる。

Die schönste Jungfrau sitzet
Dort oben wunderbar,

美極まる乙女があやしげに
座るは向こうのあの高み、

Ihr gold'nes Geschmeide blitzet,
Sie kämmt ihr goldenes Haar.

金の飾りきらめき、
金の髪くしけずる。

Sie kämmt es mit goldenem Kamme,
Und singt ein Lied dabei;
Das hat eine wundersame,
Gewaltige Melodei.

金の櫛で髪をすき、
歌ひとつ口ずさむ。
歌にこもるは不可思議な
激しい調べ。

Den Schiffer im kleinen Schiffe
Ergreift es mit wildem Weh;
Er schaut nicht die Felsenriffe,
Er schaut nur hinauf in die Höh'.

小舟にのる舟人は
心はげしく揺さぶられ、
目を暗礁にむけず、
目を高みに向けるばかり。

Ich glaube, die Wellen verschlingen
Am Ende Schiffer und Kahn;
Und das hat mit ihrem Singen
Die Lore-Ley gethan.

私が思うに、波がしまいに
舟人と小舟を呑み込むのだ。
これはかの歌声で
ローレライがなしたのだ。

パロディー

「新しい伝説」が流布するとき、ひとつの偽装が決定的な役割を演じる。それは、ドイツ・ロマン派の文学的営為

エードァルト・フォン・シュタインレ
『ローレライ』(1864年)

が凝縮する概念「メールヒェン」にハイネが依拠することから始まる。ハイネはロマン派の文学的営為に浸り、同時にそれに醒めたまなざしを投げかける。このような傾向はハイネ文学全般から看取できるが、中でも詩「ローレライ」ではそれが顕著に現れる。[12] 詩の第一連から既にロマン派的抒情に浸る「私」が語り出す。言い知れぬ悲しみにくれる「私」がいる。悲しみの原因は定かではない。しかしそう言いながら、抒情的自我は自分の心をとらえる何かを漠然と意識する。それが「いにしえのメールヒェン」、つまり古くからの口承伝承であった。このようなおぼろげな自覚の後、第二連では一転してラインの静謐な夕暮れ時を伝える。

第一連と第二連、「私」の言い知れぬ不安と夕暮れ時のライン川とは、いかなる連関を有するのか。言うまでもなく、第一連の意識と第二連の風景は曖昧さという点で緩やかに結びつく。しかし、それ以上に重要なことは、前述のとおり、この詩の成立以前にローレライ伝説が既に存在していたことであり、しかも、アイヒェンドルフ以後、夕暮れが「ローレライ伝説」に必要不可欠な文学的トポスとなっていたことである。[13] とするならば、「いにしえのメールヒェン」という表現にはハイネなりの術策がある。それが表面的には古くからの口承伝承を示していても、その内実はいわば「新しいメールヒェン」に他ならない。

そもそもこの詩が成立した当時、メールヒェンそのものが新しい文学概念として確立する途上にあった。既にグリム兄弟が『子供と家庭のためのメールヒェン集』Kinder- und Hausmärchen、いわゆる『グリム童話』初版（一八一二、一八一五年）に改訂を加えた第二版（一八一九、一八二二年）を世に問うており、「メールヒェン」が無名の人々による口承を重視する「民衆メールヒェン」と解されつつあった。民間伝承収集の主たる舞台が一六、一七世紀のイタリアから一七世紀末のフランスを経て、一八世紀後半のドイツに移り、更にはムゼーウス（一七三五—一七八七）の『ドイツ人の民衆メールヒェン』Volksmärchen der Deutschen（一七八二—一七八六年）が世に問われる中で、もともとは単なる小話もしくは作り話程度の意味であったメールヒェンが、『グリム童話』を範に確固たる文学ジャンルになりつつあったのである。しかしながら、ことはそう単純ではなく、ヴィーラントの『王子ビリビンカー物語』（一七六四年）から、ゲーテの『メールヒェン』（一七九五年）を経て、ノヴァーリスやティークやフケーなどのロマン派のメールヒェンがあり、その過程で「民衆メールヒェン」Volksmärchenとは異質な「創作メールヒェン」Kunstmärchenも確立しつつあった。別言すれば、メールヒェンは不特定多数の無名の民衆のみならず、特定の著名な個人の手にも委ねられつつあったのである。つまり、新たな文学概念としてのメールヒェンは、無名の民衆と著名な個人、口承と書承、更に『グリム童話』初版前後のポエジー論争を踏まえれば、「自然ポエジー」Naturpoesieと「創作ポエジー」Kunstpoesie、これらの二項対立の間でまさに揺れていたと言えよう。

　このような揺れの中で成立したのが、ハイネの「ローレライ」であった。このことの証左となるのが、「私」の登場であろう。しかも、数あるローレライ伝説の中でハイネの詩が際立つのは、まさにこの抒情的自我の行為である。たしかにローレライ伝説は、ベヒシュタインの言葉を援用すれば、「多様に押し寄せては砕け、また繰り返される」が、ハイネの詩は抒情的自我がいわば「物語る」点で際立つ。第一連では「私」が現在の自分、すなわち、「いにしえのメールヒェン」に取り憑かれている自分について語り始め、第二連では憑依する「メールヒェン」の実景、あるいは「メールヒェン」が「私」に喚起する心象風景が描写される。そして、最終連が示すように、「いにしえのメールヒェン」とはローレライの伝説に他ならないことが明らかになる。ハイネの詩は、ローレライ伝説を伝承することそれ自体を内容とする点で、通常のローレライ伝説とは明らかに一線を画す。それ故、ハイネの「ローレライ」が作品として成立するためには、近代文学という書承の産物を古来からの口承の産物として、つまり「民衆メールヒェン」として読者に受け取られることが求められる。「私」の曖昧模糊とした語り口で詩が始まることも、「メールヒェン」にわざわざ「いにしえの」という修飾がつくことも、いずれもハイネなりの偽装に他ならない。

更に看過してはならない重要な点は、ハイネの「ローレライ」成立時の文学的状況である。つまり、ローレライ伝説は、当時、伝説として確固たるものになりつつあったのであり、このような最中でのハイネの術策には、ローレライ伝説に対するハイネなりの愛着が認められながらも、同時に愛着とは異質なものも認められる。ローレライ伝説を伝承することと、その行為を作品の対象として書くこととの間には、それぞれに異なる心理がはたらく。つまり、前者には対象への接近があり、後者には対象からの距離がある。この意味で、ハイネの詩にはローレライ伝説の伝承に対する醒めたまなざしが認められる。ロマン派の営為に依拠しながらも、同時にそのことに対するハイネ特有の冷ややかなまなざしが、詩「ローレライ」を支配する。しかも、近代文学の産物を「民衆メールヒェン」に巧みに偽装する企ては、当時行われ続けていた生真面目なメールヒェン収集とはあまりにも異質である。ローレライ伝説はフォークトの『ラインの物語と伝説』には入れられたが、そもそもグリム兄弟の『グリム童話』にも『ドイツ伝説集』(一八一六—一八一八年)にも入れられることはなかった。ハイネが行った「いにしえのメールヒェン」をめぐる術策、つまり「誘惑的・運命的なライン伝説の形態をとる〈メールヒェン〉」[14]の捏造は、『グリム童話』に範をとる「民衆メールヒェン」に対する、あるいはグリム兄弟の文学的営為そのものに対する、パロディーがあると言える。

そもそも文学におけるパロディーとは、狭義には、語源となったギリシア語 parôdos(同一の歌を異なったスタイルで歌う)に基づき、先行する文学作品の文体や韻律を模倣しながら異なる意味内容を盛り込む文学手段である。しかしながら、パロディーは既に古代ギリシア文学に存在し、アリストテレスの『詩学』(一四四八a一一—一四)にも言及があり、また、セルバンテスの『ドン・キホーテ』が騎士文学に対する秀逸なパロディーと見なされることから、実際には、トラヴェスティー[15]などの周辺概念を含め、「原本（個別テクストもしくはテクスト群）の特徴を受け入れ、特定の滑稽化によって原本を貶める手段[16]」として広義に解されることが多い。しかも解釈をより拡大すれば、文学そのものがパロディーであると解することもできる。

但し、ハイネの「ローレライ」を支配するのは、「メールヒェン」の伝承行為そのものに対するパロディーである。ローレライ伝説を「民衆メールヒェン」として偽装すること自体、「創作メールヒェン」の戯れであり、同時に欺瞞である。このような意識の有り様は、後にハイネが犯した矛盾において露わになる。ハイネはもともとは無題の詩にのちの手稿で「ハインリヒ・ハイネのローレライ」と命名してしまう。つまり、無名の人々の産物であるはずの「いにしえのメールヒェン」に個人名を付す矛盾を犯す。この矛盾は、ハイネの「ローレライ」が「民衆メールヒェン」と「創作メールヒェン」との揺れの中で成立したこと、そして自らの出自をパロディーの対象としたことを何よりも証す。「ハインリヒ・ハイネのローレライ」では無名の「私」が「いにしえのメールヒェン」を伝承する。この時、「私」は「私たち」にならなければならない。

新たな憑依

「いにしえのメールヒェン」は「私」にいかに取り憑いたのであろうか。結論を先に述べれば、憑依は、それも捏造された憑依は、新しい「水の女」の案出によって果たされる。第二連において、先ずは抒情的自我のまなざしが暗鬱としたライン川に向けられ、次に夕陽の残照に唯一きらめく山の、実際には一三〇メートルほどの巨岩の、頂きに向けられる。このような暗から明への移行と下から上への視点の移動は、この世ならぬ乙女の登場を効果的に示す。文学的トポスと化した夕暮れ時のラインに導かれての登場である。

第三連と第四連の結びつきは強く、両連はハイネ以前のローレライ伝説とは異質の趣を添える。ブレンターノの

「ルーレライ」に登場するライン川の「妖女」Zauberin は近づく男たちを破滅させる存在であったが、恋人に裏切られると、自分の目に備わる魔力を疎ましく思い、自身を火あぶりに処すよう司教に申し出る。もっとも「妖女」を不憫に思ったのか、司教が下した罰は尼僧院行きで、三人の騎士たちがお供を命ぜられる。その道すがら、巨岩の上から恋人の城を見ることを望んだルーレライが眼下を通る舟上に十字架に守られた恋人の姿を認めたとき、ライン川に身を投じる。それからというもの、巨岩から三人の騎士たちの「妖女」を呼び続けるような木霊が絶えないと、司教が伝説を締めくくる。また、アイヒェンドルフの「森の対話」では、男が真夜中の森をひとり馬で駆ける女と出会い、その正体を見破ると、「魔女ローレライ」die Hexe Lorelay が自らの魔力で男を森に閉じ込めると宣告する。いずれにしてもハイネに先行する二つの詩では、男と直接対峙し、自らの美しい目や肢体で相手を誘惑する魔性の女であった。これに対してハイネのローレライは、男と「対話」することもなく、ただ身を繕い、歌をうたうだけの「乙女」Jungfrau であり、先行者のローレライには認め難いある種の処女性が付与されている。それだけにハイネの場合は、言い知れぬ憑依、より根源的な誘惑が問題になる。

しかも、誘惑の手段が異なる。一般に「美しい姿」のローレライが「美しい声」で男を魅了すると思われているが、ブレンターノの「妖女」もアイヒェンドルフの「魔女」も歌わない、もしくはより慎重に言えば、歌ってはいない。つまり、相手の視覚に訴える誘惑が認められても、相手の聴覚に訴える誘惑が示されてはいない。これに対して、ハイネの詩では、視覚的誘惑と聴覚的誘惑が同時に認められる。確かに、シュライバーの『ライン旅行案内』にも、(17) レーベンの「ローレライの岩」にも、(18) ローレライの歌に関する記述があった。但し、ハイネの場合、第三連で姿が、第四連で歌が誘惑手段として示されており、そこで初めて、美しい姿と美しい歌声で人間の男を誘惑するという複合的誘惑がはっきりと自覚されている。ハイネは「新しいメールヒェン」の新たな傾向を巧みに我が物としているのであった。

加えて、第三連と第四連の連関は、巨視的な観点で検討すると、更にその重要度は増す。すなわち、「金の飾り」

「金の髪」「金の櫛」によって一心不乱に我が身の美しさを極めようとする「乙女」には、中世のセイレンのイメージが見出され、しかも歌声の魔力によって、更に古代のセイレンへの先祖帰りが認められる。ここで既に論じたことを確認の為に繰り返すと、「水の女」の始祖は半人半鳥の姿を有し、歌声で人間の男を誘惑する「他者」であった。しかしながら、古代ギリシア文化がキリスト教と混淆していく過程で、セイレンは自ら「歌う」神話的存在ではなく、自らを「見せる」宗教的存在となり、その結果、中世においては歌うことのない「水の女」のみが登場し、視覚性のみを重視する「水の女の物語」が形成されるに至り、この伝統は民衆本の流布とともに長く存続するものの、ゲーテの「漁夫」（一七七八年）においてようやく「水の女」の歌声が復活すると、一方でティークの『メルジーナ』（一八〇〇年）、ブレンターノの詩「ルーレライ」（一八〇一年）、アルニムの『騎士ペーター・フォン・シュタウフェンベルクと水の精』（一八〇六年）などによって歌わない「水の女」の伝統が継承されながらも、他方でフケーの『ウンディーネ』（一八一一年）が上梓され、美しい「水の女」には「美しい声」が必要不可欠となり、併せて、魔性の女ではなく、恥じらいを有する乙女へと変容していった。この新たな「水の女」像はドイツ・ロマン派の典型的な嗜好と述べても言い過ぎではない。歌わないブレンターノの「妖女」とアイヒェンドルフの「魔女」から、シュライバーとレーベンの記述を経て、ハイネにおける歌う「乙女」への展開は、近代の「水の女の物語」における新たな展開と言えよう。ロマン派の新たな嗜好を巧みに享受したハイネにおいて、「美しい声」は完全に復活する。

結局、「私」に対する「いにしえのメールヒェン」の憑依の眼目は、「乙女」の「美しい姿」と「美しい声」にあろう。ハイネの「ローレライ」の偽装はまさにこの新たな複合的誘惑によって可能となる。つまり、偽装の成立は、ハイネが新たな文学的動向を自家薬籠中の物とするときに他ならない。

伝承行為

ハイネの詩「ローレライ」には二重の憑依がある。「いにしえのメールヒェン」に取り憑かれ、言い知れぬ悲しみにくれる「私」がいる。そしてこの抒情的自我が語る伝説の中で、憑依を受けるもう一人の人物が登場する。前述のとおり、第三・四連におけるこの世ならぬ「乙女」の登場は、第二連において「私」のまなざしが下から上へと向けられることによって効果的に演出されていた。第三・四連においても頂きの「乙女」に焦点がしぼられるが、第五連になると、一転して巨岩の下にいる男へと「私」のまなざしは向けられる。但し、男のまなざし自体は上方を凝視しつづけ、その結果、憑依の中の憑依が破滅を招来する。

上を凝視しつづける「舟人」は「暗礁」への注意を怠るゆえ、波の藻屑となって消えてしまう。沈む「小舟」を「私」が見届けるとき、おそらく陽は沈んでいるのだろうか。そもそも水底は暗い。ハイネの詩を「私」のまなざしという観点から読み直すと、第二連で下から上への移動があり、第三連と第四連で上に向けられ続け、第五連と第六連では再び下へ向けられる。但し、第五連は、既に闇に覆われている下を見る「私」のまなざしに抗するように、最後の残照に映える上を見続ける「舟人」のまなざしを効果的に示す。従って、明暗という観点でも、まず視線は暗から明に向けられ、それからしばらく明に向けられ続け、そして最後に再び暗に向けられるが、やはり第五連で暗を見るまなざしとは逆に明を見続ける別のまなざしがある。このようにハイネの詩はまなざしをめぐって、

第一連：　（ナシ）　（ナシ）
第二連：　下　暗
　　　　　上　明
第三連：　上　明　「乙女」の登場
第四連：　上　明
第五連：　下（上）　暗（明）　（「舟人」のまなざし）
第六連：　下　暗　「舟人」の破滅

という展開を有し、「下」と「暗」によるいわば枠構造を示す。しかしながら、この枠構造は第二連における「乙女」の登場と第六連における「舟人」の破滅を効果的に演出するが、やはり第二連からの展開である故に、詩全体の枠構造とは必ずしも言い切れない。むしろ、詩の内容から読み取れるもう一つの枠構造に着目しなければならない。

ハイネの詩では、最初の連に「私には分からない」とあり、最後の連に「私が思う」とあるように、「私」の主観的判断による枠構造が形成されている。しかも、第二連と第五連ではライン川での出来事が、第三連と第四連ではローレライの美しさが概ね客観的に描写されることで、以下のとおり、詩全体が対称構造をなす。

第一連：　私　　　　主観的判断（不安）
第二連：　場景　　　客観的描写（夕暮れ時の川と山）
第三連：　ローレライ　客観的描写（美しい姿）
第四連：　ローレライ　客観的描写（美しい声）
第五連：　場景　　　客観的描写（小舟の舟人）
第六連：　私　　　　主観的判断（確信）

中でも第三連と第四連の連関は、前述のとおり、「水の女の物語」の新たな展開という巨視的な観点において重要であり、しかも憑依の中の憑依にて複合的誘惑という新たな展開を示すが、微視的な観点においては、たとえそれがローレライ伝説もしくはハイネ文学という限られた関心であれ、第一連と第六連の連関こそ、ハイネの詩を何よりも際立たせ、詩自体の核心を衝く。

実際、「ローレライ伝説」において、ハイネ以前にせよ、ハイネ以後にせよ、抒情的自我による枠構造はハイネの「ローレライ」以外には見出すことができない。強いて言えば、ブレンターノの「ルーレライ」には伝説を伝承する司教の存在を見出せるが、そこには枠構造はなく、また対称構造もない。もし、諸説が主張するようにレーベンの「ローレライの岩」がハイネに直接影響を与えたというのであれば、[19]レーベンの詩では抒情的自我は全く影を潜め、ただ三人称で語られているだけに、ハイネの「ローレライ」の独自性が一層顕著になる。また、ハイネの詩作品においても、「ローレライ」以前であれ、以後であれ、この詩を除くと、「私」による枠構造も、三対の対称構造も他に見出すことはできない。強いて言えば、「ローレライ」の数年前に書かれ、同じく『歌の本』に所収された「山と城が見下ろすは／水面輝くライン川」Berg' und Burgen schaun herunter / In den spiegelhellen Rhein で始まる詩「小曲七」Lieder VII には、「見下ろす」まなざしがあり、「小舟」を照らす「日ざし」と水底の「死と闇」という明暗があり、「私」に対して「恋人」が想定されているが、直接的な語り口ゆえに「私」による枠構造もなく、また、明暗の対比があっても詩そのものの対称構造もない。つまり、「ローレライ」はローレライ伝説においてもハイネの詩群においてもひときわ際立つ詩だと言える。

ハイネの作品には「バラーデ」Ballade ならびにバラーデ的要素が顕著である。進取の気象に富む詩人は、ヘルダー（一七四四―一八〇三）の『民謡における諸国民の声』（一八〇七年）に端を発する当時の流行に従い、自作のバラーデを「ロマンツェ」Romanze と称したが、ロマンツェ本来の定型である各行八音節、偶数行押韻が必ずしも遵守されてはいない故に、ハイネの作品は一般的にバラーデと見なされている。ハイネの「ローレライ」は詩人の命名ではロマンツェであり、通常の抒情詩には見られないいささか複雑な物語的展開を重視するならば広義のバラーデである。しかし、一八世紀後半以降のイギリス、次いでドイツの文学において、古い題材の叙事性と主観的内面の抒情性との混淆からなる新たなバラーデが顕著になったために、この新たなバラーデは古典的なそれとは区別されることも多く、とりわけハイネの場合、神話や聖書や口承伝承の内容に抒情的自我の内面が巧みに織り込まれ、叙事的客観と抒情的主観との混淆が顕著であるためにドイツにおける新たなバラーデの展開と見なされている。[20]とりわけ「ローレライ」の場合、主客の混淆が枠構造としても示されるが故に、そこに複雑な物語的展開があるばかりではなく、物語構造も複雑になっている。枠組みが「私には分からない」と「私が思う」によって構成されていることと、言い換えると、「私」が「いにしえのメールヒェン」を括るように物語り、「私」の判断が不確実なものから確実なものへと変わることにこそ、狭義のバラーデとしての「ローレライ」の真の複雑さがある。何かに取り憑かれた「私」の曖昧模糊とした、現在形による語り口が初めにあり、「これはかの歌声で／ローレライがなしたのだ」と憑依の中身を現在完了形で断定する語り口が終わりにある。まさにここにあるのは、メールヒェンの伝承過程である。こうして「新しいメールヒェン」は「いにしえのメールヒェン」として偽装され、伝承されていく。数あるローレライ伝説の中で、ハイネの「ローレライ」だけが、伝承された「メールヒェン」を扱うだけではなく、「メールヒェンを伝承すること」、つまり伝承行為そのものをも問題にするのである。

ハイネの「ローレライ」には、憑依の中に憑依が存した。「いにしえのメールヒェン」に取り憑かれた「私」が巨岩上の「乙女」に取り憑かれた「舟人」の破滅を描いてのことである。この重箱構造は近代文学の産物を「民衆メールヒェン」に仕立て上げるために必要な手立てであり、そこにはロマン派の文学的営為に対するパロディーの精神が働く。更に憑依の中の憑依は、歌の中の歌を新たに必要とした。「水の女」の系譜における歌声の復活に伴い、『歌の本』所収の「ローレライ」で「美しい姿」の乙女が「美しい声」を獲得してのことである。そしてこの歌の中の歌は物語詩とも称されるバラーデにおける物語の核でもあった。物語の中の物語という更なる重箱構造は、対称構造を有する枠構造によって、ハイネの「ローレライ」の独自性を獲得する。しかもこの複雑な構造に組み込まれているのが、伝承された「メールヒェン」であるばかりではなく、「メールヒェン」の伝承行為そのものでもあった。帰する所、ハイネの「ローレライ」をローレライ伝説において際立たせる特徴は、第一に偽装された「民衆メールヒェン」によって生じる「メールヒェン」に対するパロディー、第二に「水の女」が得た新たな複合的憑依、第三に対称構造を有する枠構造によって括られる伝承行為であった。

「再帰動詞的」パロディー

ベヒシュタインは上述の『ドイツ伝説集』で、「ローレライの姿を見る者、歌を聞く者は、魂を奪われる[21]」と述べ、ハイネの「ローレライ」に端を発する複合的憑依を的確に把握するが、しかし、その一一年前に何人にも先駆けて「ローレライ」の退行を看取したユゴーの卓見に比べると、いささか精彩を欠く。というのも、ハイネによって「ローレライ伝説」が「いにしえのメールヒェン」として定着すると同時に、皮肉なことにやはりハイネによって、「伝説」をめぐる言説がインフレーションに陥り、ローレライが「今や声も枯れて、疲れ始めている」からである。ハイネの詩の成功後、その影響下で創作された凡庸な作品が「多様に押し寄せては砕け、また繰り返される」ことで、「ローレライ伝説」は創造的活力を一気に失っていく。このようにハイネの「ローレライ」はひとつの頂点となり、同時に転回点となる。

加えて、ローレライ伝説の退行の原因は、ハイネの詩の外にあるばかりではない。『精霊物語』Elementargeister（一八三七年）にて示されているように、ハイネは生涯を通じて精霊に愛着を抱き続けたが、同時に精霊物語の多くが失われ、しかも残された物語の伝承も困難を極めることも明らかに認識していた。そもそもハイネにとっての詩的現実は、ロマン派、とりわけヴィルヘルム・グリムに顕著に見られたように、口承伝承が既に廃れ、「民衆メールヒェン」の存続が困難を極めるという現実であり、「古きよきメールヒェンの時代は失われていた[22]」のであった。このような危機意識は、バラーデ「ローレライ」が有するパロディーの精神と深くかかわろう。パロディーそのものの意味と質はパロディーが模倣対象に対してとる態度によって定まるが、中でも危機意識を前提とするパロディーは、「文化的な最終形式[23]」もしくは「伝統が重くのしかかるようになった長い時代の最後の花[24]」として、模倣対象が現実の生に対して時代遅れとなったり、あるいは生きた芸術的形姿を失い、硬化、形骸化、空洞化するときに、総じて力を発揮する。しかも、パロディーが自らを模倣対象とし、自らを貶め、自らに終止符を打つとき、それは真の「文化的な最終形式」となるのではないか。ハイネの「ローレライ」が「ローレライ伝説」を退行させたのであれば、それはこの詩のパロディーがいかに秀逸であるかを証す。

総じてパロディーは「ひとつの形式に終焉を予告する」[25]が、中でも自己批評的もしくは自己解体的パロディーは、文学において最も完成度の高い芸術形式かもしれない。少なくとも自己を徹底的に対象化する「再帰動詞的」パロディーは、他者を単に茶化し貶める「他動詞的」パロディーよりも、より深刻であり、より根深い危機意識に基づく。「メールヒェン」が枠構造によって「メールヒェン」の伝承行為そのものを対象とする営みは、フリードリヒ・シュレーゲルに依拠すれば、「ロマンティッシェ・イロニー」romantische Ironie の一例かもしれない。「いにしえのメールヒェン」という虚構世界を「私」という引用符で意識的に括る自己相対化が、ハイネの「ローレライ」から読み取れるからである。シュレーゲルの立場を踏襲するならば、完成度の高いパロディーはイロニーと化し、「無限なるもの」「表現不可能なもの」を我々に垣間見せるに違いない。

既にハイネ以前にも、「再帰動詞的」パロディーを探り出すことは可能であろう。しかしながら、自らの営みを対象とし、自らの伝承領域を解体する「ローレライ」のパロディーは、他の追随を許さない。ヴィルヘルム・グリムがメールヒェンという伝承形式に対する危機意識から出発して、メールヒェンの収集と編纂に生涯をかけたのに対して、ハイネは危機意識をヴィルヘルムと共有しながらも、メールヒェンをめぐる文学的営為の機能不全を意識し、実際にひとつの伝承領域を退行させるバラーデを創作したのである。詰まるところ、「ハインリヒ・ハイネのローレライ」における自己解体的パロディーとは、伝承行為を過剰に意識したイロニーに他ならない。

二　深い憂い

アイヒェンドルフ文学

「水の女の物語」において、アイヒェンドルフ文学は質・量ともに異彩を放つ。ヨーゼフ・フォン・アイヒェンドルフ（一七八八―一八五七）は何人よりも、量において「水の女」を自己の文学に頻出させ、質においてドイツ・ロマン派における「水の女」の新たな展開を自家薬籠中の物とすることで、ロマン派のみならず、ドイツ文学、否、世界文学の中でも「水の女」と最も深く関わったと言えよう。しかしながら、関わりの実相はこれまで必ずしも網羅的に検証されてはいない。本書は、その主たる原因が近年のアイヒェンドルフ研究に顕著ないわば共時的風景論にあると考え、その上で通時的身体論から上述の関わりを明らかにすることを目指す。

本書では既に、ヨーロッパ文学における「水の女」の系譜を「聞くこと」と「見ること」をめぐる人類の身体的営為が凝縮した伝承領域と見なし、その濃密な文学空間を「水の女の物語」と命名した。同「物語」をめぐる論攷では、総じてジェンダー論的観点から論じられることが多い。「水の女」に関する個々の物語が多様な展開を示しながらも、水を出自とする異界の女性が陸に住む人間の男性を誘惑もしくは魅了するという点で概ね共通するからであろう。誘惑物語の眼目とも称すべき誘惑手段、すなわち聴覚的誘惑と視覚的誘惑に本書が着目する所以がここにある。

「水の女の物語」においては、元々、「聞くこと」が重視されていたが、「美しい声」の消失とともに「見ること」が長らく重用され、そして「美しい声」の復活とともに「美しい姿」との混淆が始まり、「聞くこと」と「見ること」による新たな展開が始まったのである。本節では、（一）まずは近年の研究動向を繙きながらローレライ、ニクセ、セイレンがアイヒェンドルフ文学において有する重要性を示し、（二）次にアイヒェンドルフ没後一〇〇年以降の研究動向に顕著な共時的観点ではなく、通時的観点を本書が重視する立場であることを明確にしておく。以上の前提に立った上で、（三）アイヒェンドルフ文学における「妙音の饗宴」の起源を問い、（四）更にはそうした萌芽の展開をたどることで、「書く」という根源的体験を「浮き沈み」という表象で示したアイヒェンドルフ文学の核心を明らかにしたい。

＊

ローレライ、ニクセ、セイレン

アイヒェンドルフ文学における「水の女」に焦点を絞る際、まず注目すべきは、ローレライ伝説においてアイヒェンドルフが果たした役割であろう。件の「伝説」は、既に述べたとおり、ブレンターノの小説『ゴドヴィ』（一八〇一年）に収められた詩「ルーレライ」に端を発する近代文学の産物であって、決して古からの言い伝えではない。ライン川中流に聳える巨岩にまつわる断片的「口承」が、ロマン派の一詩人によって魔性の女の歌声をめぐる「書承」に変貌したこと、これが「伝説」の嚆矢であった。その後、男に騙され捨てられた魔性の女は、ブレンターノの友人アイヒェンドルフの詩「森の対話」（一八一二年）において、「魔女ローレライ」として森を疾駆する。

以上の点に関する指摘が多々ある中で、アレクサンダー・フォン・ボーアマンが一九六八年に公にした論文は刮目に値しよう。[26]論者は、ブレンターノのロマンツェがアイヒェンドルフの小説『予感と現前』（一八一五年）に及ぼした影響に着目する際、ローレライがギリシア神話のセイレンに端を発しゲルマン神話のニクセを経てゲーテやフケーに至る文学的伝統に連なることを踏まえる。それ故、アイヒェンドルフのローレライは、確かに森を疾駆する「魔女」ではあるが、しかしながら、水と密接に結びつく存在として、しかもエロスの力で人間の男性に死をもたらすデモーニッシュな女性的自然存在として示されている。

「水の女」に関する考察を一層深めたのは、インゲ・シュテファンであった。一九八七年の論攷によれば[27]、ドイツ・ロマン派における神話ならびに神話的思考の重視は水の女の文学的形象の復活をもたらし、新たな思潮がアイヒェンドルフとフケーにおいて顕著に現れる。但し、水の女が有する矛盾や両義性がアイヒェンドルフにおいては多数の抒情詩にて散在し、フケーにおいては『ウンディーネ』にて包括的に現れるという点で、両者は一致しない。しかしながら、アイヒェンドルフの詩において「水の女」は「ニクセ、ナイアス、セイレン、魔女、森の女」などと多様に現れるが、実質的にはいずれも一つの文学的形姿に溶解していくので、結局のところ、アイヒェンドルフもフケーも同一の水の女を志向している。それは、すなわち、エロスによって人間の男に死をもたらす女性的自然存在であった。
　水の女は陸の男を死へと誘う。この点において、「森の対話」と並んで「静かな谷底」（一八三七年）は重要な詩である。

月光のかき乱す
広々とした谷
小川のさ迷いよろしく
寂寥つらぬく流れ

かなたに私が見たのは
峻嶺に立つ森
鬱蒼とした樅の木の
深い湖を覗くさま

見たと思える突き出た小舟
だが舵とる者おらず
櫂うち砕かれ
小舟なかば沈んでいた

岩上のニクセ
金の髪を編んでいた
ひとりぼっちと言っては
実に不思議に歌うのだ

歌いに歌うと木々や
泉がかすかにざわめいた
夢うつつの如く囁いたのは
月明かりの夜

だが私は驚いて立ちすくんだ
森と深淵の上を通って
朝の鐘が響いたのだ
早くも彼方の空で

いまわの時の響き
もし耳することなかったのなら
二度と出て行きはしなかっただろう
この静かな谷底から

（一―二二二二）(28)

この詩に関する論攷が多々ある中で、ローレライとニクセの類似と相違に関心を示し、併せて、「静かな谷底」がアイヒェンドルフ文学後期の詩であることを自覚的に論じたのは、ギュンター・ニッグルであった。論者によれば[29]、谷底の静けさとは死の静寂に他ならず、静謐な空間は「惑いの歌」irre Lieder によってもたらされる。そこで中心的な役割を演ずるニクセは、ニッグルいわく「ローレライの妹」であった。事実、「静かな谷底」では、岩の上で金髪を編み、不思議な歌をうたうニクセがおり、その横で小舟がなかば沈みかけている点から判断すると、この詩が「ローレライ伝説」の影響下にあることは間違いない。但し、「静かな谷底」のニクセは、ブレンターノのルーレライや「森の対話」のそれとは異なり、人間の男性とは一切言葉を交わさぬまま、相手を破滅に導く。むしろ、言葉を介さないより根源的な誘惑の力を有する点で、言い知れぬ憑依をもたらすハイネのローレライに類似する。しかしながら、後期アイヒェンドルフの「水の女」は、ハイネの場合とは異なり、伝説の根ざす地理的な場所としてのライン川中流の特定の巨岩から離れ、また自身が無名のニクセであるという点で、いわば抽象化された存在であろう。ニッグルの主張によれば、この抽象化によって、「静かな谷底」のニクセは、アイヒェンドルフ文学特有の象形文字的自然風景と溶け合い、死の静寂となった谷底を視覚的というよりも音響的に知覚可能にする。もっともこのような指摘に論述が終始しているわけではない。たしかにニッグルは、符牒化されたニクセによって支配される第一連から第五連までにロマン派的な夢幻世界を認めるが、しかしながら、「月明かりの夜」を突然やぶる「朝の鐘」が鳴り響く第六・七連に後期アイヒェンドルフ特有のロマン派批判があることを見逃さない。批判とは、ロマン派的な詩的幻想が宗教的・倫理的生から乖離し、最終的に天才崇拝の自己神格化をもたらすため、芸術家的生が生そのものを死の危険にさらす、という見解であった。

浮き沈み

ニクセは「静かな谷底」から浮かび上がるばかりではない。なぜならば、ニクセにせよ、ローレライにせよ、アイヒェンドルフ文学においては、いずれも単なる批判の対象でも、断罪の対象でもないからである。確かに「夜の歌」が「朝の鐘」に打ち消され、美神ヴェーヌスが聖母マリアに取って代わられ、異教的な官能原理がキリスト教的な道徳原理に凌駕されることは、アイヒェンドルフ文学では少なくない。しかし、それにもかかわらず、「時折セイレンだけが／水底からいまだ浮かび上がり／惑いの音にて／深い憂いを告げる」（二―四二四）。モーリス・ブランショは、既に述べたように、セイレンが浮かび上がらずして、文学は成立しないと考えた。「書く」という文学的営為に携わる者は、常にセイレンの歌に曝され続けなければならない。ここで本章はひとつの仮説を立てる。つまり、ブランショのように明言は無いものの、「水の女」による誘惑が「書く」ことの根源的契機としてアイヒェンドルフにおいて既に自覚されていたのではないだろうか。この自覚化を促したのは、否定すべき対象が自己の創作基盤を培うという矛盾であろう。事実、「朝の鐘」を待望し、聖母マリアを崇拝し、キリスト教的な道徳原理を遵守しただけでは、アイヒェンドルフ文学特有のポエジーは立ち上がらない。その意味で、アイヒェンドルフのロマン派批判は単なる他者批判ではなく、むしろ多分に自己批判的である。批判の矛先は、テクスト内では異教的な誘惑原理に向けられ、テクスト外では宗教的信念が欠如したロマン派文学に向けられるが、これら批判対象はいずれもアイヒェンドルフ文学を培った創造基盤と言えよう[30]。それ故、外に向けられた批判は、ロマン派のいわば自己省察として、実質的には内に向かう。アイヒェンドルフ文学におけるセイレンは、キリスト教的な道徳原理のもとでは沈み、異教的な官能原理のもとでは浮かび上がる。この「浮き沈み」こそがアイヒェンドルフの創作原理であり、詩人自身が有するいわば「書く」リズムに他ならない。

それではセイレンはどこから浮かび上がるのか。そもそも水と無意識とは文学を介してある種の根源的連続性を有し、セイレンは人間存在の夜の側面、すなわち無意識の領域から浮かび上がると見る論者も少なくない[31]。本書なりの「文学」観によれば、人間の悟性的認識の外側にある未知なる「他者」を多かれ少なかれ悟性的認識に基づく「自己」の言語に「移し置くこと」Über-Setzen こそが文学の根源的営為である。自然存在かつ女性存在として二重の意味で「他者」として周辺化されてきた「水の女」を「翻訳すること」Übersetzenは、決して容易ではない。「水の女」は文学テクストの中に「移し置かれる」が、しかしながら、その時「他者」は悟性的な言語のもとで処理されるのではなく、むしろ文学的な言語のもとで克服と非克服の境界にいわば漂い続ける。はたして「翻訳」不可能な「他者」を「自己」の言語に「移し置くこと」は可能なのか、そもそも無意識を意識化して「翻訳」することは可能なのか。「文学」の前に立ちはだかる困難は多い。しかしながら、「文学」はそれでもなお、あるいは、それだからこそ、言語体系の編み目をくぐり抜ける「他者」を言語的に捉えようとする弛まぬ挑戦を続ける。但し、アイヒェンドルフ文学においては、こうした「挑戦」には常にある種の「敗北」が伴う。文学的営為に携わる者は、『詩人たちと仲間たち』に登場する詩人オットーのように、「水の女」の誘惑に屈するからである。詩人であれ、作家であれ、「書く」という文学的営為に携わる者は、ゲーテ「漁夫」のように水の中を覗き込むことでもう一人の自分の顔を見る者であり、オデュッセウスのようにセイレンの歌を聞く者に他ならない。

*

共時的風景から通時的身体へ

アイヒェンドルフ文学に頻出する「水の女」は、「陸の男」を死へと沈み込ませる女性的な自然存在としてであれ、無意識の領域から浮かび上がる絶対的な他者存在としてであれ、「書く」ことと深く関わるという点で、多分に自己省察的な表象である。本書は以上の考察を深めるべく、更なる問いを立てよう。アイヒェンドルフ文学では、視覚的誘惑と聴覚的誘惑とが分かち難いニクセを通じて、否、ニクセのみならず、同様の他の「水の女」を通じて、「書く」ことをめぐる文学の根源的体験が「浮き沈み」のリズムのもとで絶えず表象されているのではないか、と。但し、この問いを十分に検証するためには、ここ五〇年間のアイヒェンドルフ研究とは異なる視角を必要とする。

アイヒェンドルフ研究は、詩人の没後一〇〇年にあたる一九五七年前後から、アーレヴィン、ザイトリン、シュテックラインらによって牽引される形で、新たな段階を迎え、中でも「風景論」は着実に進展し、類型化され「象形文字」化された文体の詩的機能が問われ続けている。事実、アイヒェンドルフ文学では、森の木々や小川のざわめきが谷間のナイチンゲールのさえずりと共鳴することも、不気味な夜の静寂が朝の鐘の響きに取って代わられることも、谷底の垂直的な深まりと遙かな眺望の水平的な広がりが交差することも、いずれも珍しくはない。しかも、類型化された描写は、風景のみならず、人物、とりわけ女性像にも認められ、例えば、異教的な誘惑を体現する「ヴェーヌス」、キリスト教的な救済を示す「マリア」、際限なき自由精神としての「ディアナ」をテレージア・ザウター・ベリエが集中的に扱ったように(32)、女性像に関する考察が深められたことは、注目に値しよう。このような研究動向を踏まえると、前述のローレライ、ニクセ、セイレンは、いずれも類型化された「風景」に取り込まれる。

しかしながら、アイヒェンドルフ文学における「水の女」は、ローレライであれ、セイレンであれ、ニクセであれ、類型化ゆえに「象形文字」化されたデモーニッシュな自然存在としてほとんど一律に扱われ、それぞれの微妙な差異が、それも「見ること」と「聞くこと」とをめぐっては看過できない差異が、見落とされ続けている。その証拠に、これまでの研究では抒情詩に登場する「水の女」、とりわけ「森の対話」のローレライや「誘惑」ならびに「静かな谷底」のニクセに考察が集中し、同じ抒情詩でも、「囚われた者」の美女や「ヴェーヌス夫人」のナイアスや「破滅」の海の精などはせいぜい附言される程度にすぎず、晩年の叙事詩「ユーリアン」に至っては、作品そのものが研究上ほとんど考察対象にならないので、そこで登場するセイレンに関する言及はほぼ皆無に近い。その他、『予感と現前』や『大理石像』などの散文作品中に登場するセイレンに関しても言及が少なく、また『詩人たちと仲間たち』に至っては、アイヒェンドルフ文学中で「水の女」が最も頻出する作品であり、メルジーネに関する詩を創作する詩人が登場するという意味で、まさに「水の女の物語」の中の「水の女の物語」であるにもかかわらず、考察自体があまりにも少ない。これまでの研究では、類型化に対する関心ゆえに、水の女が有する微妙な差異は認められず、特定の対象のみが繰り返し論じられるにすぎない。しかも問題は考察対象が網羅的ではないという点に限られず、「水の女」を扱う作品のそれぞれの成立年が全く考慮されていないという点にもある。これまでの研究では、「水の女」の展開とそこから生じる異同を問題としない「共時的風景論」があまりにも支配的だったのではないか。つまり、類型化を主眼とする研究がいつしか「類型化」されてしまったのである。

アイヒェンドルフ文学が「水の女の物語」において質・量ともに異彩を放つ所以を明らかにし、「妙音の饗宴」の意味を問うためには、風景論的な同質性ではなく、身体論的な異質性を問題にしなければならない。その意味で、論述の視角は「共時的風景論」ではなく、作品の成立年を踏まえた「通時的身体論」に据える必要があろう。ここで、以下の論述理解の為に「アイヒェンドルフ文学における水の女」を網羅的に示しておく。

作品名（成立年→出版年）	聴覚性	視覚性	水の女
『秋の惑わし』（一八〇八／〇九年→一九〇六年）	○	○	セイレン他
詩「舟乗り」（一八〇八年→一九〇六年）	○	—	セイレン
『予感と現前』（一八一〇／一二年→一八一五年）			
①ナイチンゲールの歌声	○	—	セイレン
②詩「森の対話」（一八一二年?→一八一五年）	—	○	ローレライ
③詩「囚われた者」（一八一二年?→一八一五年）	—	○	美女
④フリードリヒの警告	○	—	セイレン
詩「春の旅立ち」（?→一八一八年）	○	—	セイレン
『大理石像』（一八一六／一七年→一八一九年）			
①フローリオのまどろみ	○	△	セイレン
②詩「ヴェーヌス夫人」（?→一八一九年）	○	—	ナイアス
③ヴェーヌス	○	△	ナイアス
④詩「神々の黄昏II」（?→一八一九年）	○	—	セイレン

『詩人たちと仲間たち』（一八三三年?→一八三四年）			
①オットーの幻覚	○	｜	ニクセ
②コルデルヒェン（フォルトゥナート）	｜	｜	ニクセ
③詩「誘惑」（オットー）	○	｜	ニクセ
④崖の上のユアンナ（領主）	｜	○	ローレライ
⑤ユアンナの死（ヴィクトール）	｜	｜	ニクセ
⑥月光を浴びた噴水（オットー）	○	｜	ニクセ
⑦領主の幻覚	○	○	ニクセ
⑧ドリュアンダーの見間違え	○	○	ナイアス
⑨郵便馬車中の話題（オットー）	｜	｜	メルジーネ
詩「舟乗り」（?→一八三六年）	○	｜	セイレン
詩「静かな谷底」（一八三五年→一八三七年）	○	○	ニクセ
詩「破滅」（一八三九年→一八四一年）	○	○	海の精
詩「ユーリアン」（一八五二年→一八五三年）	○	｜	セイレン他

＊

『秋の惑わし』

アイヒェンドルフの処女作『秋の惑わし』は、十字軍の時代の秋の夕暮れ、敬虔な騎士ウバルドが狩猟仲間とはぐれた森の中で、妄想に取り憑かれた隠者ライムントと出会う場面から始まる。城に招かれた隠者がみずからの奇譚を騎士とその妻ベルタの前で語り始めたとき、騎士と隠者が実は幼友達であり、ベルタをめぐる恋敵同士であったことに、三者は互いに気づかない。しかし、隠者が恋敵殺しの経緯と悦楽の園での顛末とを語り終えるころ、騎士と妻とは語り手にかつての友の姿を認め、奇譚がことごとく妄想にすぎないことを相手に悟らせようとする。ベルタと瓜ふたつの妖女に唆されてウバルドを殺害したことを悔い、懺悔の日々を過ごしてきたライムントにとって、現実を現実として認める力はもはや無い。かつて谷底に葬ったはずの恋敵が健在であることを知り、また、かつて激しい思慕を傾けた乙女の今の姿を見ると、ライムントは乱心の態のまま二人のもとから離れ、知らず知らずのうちにかつての居城へとたどり着く。その時、ライムントが悩乱の果てに知覚したものは、奇妙な歌の響きであり、血みどろのまま辺りを見回すウバルドの姿であり、悦楽の園の妖女が馬で走り去る姿であった。妄想が極限に達したとき、ライムントは奇妙な歌の響きを追い続け、帰らぬ人となる。

『秋の惑わし』は、一八〇八年から一八〇九年にかけて執筆されたが、作家自身の手によって上梓されるには至らず、日の目を見るのはおよそ一〇〇年後、すなわちヴィルヘルム・コッシュの手によって公刊される一九〇六年を待たねばならない。そこで問いがひとつ立てられよう。作家のいかなる意志が働いて、処女作は筐底に秘されたのかと。たとえ萌芽的であれ作家独自の文学的覚醒によって刻印された最初の作品は、「処女作」と称されるに相応しい。しかしながら、それがあまりにも文学的伝統の踏襲にとどまり、先行作品の単なる改作もしくは翻案の域を脱していないと作家自身によって判断されたとき、いかなる事態が生じるであろうか。『秋の惑わし』に付された封印とは、作家自身によるひとつの「断罪」に他ならない。アイヒェンドルフ自身による明言が無いだけに推測の域を出ないが、おそらく近代作家特有の矜持が強く働いたのではないだろうか。『秋の惑わし』がティークの『忠臣エッカルトとタンネンホイザー』（一七九九年）に依拠しながらタンホイザー伝説を継承することは、よく知られている。そうした依拠が文体にまで及ぶ故に[33]、伝説の継承は模倣の域を必ずしも出ていない。少なくとも作家自身はそう考えたのではないか。

タンホイザー伝説

タンホイザー伝説はドイツ・ロマン派に愛好された文学的題材であった。一三世紀に活躍したドイツの宮廷詩人をめぐる話は一四世紀に伝説化され、一五世紀にはバラーデとして広く流布し、『少年の魔法の角笛』（一八〇六年）

を契機に新たに伝説化されることとなった。伝説は、タンホイザーが大地母神ヴェーヌスの誘惑を受けて、「魔の山」Zauberbergとも称される「ヴェーヌスベルク」Venusbergで官能的歓楽にふける前半部と、タンホイザーが魂の救済を求めてローマに巡礼するものの、教皇の許しを得られないままに魔境に再び戻り、後になってようやく神の恩寵を受ける後半部とからなっており、それ故に誘惑と救済の物語として読まれよう。ティークの作品では、若い頃、ヴェーヌスベルクへと迷い込み、そのまま失踪してしまった騎士タンネンホイザーが自身の経験を友人フリードリヒに次のように語る。

古くからの言い伝えで、何百年も昔に忠臣エッカルトという名の騎士がいたという。話によると、当時、不思議な山から一人の吟遊詩人がやって来て、その奏でる風変わりな調べが深い憧れと烈しい望みを聞く者すべての心に呼び起こした。音色の引き寄せは抗いがたく、皆かの山に迷い込むという。当時、地獄は哀れな者に門を広く開き、心地よい音楽で中へ誘い込んだのだ。少年の頃この話を繰り返し聞いたところで特に心動かされることは無かったが、ほどなく自然という自然が、どんな響きであれ、どんな花であれ、この心打つ音の伝説を思い起こさせるようになった。[34]

この引用は、一読してすぐに分かるように、異教的自然から発せられる誘惑の調べという点で、そして幼年時代に端を発する経験という点で、アイヒェンドルフ文学と共通性を有する。アイヒェンドルフ文学は多かれ少なかれティーク文学を継承するが、見方によっては、前者が後者のいわば焼き直しであり、『秋の惑わし』がその最初の例であるとも見なされよう。確かにこの「処女作」には封印が付される要素を多分に有する。芸術活動において独自性の欠如もしくは不足は許されないと確信した上で、アイヒェンドルフは近代作家の矜持をもって処女作に断罪を下したのではないか。

しかし、「テクストの意志」は「作者の意志」とは必ずしも一致しない。文学テクストが作者の手を放れ、作者の意志を裏切ることは少なくなく、『秋の惑わし』もその例外ではない。『忠臣エッカルトとタンネンホイザー』では、水の音をたて、土の精の声を発し、根源的な音の調べを奏でる鉱山が地下世界へとタンネンホイザーを導くと、そこでは「陽気な異教の神々がヴェーヌスを先頭に群れをなしてやって来て[35]」挨拶をする。地下世界が大地母神の支配圏であるだけに、女神の役割は大きい。但し、ティークのテクストでは、先導者としてのヴェーヌスの名前が挙げられるにとどまり、描写の力点は美神よりも悦楽の空間に、差し詰め「ヴェーヌス」Venusよりも「ベルク」Bergに置かれる。これに対して『秋の惑わし』では、「ヴェーヌスベルク」という地下世界も「ヴェーヌス」という名の女神も登場しない。谷底から聞こえる歌声に誘われ足を踏み入れた悦楽の園でライムントが見たのは、妖女の化身、愛しの人ベルタの姿だった。

静かな沼がそそり立つ岩壁に取り囲まれており、岩壁にはキヅタや奇妙なヨシの花がおびただしく天に向かって絡みついていました。生温い水の中では、歌いつつ美しい身体を浮き沈みさせていた乙女が数多くいました。その中で誰よりも際立ち、一糸まとわぬまばゆい姿で佇んでいたのが、あの方だったのです。乙女たちが歌う中、くるぶしに淫らにまとわりつくさざ波を言葉もなくじっと見つめるあの方の姿は、陶然とした水面の映し出すわが身の美しさにうっとりと見とれているようでもありました。（二一一九以下）

『忠臣エッカルトとタンネンホイザー』が「ヴェーヌス」ならびに「タンネンホイザー」という名前によって伝説を直接継承するのに対して、『秋の惑わし』ではそうした二つの名前が用いられず、伝説を直接的に継承していない。別言すれば、前者がタンホイザー伝説を物語の前景に押し出し、後者が背景にとどめてしまう。その結果、『忠臣エッカルトとタンネンホイザー』においてただ「ヴェーヌス」と命名されるだけで、人物描写がいわば捨象された大地母神は、『秋の惑わし』に至ると、わが身の美しさに溺れるひとりの女性として描かれている。前者において神々をひきいる「女神」は、後者において乙女に取り囲まれた「女」となり、同様に、地下に君臨する「大地」存在は波間から生まれた「水」存在となり、詰まるところ、「大地の女」は「水の女」と化す。『秋の惑わし』が『忠臣エッカルトとタンネンホイザー』の単なる翻案にとどまらず、否それどころか、アイヒェンドルフ文学特有の萌芽を有する「処女作」であるとするならば、それはひとえにテクストが「水の女の物語」に参入したからではなかろうか。

奇妙な歌

中世以来、ヨーロッパには森を舞台とするメルジーネ伝説が存在する。実は、この伝統を忠実に継承したのがティークであり、逸脱を伴いながら継承したのがアイヒェンドルフであった。一四〇一年にフランスで出されたクードレットの韻文叙事詩『メリュジーヌ』Mellusigne を、テューリング・フォン・リンゴルティンゲンがドイツ語に翻訳したのが一四五六年の『メルジーネ』Melusine であり、更にティークが古いドイツ語から新しいドイツ語に置き換えたのが一八〇〇年の『メルジーナ』Sehr wunderbare Historie von der Melusina であった。更に一八〇六年、アヒム・フォン・アルニムがウンディーナ物語の系列であるシュタウフェンベルクの騎士の話をメリュジーヌ物語と合わせた『騎士ペーター・フォン・シュタウフェンベルクと水の精』Ritter Peter von Stauffenberg und die Meerfeie を世に問う。中世以降、フランス語圏やドイツ語圏において広く流布したメルジーナ物語とウンディーナ物語、つまり歌わない「水の女の物語」は、言うなれば、民間伝承に強い関心をしめす近代の二詩人によって継承されたのである。但し、一七七八年、既にゲーテ「漁夫」において歌う「水の女」が復活していたことを考え合わせると、両者は民間伝承には注意深く聴き耳を立てたが、「水の女」の歌に関しては頑なに耳を閉ざしたと言えよう。

これに対して、アイヒェンドルフはセイレンの歌に聴き耳を立てていた、否それどころか、常に曝されていたのかもしれない。なるほど『秋の惑わし』では、セイレンが歌をうたう場面などない。しかしながら、ヴェーヌス的女性の周りでは乙女たちが「浮き沈み」しながら歌っており、そうした様子に魅了された話し手の隠者は自らを「生に酔った者」として自覚し、聞き手の敬虔な騎士を「舵を取るべき方向がしっかりと分かっており、航行中、セイレンの不思議な歌に惑わされたりしない舟人」と称す（二―一四）。つまり、隠者のまなざしにおいて、乙女たちはセイレンとなり、騎士はセイレンの歌に打ち勝つオデュッセウスとなる。事実、「奇妙な歌」（二―二二）が城を吹きすぎるとき、語っている隠者はすっかり落ち着きを失うが、話を聞いている騎士は歌をあえて気にとめようとしない。迷える男は再びセイレンの歌に迷い、敬虔な男はオデュッセウスとして始原の歌に打ち勝つ。「奇妙な歌」は、作品の結末にて言語化されるとき、明らかに誘惑の歌として響く。

「私の金の巻き毛なみうち／なお甘く私の若い体さきほこる――」

「静かな谷底の小川／はるか彼方へざわめく」――

「満ちあふれる愛のことづて／もたらす角笛の響き／おいで　おいで！　音消えぬうち」（二―二七）

ティークやアルニムとは異なり、アイヒェンドルフはセイレンの歌を復活させながら、「水の女の物語」に参入していく。なるほど、異教的誘惑の手に落ちた迷える男とキリスト教的道徳を遵守する敬虔な男という人物設定自体にも、何らかの文学的試みが認められよう。だが、アイヒェンドルフ文学に独自性をもたらす真の萌芽は、単なる二項対立的な人物設定ではなく、やはりトポスへの参入を踏まえた「浮き沈み」にある。秋になると城に聞こえてくる「奇妙な歌」（二―二二）を耳にして隠者が驚愕するとき、実は騎士も秘かに戦慄をおぼえ、辛うじて平静を装う。隠者の判断とは異なり、「オデュッセウス」の意志は必ずしも盤石ではない。騎士が隠者と同様にいつか「セイレンの不思議な歌」に惑わされることは十分に有り得る。もし歌の魔力から辛うじて逃れている男を騎士に認め、敬虔な祈りの日々を送りながらもただ秋にのみ官能に酔いしれる男を隠者に認めるのならば、人物設定をめぐる二項対立的図式は見かけほど単純ではない。実は両者の本質はさほど変わらず、ウバルド（Ubaldo）がライムントほど「大胆でない」あるいは「不遜でない」男、つまりウ・バルド（U-baldo）であるのは、実は見せかけにすぎない。

ライムント

『忠臣エッカルトとタンネンホイザー』の結末では、テクストがタンホイザー伝説を直接的に継承するだけに、敬虔な聞き手であったフリードリヒは、妻が殺されると、迷える話し手であるタンネンホイザーの口づけを受けた者として、「ヴェーヌスベルク」とタンネンホイザーを探し求め、永遠に放浪する「第二のタンネンホイザー」と化す。聞き手が「口」を介して話し手となり、タンホイザー伝説が文字どおり「口伝え」で伝承されるとき、「穏やかで」friedlich 敬虔な男はついに「穏やかではない」迷える男になっていく。このような変容ゆえに、『忠臣エッカルトとタンネンホイザー』はタンホイザー伝説をいわば正当に継承する。

	話し手／迷える男	→	聞き手／敬虔な男	
『忠臣エッカルトとタンネンホイザー』	タンネンホイザー	→ 〔口づけ〕	フリードリヒ	→
『秋の惑わし』	隠者ライムント	→ 〔~~口づけ~~〕	騎士ウバルド	

これに対して、右に示したように、『秋の惑わし』はタンホイザー伝説としては不完全である。「口」を介する伝承はなく、敬虔な男は迷える男へと変容しない。しかも、話し手の名は「タンネンホイザー」でも「タンホイザー」でもなく、「ライムント」である。たしかに『忠臣エッカルトとタンネンホイザー』の「穏やかな」男と『秋の惑わし』の「大胆でない」男との関連づけは名前を介して可能ではあるが、「タンネンホイザー」と「ライムント」、この二つの名前の間には確かなつながりは無い。とはいえ『秋の惑わし』がタンホイザー伝説の正当な嫡子とならないことは、もっと積極的に評価されてもよいのではないか。前述のとおり、「ライムント」という名の男はセイレンとオデュッセウスとの対峙をそれとなく意識しており、妄想が極限に達したとき、「誘惑の歌」に聴き耳を立てながら、殺したはずのウバルドの姿と妖女が馬で走り去る姿とを目にする。この時、幻聴はオデュッセウスとセイレンの遭遇譚と、幻視は後に「森の対話」にて展開するようにローレライ伝説と、更に「ライムント」Raimundという名はメルジーネ伝説と、それぞれ結びつく。実は、テューリング・フォン・リンゴルティンゲンにおいても、ティークにおいても、メルジーネと結ばれる騎士の名は、「ライムント」Reymundに他ならない。詰まるところ、『秋の惑わし』は二重の意味で「コンタミナツィオーン」Kontaminationである。一方で、三様の「水の女の物語」が合わさり、他方で、タンホイザー伝説に「水の女の物語」が混淆する時、「処女作」は自らの権利を主張する、二重の「間の子」として。このように「水の女の物語」へと参入したアイヒェンドルフ文学は、その後、文学的営為としての「書く」ことをめぐり、「浮き沈み」のリズムを伴う独自の萌芽を着実に育んでいくのである。

＊

『予感と現前』

アイヒェンドルフ最初のロマーン『予感と現前』は、敬虔な若者フリードリヒの自己形成の物語として、船出の場面から始まる。それだけに作品には、人生を旅として描く古代からの「クロノトポス」Chronotoposが働く。冒頭の場面は、主人公を巻き込む混沌とした生がまさに「渦」であることを、それとなく示す。学業を終えたフリードリヒが見送りの友人たちとともにドナウ川を船で下るとき、一行が通り過ぎるのは「渦と呼ばれている荘厳な場所」であり、そこで目にするのは岩の上にある十字架と「底知れぬ奈落へとすべての生を引き下ろす恐ろしい渦巻き」とである。この垂直的構図が作品の結構をなすだけに、「敵意のあるよそよそしい元素」（二―五八）としての水がざわめくことの意味は大きい。例えば、とあるイタリア的風景の「一帯が赤く染まる夕暮れに包まれると、その様子はまるで木や川の流れや庭や山の錯綜した魔法の海となり、海上をナイチンゲールの歌がセイレンのように走るようだった」（二―一五四）と描かれるときのように、また、修道院行きを決心したフリードリヒが光と闇の絡み合う混沌とした自らの時代を「伝説上のセイレンみずからが雷雨の前ぶれのように新たに水面に浮かび歌う」（二―三八〇以下）時代として警告するときのように、混沌とした「元素」の力は聴覚的には「ざわめき」、視覚的には時に「渦」となり、また時に「セイレン」と化す。但し、上記の二例ではともにセイレンの歌声が問題となるが、いずれも比喩にすぎず、作品内でセイレンが歌うわけではない。また、フリードリヒと同様に小説中で重要な役割を果たすレーオンティンもロマーナも陸の男を誘惑する「水の女」をめぐる歌をうたう。ライン河畔でレーオンティンがとある猟師と歌う詩「森の対話」では「魔女ローレライ」が森を疾駆し（二―三五〇以下）、ロマーナが歌う詩「囚われた者」では「驚くほど美しい女」が騎士を水の世界へ誘うが（二―二七一以下）、いずれも歌う「水の女」ではない。詩人ファーバーがローザや他の者たちに語る「水の男」（二―九三）の話も併せて考えると、『予感と現前』では主要登場人物がいずれも「水の女」をそれぞれ心に抱く。その所以をテクストの外に求めるのであれば、このロマーンが「水の女の物語」の伝統を、それも視覚重視の伝統を継承しているからであり、テクストの内に求めるのであれば、このロマーンが垂直的な構図の中で始まり終わる枠物語だからである。事実、『予感と現前』の冒頭は、「太陽が今しがた壮麗に昇ってしまったところだった」Die Sonne war eben prächtig aufgegangen（二―五七）という一文で始まるとともに、フリードリヒの舟が十字架と渦の間を進み、そして物語が「太陽がまさに壮麗に昇りつつあった」Die Sonne ging eben prächtig auf（二―三八二）という一文で閉じられる直前、レーオンティンの舟は空と水の間に消えていく。『予感と現前』は心に「水の女」を抱く若者たちが浮き沈むクロノトポスに他ならない。

「春の旅立ち」

ところで、先の一覧から読み取れるように、セイレンが扱われるときには必ず誘惑の歌が問題となるという点で、アイヒェンドルフ文学では歌うセイレン像が根強い。そうした中で、詩「春の旅立ち」では「見ること」と「聞くこと」とが二人の人物においてそれぞれ問題となる。

二人の元気な若者／初めて家を出た／大いに歓声を上げながら春爛漫の／響き歌う明るい波の中へ／まさに出
て行った
二人は栄達をさぐり／世の中で果たすまともなことを／哀楽に抗して求め／ひとの脇を通り過ぎる際／相手を
心底笑った
愛しの人を見つけた第一の若者／中庭にある家を買った義母／ほどなく息子をあやす若者／家の小部屋から
心地よく野を見た
第二の若者に対して歌い欺いた／水底の声あまた／誘うセイレンたちが若者を／引きずり込んだ　戯れる波の／
多彩に響く深淵へと

若者が深淵からもどると／疲れ老いていた／水底にあった舟／辺りはかくも音もなく／水の上を寒々と風が吹いた

春の波が歌い響く／大いに私の上を／かくも向こう見ずな若者たちを見て／私の目に涙あふれる／神様、お慈悲で私たちをみもとに導き下さい！　（一―二二五）

後に「二人の若者」と改称されたこの詩では、青雲の志を抱いて家を離れた二人の青年のうち、一人は妻と家と子供を得て内から外を眺める男として小市民的な日常世界に埋没し、もう一人はセイレンの誘いの歌に聴き耳を立てる男として官能的な非日常世界に沈む。「見る」男の成れの果てが第三連でのみ伝えられるのに対して、「聞く」男のそれが、それも沈みと浮きを伴って、第四連と第五連で続けて描かれるとき、六連からなるこの詩はある種のアンバランスを示す。しかも第四連では誘惑の歌が、第五連では老いと死の静寂が問題となるだけに、第二の若者が受ける聴覚的誘惑こそこの詩の眼目をなす。そして第六連では「かくも向こう見ずな若者たち」への遺憾の意と神への祈りが抒情的自我によって表明される。二人の若者はともに救済されなければならない。しかし、外としての自然を小市民的世界の内から「見る」第一の若者よりも、自然から発せられる歌を「聞く」ことで非日常的な深淵に陥る第二の若者に、抒情的自我の意識はより強く傾く。この詩に限って言えば、自然を心地よく「聞く」ことは、それを心地よく「見る」ことよりも、官能の度合いは深い。それだけにより根本的な救済が必要とされるのは、聴覚的誘惑によって異教的自然の奈落に陥る第二の若者にある。

『大理石像』

「二人の若者」をめぐって希求にとどまった救いは、『大理石像』においては大団円という形で実現する。この短篇小説は、『秋の惑わし』と同様に、タンホイザー伝説を下敷きにした誘惑物語と称せられよう。但し、両作品の異同は決定的であり、一方は狂気に陥った者が自然世界から帰らぬ人となる「秋の夕暮れ」の物語であり、他方は幻惑に陥った者が人間世界に帰還する「夏の夕暮れ」の物語である。主人公フローリオは明朗な詩人フォルトゥナートと黒ずくめの騎士ドナーティとに出会い、前者から「魔の山へと誘う吟遊詩人」(二一三八六)に対する警告を受けながらも、後者の導きでルッカ郊外の廃墟にてヴェーヌスと遭遇し、その誘惑に陥りながらも窮地を脱し、最後に初恋の相手である少女ビアンカと結ばれる。以上の展開において、誘惑に陥り、誘惑から脱することが、筋の骨格をなす。それだけに最後の大団円は実に祝祭的である。フローリオ(Florio)とビアンカ(Bianca)とが再会するとき、純白(bianca)の名を冠せられた少女は「はれやかな天使の姿」となり、主人公は「生まれ変わったようだ」と言いながら朝日を浴びて光り輝く(florere)。異教的闇の世界からキリスト教的光の世界へのフローリオの帰還は、不意に現れたフォルトゥナートの「敬虔な歌」がヴェーヌスの魔力を封じることによって果たされるために、たしかに話の筋としてはいささか唐突である。しかし、この急転は決してデウス・エクス・マキナではない。幸(fortuna)をもたらすフォルトゥナート(Fortunato)は、他の登場人物と同様に、自らの名前に込められた役割を果たすだけに、『大理石像』は総じて予定調和的である。ライプニッツ流に言えば、個々の登場人物はモナドとなり、物語は唯一つの奇蹟へと進む。但し、文学テクストとしての『大理石像』では、神に代わって奇蹟を司る主体はテクストそのものに他ならない。

この予定調和的な物語では、先の「敬虔な歌」の他に、実際に歌詞が示されるフォルトゥナートの三つの歌も見逃せない。第一の歌はドナーティの登場を予告し、第二の歌はヴェーヌスに魅了されつつあるフローリオの状況を示唆し、第三の歌はヴェーヌス伝説をめぐって異教的誘惑からキリスト教的救済へと至る一連の出来事を総括する。そして、これらの歌の他に看過できない要素として、セイレンの、そしてナイアスの歌が挙げられよう。まず、セイレンは、キリスト教的な敬虔と異教的な官能との間に立つ主人公の幻覚において現れる。中間存在としてのフローリオは、第一の歌をうたい終えたフォルトゥナートとそれによって登場が予告されたドナーティとの間に挟まれながら、ルッカの町へと向かう。物語全体の枠組みが示されたこの場面の後、フォルトゥナートはフローリオとともに市門をくぐるが、ドナーティは馬が暴れ出し、中に入ることはできない。実際に市門の外に住む後者はいわば「外のひと」である。しかしその魔力はフローリオに確実に取り憑き、日常的な生活空間から非日常的な異界へ、すなわち「魔の山」へと若者を誘う。事実、「昼間の光景にさわぐ心に、いつまでも波打ち、響き、歌い続けるものがあった」後、ビアンカに似た「セイレンたちが水から浮かび、〔中略〕舟が気づかぬほどに傾き、次第に深く深くへとゆっくりと沈んだ」様子を幻視として見、更には、「セイレンのように」あたり一帯がうたう歌を幻聴として聞くと（二―三九五）、フローリオは誘惑に抗うことができぬまま彷徨い、大きな池のほとりに立つヴェーヌスの大理石像のもとへと行き着く。たとえ翌朝にフォルトゥナートとともに朝の光を浴びようとも、フローリオはもはやヴェーヌスの呪縛から逃れることはできず、美神を探し求める夢遊病者と化す。若者が再び「あの池のほとり」に行き着くと、今度はヴェーヌス自身が、自らを甦らせる春に呼びかけながら、「ナイアスは歌いながら浮かんでは沈む」（二―四〇二）と歌う。セイレンと同様にナイアスもギリシア神話において陸の男を水中に引き込む「水の女」であるだけに、ヴェーヌスは歌の中でナイアスの名を挙げるだけにはとどまらず、噴水のたもとに座る「美しいナイアス」（二―四〇九）としてフローリオの前に現れ、若者を確実に我が物にしようとする。とはいえ、フローリオがヒュラスになりかけるとき、フォルトゥナートは若者を、まずは歌詞が示される第二の歌で一時的に、次に歌詞が示されない「敬虔な歌」で決定的に、救い出す。そして詩人が第三の歌で水底から浮かび上がるセイレンの歌について触れ、事の次第を明らかにすると、物語は予定調和的に大団円へと突き進む。

このようにセイレンならびにナイアスの聴覚的誘惑は物語全体において決定的な役割を担う。但し、フローリオの幻視にて現れた「セイレン」も、フローリオの前に現れた「美しいナイアス」も、ともに美しいビアンカと重ねられ、それとなく視覚的美しさが描出されているだけに、聴覚的誘惑の他に、視覚的誘惑が示唆されていることは看過できない。このような複合的誘惑は「見事に美しい金髪の少女」が美しい声で騎士に歌いかけるフケー『ウンディーネ』（一八一一年）から始まり、「美極まる乙女」が不可思議な歌をくちずさむハイネ「ローレライ」（一八二七年）において頂点を極めるだけに、アイヒェンドルフ『大理石像』（一八一九年）は「水の女の物語」における「妙音の饗宴」を大きく展開させる役目を果たす。

『詩人たちと仲間たち』

アイヒェンドルフ文学が「水の女の物語」において質・量ともに異彩を放つ所以は、『詩人たちと仲間たち』に至ると一層際立つ。第二のロマーンでは、ニクセ、ローレライ、ナイアス、メルジーネのいわば「四姉妹」が登場し、しかもその内の二者が聴覚と視覚に訴える複合的誘惑を行う。「水の女」をめぐるアイヒェンドルフの着想が十全に盛り込まれているという点で、『詩人たちと仲間たち』はタブローである。事実、主要登場人物となる「四詩人」と「四姉妹」との結びつきは意外なほど強い。

詩人たちの中で中心的な役割を演じるヴィクトール・フォン・ホーエンシュタイン伯爵は、既に詩人としての名声を博しているにもかかわらず世を疎い、ロターリオという名で旅回りの役者の一座に加わり、更に絶望の度合いを深めるとヴィタ―リスという名の隠者となるが、最終的には行動的なカトリックの司祭となって世に戻る。このような遍歴の中で最も決定的な出来事は、狩猟の女神ディアナの権化とも称すべきスペインの伯爵令嬢ユアンナとの再会であった。フランスのナポレオン軍とスペインのゲリラ隊の衝突の際に知り合っていた二人は、一座が上演の為に若い領主に招かれると偶然再び出会うが、一人の男性に身を委ねることを自らに許さないユアンナは、ロターリオに誘拐され、愛の告白を受けると、断崖から谷底のざわめく川へと馬もろとも身を投げてしまう。

驚愕したロターリオが後を追って飛びこむと、目にしたのは解け広がった髪とともにニクセさながら冴えた月光を浴びて漂い流れ、沈むかと思えば、ふたたび浮かび上がる姿だった。やっとのことでロターリオはユアンナを捉えていたものの、〔中略〕しかし相手は、凛とした死の美しさの中で黙し青ざめ、もはや息絶えていた。
（三―二二一）

絶世の美女は、ロターリオのまなざしにおいて、「狩猟の女神」から沈み浮かぶ「水の女」と化す。もっともユアンナの視覚的美しさに心を奪われたのは、ロターリオばかりではない。フランス側の士官たちしかり、ユアンナを客人として迎え入れた若い領主しかり。特に後者の場合、秋の夕刻に崖の上にいるユアンナの姿を見かけると、放心状態で一言ことばを放つ、「ルーレライ」（三―二〇六）と。ユアンナの死後、彼女に魅了された二人の若者のうち、伯爵は次第に詩作とは訣別し、信仰に目覚めるという意味でいつしか浮かび、領主は荒んだ生活の中で「享楽と悔恨、喜びと恐れの間をさ迷いながらほのかに光る奈落に向かってますます深く降りていった」という意味でひたすら沈む。しかも奈落で「人の心を惑わす歌をうたいながらニクセが月光を浴びて岩礁の上で濡れた髪を梳いていた」（三―二六五）ことから察すると、領主を襲った憑依は、視覚的誘惑のみを行使するブレンターノ的な「ルーレライ」ではなく、視覚と聴覚に訴えるハイネ的な「ローレライ」である。信仰とは無縁の耽美的な生への耽溺において、ニクセとローレライは混淆し、誘惑手段は複合化していく。

但し、『詩人たちと仲間たち』の四詩人すべてが深刻な「浮き沈み」の前に立たされるわけではない。明朗な詩人フォルトゥナートも、放浪の詩人ドリュアンダーも、キリスト教的な道徳原理のもとで浮かび上がる存在でもなく、また異教的な官能原理によって沈み込む存在でもない。その意味で両者は文学的営為の根源的体験を直接背負い込む詩人ではない。しかし、やはり詩作に携わる者として「水の女」から誘惑を受ける宿命にある。フォルトゥナートは「まるで波間から上がってきたばかりのニクスヒェン」（三―一四七）に、実際にはずぶ濡れのコルデルヒェンに射るように見つめられ、ドリュアンダーは妻ゲルトルートを「石の水盤の縁に座っているナイアス」（三―二八〇）

と見間違えてしまう。詩作に携わる「陸の男」は「水の女」の誘惑からは逃れられない。
詩人存在の避け難い宿命という点で、オットーの存在は最も注目に値する。この第四の詩人は、最終的に浮かび上がるヴィクトールとは異なり、浮き沈みの果てに結局は沈み込み、同時に『秋の惑わし』のようなコンタミナツィオーンを『詩人たちと仲間たち』にもたらす。学生の頃からヴィクトールの詩を愛好し、文学に耽溺していた青年は、春になると「ヴェーヌスベルク」からやって来る「不思議な吟遊詩人」のことに言及し、異様な目つきで語る。魔境からは「蒸し暑い昼時になると寂しげな鳥のさえずりが響き、川や泉が月光を浴びながら千々に乱れてざわめき、夢の中でのように水浴びするニクセたちの歌声が静かな金色の夜をぬけて聞こえてくる」（三—一三七）と。このように自己告白をする若者は、官吏ヴァルターの尽力により、「娼婦」（三—一三八）とも称されている詩作の道とは訣別し、法律の勉強に邁進することを誓う。しかし浮かび上がりは一時的で、オットーは再び沈み込む。下降の決定的な契機は、旅回りの一座でのコルデルヒェンとの再会であり、この女優が歌う水底への誘いの歌「誘惑」であった。

木々のさざめき聞こえてこない？
外にて辺りの静寂やぶる音
耳を澄ませと誘われない？
露台から谷底へと
そこにあまたの小川の流れ
月光あびて不思議に進む
連なる静寂の城見下ろすの
高い巌から川中へと

惑いの歌　まだ覚えている？
古の麗しの歌を
歌　ことごとく甦る
夜　寂しい森の中
木々　夢心地で耳澄まし
リラ　あだめき香り
ニクセ　川でざわめくとき――
降りておいで、ここはとても涼しいところ　（三―一八一）

ニクセをめぐる「惑いの歌」は若者を詩作へと、それもメルジーネをめぐる詩作へと促し、否それどころかメルジーネのもとへと誘い、最終的にはローレライ的な死へと導く。複数の「水の女の物語」が混淆するオットー・エピソードは、「間の子」として出発し、それを展開させてきたアイヒェンドルフ文学の自己投影である。恋の成就も、詩人としての名声も、幸せな結婚生活ももたらされず、加えて隠遁の試みも失敗に帰したとき、若者が傷心を自らの理想美によって癒すことの意味は大きい。妻の不義を目撃したオットーが地上では「故郷」を持たぬ流謫の身となるとき、変幻自在の水は『予感と現前』のときと同じように「敵意のあるよそよそしい元素」と化す。「通りは荒れ果て、月光を浴びた噴水は、かつては実に花嫁のように音を立てていたが、今では幽霊じみて見え、ヴェールに包まれたニクセが風に身を屈し傾ける姿は、まるで秘かにオットーのことと恥辱のことを囁いているかのようだった」（三―二六〇）と感じる若者には、現実と幻視の間に一線を引くことはもはやできない。オットーがピグマリオンの如く理想の女性に出会うのは、見知らぬ大きな町での夜の散策という現実と「メールヒェンめいたもの」（三―三〇五）に誘われるという非現実とが見事に融合するときであった。浮き沈みの狭間にいるオットーの耳には、一方で塔のオルゴール時計が奏でる敬虔な歌が、他方で水車の回る音がとどく。しかし結局のところ、メルジーネの美しい歌声が若者を庭園へ、池へ、そして「ニンフ」像へと誘うことで、浮きを沈みが凌駕する。この時、かつての民衆本の世界では〈歌わない森の女〉メルジーネが、口承伝承のニクセのように「すらりとした白い姿の少女」となりながら、セイレンのような〈歌う海の女〉と化すことも見逃せない。事実、オットーは相手に請われるまま、「美しい海の精メルジーネ」(三―三〇八)をめぐる一篇の詩を読み上げてしまう。こうした「メールヒェン的環境」(三―三〇八)において、現実と非現実の境界は完全に消し去られ、オットーの命運は定まる。

但し、詩人の沈み込みは、耽美的な生へと溺れ廃人と化した領主のそれではない。官能的な想起に浸るたびに、「オットーは深い不安に襲われ、夜を徹して詩作に耽り、ポエジーでもって己を凌駕しようと望んだ。あたかも才能が人間性を全く持たぬ物自体であるかのように!」(三―三〇九)と。作家論的な視点に立てば、このような詩人像から後期アイヒェンドルフのロマン派批判を読み取ることができよう。批判の対象は、宗教的・倫理的生から乖離する芸術家的生であり、詰まるところは、その自己神格化である。但しこうした批判対象そのものが、テクスト内ではオットーの、テクスト外ではアイヒェンドルフの創作基盤であるだけに、他者批判は同時に自己批判となろう。作者の意識においては、ヴィクトールのように最終的に浮かび上がる詩人は称揚され、オットーのように自らの文学的営為によって沈み込む詩人は断罪される。しかし、重要なことは、浮かび上がるにせよ、沈み込むにせよ、文学的営為の根源的体験が自覚され、その自覚が「水の女」として表象されたことではなかろうか。アイヒェンドルフ文学は「書くこと」をめぐり自己省察的に展開してきた。その意味で、『詩人たちと仲間たち』は紛れもないタブローである。自己の文学的営為に完全に閉じこもる詩人は芸術家特有のメランコリーに陥り、その耳には急行郵便馬車内で人々がする噂も虚ろに響く。メルジーネをめぐる非現実的な醜聞が実はコルデルヒェンをめぐる現実の醜聞であることをテクストは示唆するが、心身ともに衰弱したオットーにはもはや判断する力はない。まもなく死の瞬間を迎える詩人はこのようにして沈み込むが、但し、最期の場面において天使のような女の子に導かれることで、仮象の浮かび上がりを果たす。こうして浮き沈みのリズムが維持されながら、タブローの自己演出は極まる。オットーが幻視と幻聴の中で死を迎える「場所」は、夕刻の断崖の上、すなわちローレライ的「トポス」に他ならない。

「舟乗り」「静かな谷底」「破滅」

以後、「水の女の物語」はアイヒェンドルフ文学においていかなるエコーを響かせているのか。一八〇八年、二〇歳の詩人によって書き下ろされた時、詩「舟乗り」は水底へと導くセイレンの歌声を扱ったが（一―四四）、一八三六年、四八歳の詩人が書き改めた時（一―三三一）、歌声ではなく沈黙が、そして没落ではなく救済が、詩の眼目となる。詩「舟乗り」が時を隔てて沈み込みそして浮かび上がる時、アイヒェンドルフ文学特有の平衡感覚が顕現する。但し、アイヒェンドルフ文学特有のリズムはいまだ完結には至らない。先に引用した詩「静かな谷底」では、セイレンの聴覚的誘惑ではなく、ローレライ的ニクセの複合的誘惑によって「舟乗り」は沈み込み、そして朝の鐘によって浮かび上がる。更に詩「破滅」に至ると、下降志向のみが描かれ、上昇志向はいわば端折られてしまう。

夜　静かに進む舟あまた
海の精　岩礁にて髪を梳き
歌い始める
海中に没した島のこと

朝風吹くころ
岩礁も妖精も姿形なし
小舟　沈んでいた

舟乗り　溺れていた　　（一―四二七）

死の静寂のなんと饒舌なことか。朝にもたらされるはずの救済がもたらされない時、アイヒェンドルフ文学における救済のトポスは誘惑のトポスに凌駕される。セイレン的な聴覚的誘惑とローレライ的な視覚的誘惑とを行使する「間の子」の憑依はあまりに強く、アイヒェンドルフ文学における「妙音の饗宴」はひとつの極みをなす。

「ユーリアン」

その残響が今一度「水の女の物語」と共鳴するのは、一八五三年、六五歳の詩人が死の四年前に叙事詩「ユーリアン」を公にしたときであった。背教者ユリアヌスを扱う晩年の秀作が研究史上ほとんど看過され続けているのは、キリスト教的道徳原理と異教的官能原理の角逐が再度中心テーマとなる中で、アイヒェンドルフ文学における「決まり文句」があまりにも多く集積するからであろうか(36)。共時的風景論の観点からすれば、もはや「トポス」は硬直している。事実、キリスト教的道徳原理が沈み込み始めるのは、表象化された異教的官能原理がまたしても幻視において浮かび上がる瞬間であった。

ああ聖なる夜よ！　時折セイレンだけが
月明かりに映える水底からいまだ浮かび上がり
ものみな眠るとき惑いの音にて
ひとに深い憂いを告げるのだ
（一―六〇八）

類型化された「惑いの音」によって登場が促されるのは、やはりヴェーヌスであった。史実のユリアヌスが伯父コンスタンティヌス一世のキリスト教公認後に異教の復興に努めたように、ユーリアンはキリスト教を諦念の宗教として貶め、生を謳歌する古の神々の復権を図る。アイヒェンドルフの叙事詩において、異教的官能原理が復活を遂げ、キリスト教的道徳原理が後退するのは、ユーリアンが女神に指輪をはめるときであった。しかし、テクストは端折られたままでは終わらない。史実においても叙事詩においても背教者はペルシア討伐の為の東方遠征中に客死するが、但し、ユリアヌスがペルシア側から受けた致命傷がもとで死を迎えるのに対して、ユーリアンは史伝とは異なり、かつての盟友であり、キリスト教の擁護者であるローマの将軍ゼヴェルスとの一騎打ちにおいて命を落とす。こうして異教に対してキリスト教が再び勝利することにより、叙事詩「ユーリアン」は自らの類型性ゆえにアイヒェンドルフ研究において等閑にされる。

最後の楽士

しかし、共時的風景論ではなく、今一度、通時的身体論の観点から、晩年の秀作を捉え直してみたい。実は、叙事詩「ユーリアン」における「惑いの音」は二重の意味で時代遅れである。第一に、叙事詩中の「セイレン」は聴覚的誘惑しか行使しない従来型の誘惑者に他ならない。アイヒェンドルフ文学において十全に展開してきた複合的憑依が後退するとき、上昇志向は必ずしも端折られない。やはり、詩「破滅」の最後の二行こそ、死の風景の極みであり、「妙音の饗宴」のクライマックスではなかろうか。第二に、声が重要な役割を果たす総合芸術としてのオペラを除くと、[37]総じて言語芸術においては、一八五三年はそもそも水の女がもはや歌う時代ではない。かつて若年の詩人は既に『秋の惑わし』において、「水の女の物語」における「新たな展開」の一翼を担い、「妙音の饗宴」のプレリュードを奏でた一人であった。しかし、老年の詩人は「妙音の饗宴」がフィナーレを迎えていたことに気がついていない。既に沈黙する「水の女」の時代は始まっていた。一八三七年、「美しい姿」と「美しい声」を持つ人魚の歌声消失をめぐる物語が、デンマークで創作されると、「水の女の物語」は新たな段階を迎えていたが、このポスト「妙音の饗宴」にアイヒェンドルフが一歩を踏み出すことは無かったのである。

但し、晩年の「遅れ」を強調するあまり、アイヒェンドルフ文学の本質を見失ってはならない。「水の女の物語」における歌声復活がゲーテによって果たされ、「新たな展開」がフケーとハイネによって推進されたとするならば、「妙音の饗宴」はアイヒェンドルフによって代表されることになろう。アイヒェンドルフが何人よりも、量において「水の女」を自己の文学に取り入れ、質においてドイツ・ロマン派における「水の女」の新たな展開を自家薬籠中の物とし、結果的に独自の「妙音の饗宴」を催したことは間違いない。その独自性は、キリスト教的道徳原理と異教的官能原理との狭間で浮き沈む「水の女」として文学的営為が表象された点にある。敬虔な作者の意識において異教的官能原理がキリスト教的道徳原理によって封じ込められるにしても、そうした勝利が書かれるかぎり、「時折セイレンだけが／水底からいまだ浮かび上がり／惑いの音にて／深い憂いを告げる」。告げられる「深い憂い」とは何か。それは単なる哀歌ではない。それは、表層では流謫の神々の嘆きを装い、深層では倦怠と瞑想を併せ持つ憂鬱として現れる。芸術の霊感源と称されたメランコリーは、土星的資質の知的衝動として、アイヒェンドルフ文学において書くことを促す。事実、『予感と現前』はクロノトポスとして詩的存在者たちの「浮き沈み」を描き、『詩人たちと仲間たち』はタブローとして水の女から憑依を受ける四詩人たちの宿命をそれぞれ示す。やはり「書く」という文学的営為に携わる者は、常にセイレンの歌に曝され続ける。たとえ「妙音の饗宴」が終わろうとも、こうした問題とたえず自己省察的に格闘したという意味で、総じてアイヒェンドルフ文学には堂々めぐりの観があろう。こうして大きな渦が生じたとき、ドイツ・ロマン派の最後の詩人は「妙音の饗宴」の最後の楽士となる。

三　三重の頓挫

アンデルセン『人魚姫』

「水の女の物語」は、誘惑手段という点から概観すると、概ね三つの時期に分けられる。第一期は、「水の女」の文学的始祖とも言うべき半人半鳥のセイレンが「美しい声」で「陸の男」を水底へと誘うギリシア神話の世界から、キリスト教の影響のもとで次第に半人半魚に変容し、同時に「美しい声」を失う古代末期ならびに中世を経て、ルネサンスに至るまでの時期、第二期は、長らく失われたままであった「美しい声」が近代ドイツ文学において復活し、「陸の男」を聴覚的にも視覚的にも魅了する「水の女」が多様に創出される時期、第三期は、現代ドイツ文学が「美しい声」の消失に基づきながら新しい「水の女」の物語を展開させる時期であろう。

我々はドイツから更に北へと向かう。これまでの考察が示すように、ゲーテにおいてセイレン的歌声が本格的に復活すると、ドイツ・ロマン派によって視覚のみならず聴覚にも訴える複合的誘惑手段を併せ持つ「水の女」が多様に創出された。以上の新たな展開から影響を受けながら、一八三七年、「陸の男」の愛を通じて永遠の魂を求める「水の女」の物語がデンマークにて新たに上梓される。但し、隣国の物語は、近代ドイツ文学の「水の女」から多大な影響を受け、後に現代ドイツ文学の「水の女」に多大な影響を及ぼす。その限りにおいて、この新たな物語は「妙音の饗宴」の頂点を築き、同時に「水の女の物語」における重要な転換点となる。隣国の新たな物語とは、世界文学における創作メールヒェンの代表作、すなわちハンス・クリスティアン・アンデルセン（一八〇五―一八七五）の『人魚姫』に他ならない。問題は「美しい声」の消失にある。

二人の「おばあ様」

アンデルセン『人魚姫』は、ドイツ系の創作メールヒェンにおいて顕著に見られるように、好んで民衆メールヒェンを装う。このような偽装において最も必要とされる手立ては、内なる口承伝承の状況、とりわけ典型的な語り手の設定ではなかろうか。その意味で求められる存在は、母親ではなく、「おばあ様」であろう。事実、人間の世界に対する人魚姫の憧れは、祖母による語りの妙によって高まっていく。一方で、読者に語りかける本来の語り手が、冒頭の描写において、人間存在にとっての「異界」である水底を美化し、他方で、作品内の老いた「語り手」が物質存在にとっての「異界」である人間世界を美化する。このような二重の「語り」による相互美化によって、「陸」と「水」の両空間は、我々読者という「読み手」と人魚姫という「聞き手」のそれぞれの想像力において、架橋されるのである。

『人魚姫』において、「話術巧みな老婆」の役割は大きい。但し、もう一人の「おばあ様」、すなわち、「魔術巧みな老婆」の存在も忘れてはならない。確かに、物語の語り手が示す水底は、実に美しい。しかし、水底の「底」には、万物を引きずり込む恐ろしい渦があり、その向こうに森がある。「陸」の奥深い森と同様に、「水」の底深い森に棲むのは、やはり「魔女」であった。一人の優美な老婆が巧みな「話術」で人魚姫の心を人間世界へと誘うとすれば、もう一人の醜悪な老婆は巧みな「魔術」で人魚姫の体を人間世界へと送り出す。

もっとも「海の魔女」は「おばあ様」より巧みな「話術」を持つのかもしれない。優美な老婆によれば、人魚は人間が有する「不死の魂」を持たず、三〇〇年の寿命を経ると、泡と化す。但し、「不死の魂」を得る唯一の手段として、人間との結婚がある。とはいえ、「おばあ様」は異類婚の成立不可能を強調する、人魚には脚が無いからと。これに対して、醜悪な老婆は、全知全能のセイレンの如く、不可能を可能にする術も、そもそも人魚姫がやって来た理由も知っている。優美な老婆と同様に、「不死の魂」を得るために人間の愛が必要と言う。そして重要な情報を更に付け加える。人間の脚を得て王子のもとに行くことは可能、但し、いったん脚を得ると人魚の姿に二度と戻れず、万が一、王子の愛を失うと、人魚の魂は破裂して、海の泡になってしまうと。そう説明しながら、「海の魔女」は巧みな「話術」で人魚姫を導き、巧みな「魔術」で人魚姫に脚を授ける。

言語コミュニケーションの頓挫

ところで、アンデルセン『人魚姫』に多大な影響を及ぼしたフケー『ウンディーネ』は、パラケルスス『精霊の書』に想を得ていた。いずれも魂の獲得と喪失を核に物語が展開する。但し、決定的な相違を見逃してはならない。パラケルススにおいてもフケーにおいても、「水の女」は「陸の男」と自由に言葉を交わす。つまり、人間存在と物質存在との間の言語による意志疎通はもとより自明であった。だが、同年の一八一一年に出たクライスト『水の男とセイレン』において、「水の女」が饒舌な物質存在ではなく、口の利けない女性存在として現れるとき、「水の女」の文学的系譜は他者性の重心を「水の女」*Wasserfrau* から「水の女」*Wasserfrau* へと、つまり「水の女」の物質性から女性性へと移していく。詰まるところ、人間存在と物質存在の「和平」が極まると同時に、男性存在と女性存在の新たな「戦い」が始まる。この時、「陸の男」と「水の女」の対話が次第に揺らぎ始め、両者の関係は修復し難い断絶へと陥っていく。

アンデルセン『人魚姫』は、確かにフケー『ウンディーネ』からの影響が大きく、人間存在と物質存在の融和を志向する。しかしながら、声を失う「水の女」の物語として、そうした志向の枠組みに単純には収まらない。むしろ、クライスト『水の男とセイレン』が先取りした問題、つまり、男性存在と女性存在の間に生じる言語コミュニケーションの頓挫を示す。それも三重の頓挫として。

姫たちは、どんな人間よりも美しい声を持っていました。あらしになって、船が沈みそうになりますと、その前を泳ぎながら、どんなに海の底が美しいかということを、それはそれはいい声でうたいました。そして、海の底へ行くのをこわがらないでください、と頼むのでした。けれども、船びとたちには、その言葉がわかりません。あらしの音だとばかり思い込んでいるのでした。それにまた、人間は、海の底の美しさを見ることはできないのです。というのは、船が沈みますと、人間はおぼれて、人魚の王様のお城につくころには、もう死んでしまっているからです。[38]

第一の頓挫として、「陸の男」と「水の女」はもとより疎通を果たせない。海が時化ると、人魚は優しく歌い出し、人間を水へと誘う。しかし、「美しい声」は人間にとって嵐の音としか聞こえない。しかも、人魚は波にさらわれた人間を水底へと導くが、好意は徒となり、人間は海の藻屑と化す。「陸の男」は相手の呼びかけを理解せず、「水の女」は相手の死すべき運命を知らない。アンデルセン『人魚姫』は、非現実的な事柄を大胆に取り込みながらも、フケー『ウンディーネ』とは逆に、人間言語と自然言語との間の「翻訳」不可能性を敢えて問題にする。

「それから、わたしにお礼のことも、忘れないでもらいたいね。」と、魔女は言いました。「でも、わたしのほしいってものは、ちょっとやそっとのものじゃないんだよ。おまえさんは、この海の底にいるだれよりも、一番いい声を持っておいでだね。その声で王子をまよわすつもりだろうが、わたしのほしいっていうのは、じつは、その声なんだよ。[39]」

第一の頓挫が海上にて果たせない意志疎通であるとすれば、第二の頓挫は陸上で果たせない意志疎通であろう。魔女の巧みな「魔術」によって、人魚姫は脚を獲得するが、魔女が出す交換条件によって、「美しい声」を失う。『人魚姫』の眼目は、モティーフ史的に言えば、魂の獲得と魂の喪失であろうが、身体論の観点からすれば、脚の獲得、声の喪失、声の再獲得となろう。物語の最後で人魚姫は「美しい音楽」としての声を持つ空気の精となる。但し、第三の頓挫として、その声はまたしても人間には聞こえない。「水の女」は、海上であれ、陸上であれ、空中であれ、「陸の男」と言葉を交わすことはできない。両者の言語的断絶は深まり続ける。

「では、声をあなたにあげてしまったら、あとに何が残るでしょう？」

「そんなに美しい姿や、軽い歩きぶりや、ものをいう目があるじゃないか。それだけあれば、人間の心を夢中にさせるくらい、なんでもないやね！」(40)

人魚姫と魔女の対話は、「水の女」と「陸の男」の言語的断絶の他に、「水」の空間と「陸」の空間の身体論的断絶を仄めかす。「水」では人魚の「美しい声」がとりわけ重視され、「陸」では人魚の「美しい姿」のみが重視される。事実、聴覚重視の空間では、「水の女」たちの歌声が話題となり、魔女が薬の代価として人魚姫に求めたものは「美しい声」だった。これに対して、視覚重視の空間では、人魚姫は「美しい声」を失っても、「美しい姿」で人々を魅了する。魔女の言うとおりであった。

二つの変容

こうして人魚姫は憧れの王子のもとで暮らす。但し、月日が経つと、王子が隣国の姫と結婚することになり、人魚姫は苦境に陥る。結婚式の翌朝、人魚姫は死んで海の泡になってしまうのだ。人魚姫の手には五人の姉たちが投げ入れた魔法の短剣がある。姉たちによれば、この短剣で王子の心臓を突き刺し、温かい血を脚に浴びせると、再び人魚の尾を取り戻せる。人魚姫は迷う。王子を殺すべきか、我が身を滅するべきか。結局のところ、人魚姫は短剣を海に投げ捨て、我が身を海に投げ出す。しかし、その身は泡になるが、沈むことはない。「まごころ」を持つ人魚姫が救済され、空気の精として天上へと昇っていくからだ。

このように「水の女」が「空気の女」へと変容する中で、アンデルセンの創作メールヒェンは幕を閉じる。しかし、この美しい大団円の裏にある二つの変容も見逃せない。五人の姉たちは人魚姫を救う為にどこから魔法の短剣を得たのか。優美な老婆からではない。やはり、醜悪な老婆からである。では、海の魔女は今度は何を代価として求めたのか。それは「美しい髪」であった。一方で、姉たちは「美しい姿」の指標を完全に失い、他方で、醜悪な老婆は、聴覚的美も視覚的美も我が物とする。「陸」の奥深い森であれ、「水」の底深い森であれ、魔女は欲深い。もはやうら若い乙女は、ロマン派的な「水の女」の伝統を継承できない。代わりに老いた欲深い魔女が複合的な誘惑手段を駆使する。人魚姫が「美しい声」を失うことの意味は大きい。

アンデルセン『人魚姫』は、民衆メールヒェンを装う創作メールヒェンとして、話術巧みな老婆と魔術巧みな老婆をともに我が物にしながら、「陸の男」と「水の女」の言語的意志疎通の破綻を二重に描く。両者の言語的断絶は深まり続ける。海上であれ、陸上であれ、空中であれ。但し、意志疎通の破綻によって更なる文学的挑戦が促され、「水の女」をめぐる新しいポエジーが次々に立ち上がってくることも忘れてはならない。

註

(1) ヴィクトール・ユゴー『ライン河幻想紀行』、榊原晃三訳、岩波文庫、一九八五年、二一一頁。

(2) 同右、二一二頁。

(3) 同右、七一頁。

(4) この詩はハイネ生前中に無題で印刷されたが、ハイネ自身が一八三八年の自筆原稿に「Loreley von H. Heine」と書き添えたことにより、一般に「ローレライ」と称されている。Vgl. Gerhard Höhn: Heine-Handbuch: Zeit, Person, Werk. Stuttgart 1997, S. 67. なお、詩「ローレライ」を本書で引用する際には、以下のテクストを用いた。Heinrich Heine: Werke, Briefwechsel, Lebenszeugnisse. Säkularausgabe. Hrsg. von den Nationalen Forschungs- und Gedenkstätten der klassischen deutschen Literatur in Weimar und dem Centre National de la Recherche Scientifique in Paris. Bd. 1. Berlin u. Paris 1979,

S. 92f.

（5）Vgl. Jürgen Kolbe: Das hat mit ihrem Singen die Loreley getan. Ein sagenhafter Einfall und einige Folgen. In: Ich weiss nicht, was soll es bedeuten. Heinrich Heines Loreley. Bilder und Gedichte. Zusammengestellt von Jürgen Kolbe. München u. Wien 1976, S. 30f.; Gertrude Cepl-Kaufmann u. Antje Johannig: Mythen und ihre Instrumentalisierung. In: Die Loreley. Mythos Rhein. Zur Kulturgeschichte eines Stromes. Darmstadt 2003, S. 241f.

（6）Clemens Brentano: Werke. Erster Band. Hrsg. von Wolfgang Frühwald, Bernhard Gajek u. Friedhelm Kemp. München 1968, S. 112ff.

（7）Vgl. Heinrich Heine: Sämtliche Schriften in zwölf Bänden. Hrsg. von Klaus Briegelb. Bd. 2. München 1976, S. 718f.

（8）Joseph von Eichendorff: Werke in sechs Bänden. Hrsg. von Wolfgang Frühwald, Brigitte Schillbach u. Hartwig Schultz. Bd. 1. Frankfurt am Main 1987, S. 86.

（9）Kolbe, a. a. O., S. 34f.

（10）Ludwig Bechstein: Deutsches Sagenbuch. In: Loreley. Die Zauberfee vom Rhein. Hrsg. von Marina Grünewald. Woldert 2003, S. 8.

（11）Kolbe, a. a. O., S. 30.

（12）Vgl. Dieter Arendt: Heinrich Heine: „. . . Ein Märchen aus alten Zeiten . . .“ Dichtung zwischen Märchen und Wirklichkeit. In: Heine-Jahrbuch 1969. Hrsg. vom Heine-Archiv Düsseldorf, S. 18; Höhn, a. a. O., S. 67ff.

（13）シュライバーによれば、前述のとおり、「夕暮れ時に岩の上で魅惑的な歌をうたうローレライ」というイメージは既に一八一八年の時点で定着していた。しかしながら、ブレンターノの詩「ルーレライ」では、ローレライ出現の時間帯はそもそも特定化されてはいない。ローレライ伝説におけるトポスとしての「夕暮れ」は、アイヒェンドルフの詩「森の対話」に帰せられよう。アイヒェンドルフの詩は、冒頭に「もう日も暮れ　肌寒くなるなか」とあるように、真っ先に夕暮れを告知する。Kolbe, a. a. O., S. 34; Brentano, a. a. O., S. 112ff.; Eichendorff, a. a. O., S. 86.

（14）Höhn, a. a. O., S. 67.

（15）トラヴェスティーは、パロディーの場合とは逆に、先行する文学作品の内容を異なる形式で模倣することによって茶化すものである。但し、トラヴェスティーはパロディーの一部として理解されることも多い。

（16）Volker Meid (Hrsg.): Literaturlexikon. Begriffe, Realien, Methoden. In: Literaturlexikon. Hrsg. von Walter Killy. Bd. 14. München 1993, S. 194.

（17） Grünewald, a. a. O., S. 15ff.

（18） Ebd., S. 19f.

（19） 立川希代子『ローレライは歌っているか　ハイネの『旅の絵』とバラード』、せりか書房、一九九三年、一〇五頁以下。

（20） 英語圏における新たなバラーデは「物語詩」narrative poetry とも称され、その典型としてコールリッジ『老水夫行』（一七九七年）が挙げられる。ハイネの詩はドイツ語圏では Ballade とも Romanze とも、また Balladen- und Romanzendichtung とも称され、概念規定が必ずしも一定していない。なお、日本では「物語詩」と称されることもあるが（立川、前掲書、五〇頁以下参照）、本書ではドイツ語圏における一般的な呼称に従い、「バラーデ」とした。

なお、ハイネは生涯にわたってバラーデを創作したが、主として中期以降に多い。『歌の本』所収の「ローレライ」と「ベルシャザル」は初期の代表的バラーデである。但し、中期以降に顕著な現実に対するプロテスト精神は、初期のバラーデには総じて見られない（Vgl. Winfried Woesler: Zu Heinrich Heines *Belsatzar*. In: Gunter E. Grimm: Gedichte und Interpretation. Deutsche Balladen. Stuttgart 2002, S. 193.）。ハイネは、『ロマンツェーロ』（一八五一年）以降、当時の社会的・美学的規範に適うバラーデからの脱却を目指す（寺岡孝憲「慣習と挑戦——ハイネによるバラーデの革新——」、ハイネ研究図書刊行会編『ハイネ研究』第四巻、東洋館出版社、一九八一年、一五四頁以下参照）。但し、ハイネがロマンツェという名称にこだわり、これまでにない新たなバラーデを展開したという点では、詩人としての矜持を認めることができよう。

（21） Bechstein, a. a. O., S. 8.

（22） Heinrich Heine: Sämtliche Werke. Hrsg. von E. Elster. 1887 ff. VII, S. 473（zitiert nach Dieter Arendt, a. a. O., S. 16）.

（23） Reinhard Baumgart: Das Ironische und die Ironie in den Werken Thomas Manns. München 1964, S. 78.

（24） Ernst Nündel: Die Kunsttheorie Thomas Manns. Bonn 1972, S. 123f.

（25） Walter Benjamin: Ursprung des deutschen Trauerspiels. In: Walter Benjamin. Gesammelte Schriften Band I–I. Hrsg. von Rolf Tiedemann u. Hermann Schweppenhäuser. Frankfurt am Main 1991, S. 292.（ヴァルター・ベンヤミン『ドイツ悲劇の根源』上、浅井健二郎訳、ちくま学芸文庫、一九九九年、二四一頁）

（26） Alexander von Bormann: »Das zertrümmerte Alte«. Zu Eichendorffs Lorelei-Romanze *Waldgespräch*. In: Gedichte und Interpretation. Band 3. Klassik und Romantik. Hrsg. von Wulf Segebrecht. Stuttgart 1984, S. 307–319.

（27） Inge Stephan: Weiblichkeit, Wasser und Tod. Undinen, Melusinen und Wasserfrauen bei Eichendorff und Fouqué. In: Weiblichkeit und Tod in der Literatur. Hrsg. von Renate Berger u. Inge Stephan. Köln 1987, S. 117–139.

（28）アイヒェンドルフからの引用は Joseph von Eichendorff: Werke in sechs Bänden. Hrsg. von Wolfgang Frühwald, Brigitte Schillbach u. Hartwig Schultz. Frankfurt am Main 1987. による。以下、同書からの引用は本文中に（二―一四五）の形で括弧内に巻数と頁数を示す。なお、訳出の際に『アイヒェンドルフ』（ドイツ・ロマン派全集第六巻、渡辺洋子・平野嘉彦訳、国書刊行会、一九八三年）と『詩人とその仲間――アイヒェンドルフ著作選』（吉田国臣訳、沖積舎、二〇〇七年）を参考にした。

（29）Günter Niggl: Überwindung der Poesie als Zaubernacht? Zu Joseph von Eichendorffs Romanze *Der stille Grund*. In: Gedichte und Interpretationen. Deutsche Balladen. Hrsg. von Gunter E. Grimm. Stuttgart 2002, S. 227–238.

（30）例えば、多くの論者が指摘するように、アイヒェンドルフは、若い頃、ノヴァーリスを通じてロマン派文学の洗礼を受け、生涯、その影響を認め続けたが、晩年に近づくにつれ、ノヴァーリス文学に潜む非キリスト教的な汎神論を読み取り、そうした志向にある種の警戒感を抱くようになった。

（31）Monika Schmitz-Emans: Seetiefen und Seelentiefen. Literarische Spiegelungen innerer und äußerer Fremde. Würzburg 2003, bes., S. 126ff., S. 135ff. u. S. 222ff.

（32）Vgl. Theresia Sauter Bailliet: Die Frauen im Werk Eichendorffs. Bonn 1972.

（33）Joseph von Eichendorff: Werke. Band II. Lizenzausgabe für die Wissenschaftliche Buchgesellschaft. Darmstadt 1996, S. 962.

（34）Ludwig Tieck: Schriften in zwölf Bänden. Hrsg. von Manfred Frank u. a. Bd. 6. Frankfurt am Main 1985, S. 173. なお、訳出の際に『ティーク』（ドイツ・ロマン派全集第一巻、深見茂・鈴木潔訳、国書刊行会、一九八三年）を参考にした。

（35）Ebd., S. 180.

（36）その好例は、ディアナ像を担う異教の化身ファウスタがうたう歌にあろう。ニクセの嘆き、もしくはナイチンゲールのさえずりとして響く誘惑の歌はふたつあり、一方では（一―六二七）『詩人たちと仲間たち』にあった水底への誘いの詩「誘惑」が、他方では（一―六二八）詩「静かな谷底」が、それぞれ念頭にあることは間違いない。誘惑の誘いを受けるのが、敬虔なキリスト教徒ゼヴェルスの息子でありながら、次第に異教に心を開くオクタヴィアーンであるだけに、晩年の詩は没落するまさに「二人の若者」を扱う。

（37）小説や詩のジャンルとは異なり、オペラにおいては、例えば、ヴァーグナー『ニーベルングの指輪』の「ラインの黄金」（一八五四年）やドボルザーク『ルサルカ』（一九〇〇年）など、個々の作品において「水の女」の歌声が重要な役割を果たす。なお、ヴァーグナーにおいて「水の女」は、「太古の水底」から浮かび上がった神話的存在であり、同時に、没落する一九世紀市民社会、とりわけその男性原理の犠牲者となる女性存在である。山崎太郎「「ラインの娘」考　ウンディーネ、娼婦、水の女」（『ポリフォーン』第一二号、TBSブリタニカ、一九九三年、一九四―二〇七頁）参照。

（38）アンデルセン『完訳　アンデルセン童話集（一）』、大畑末吉訳、岩波文庫、一九九五年、一二六頁。

（39）同右、一四一頁。

（40）同右、一四二頁。

第五章　宴の後

水底に
言葉はつづく。
失われた声音《こわね》の泥。
　フェデリコ・ガルシーア・ロルカ『ジプシー歌集』（会田由訳）

一　水底から浮かぶ否定性

否定と否定性

新しい文学ならびに思想は、総じて「否定」から成り立つ。特にドイツにおいては、悟性の偏重に対する感情の解放、外国文化の模倣に対する自国文化の重視、自然主義から反自然主義への展開など、新たな潮流は前時代もしくは同時代を支配する認識の枠組みに対して、根本的な批判を行う。言うまでもなく、文学・思想の新たな潮流が「他者否定」とともに展開することは、ドイツに限られない。但し、現代ドイツ文学が自らの表現媒質に向けられた「自己否定」から始まったことは、見逃せない。言語批判的な意識が先鋭化した一九世紀末からの世紀転換期以降、文学の表現媒質としての言語の原理的機能不全性、つまり「言語の否定性」が強く意識されるに至ったのである。こうした傾向はニーチェ、マウトナー、ベンヤミンを経て自覚化され、また、主としてホーフマンスタール、ムージル、カフカによって問題意識が高められた。そして、「言語の否定性」を原理的契機として成立する「否定性の文学」は、トーマス・マンの「自己イロニー」やインゲボルク・バッハマンによる「新しい言語の模索」などの更なる展開を経て、言語にならざる「沈黙」に言葉を与えようとするヘルタ・ミュラー文学に至るまで、(1) 継承されていると言えよう。

ここでいう「否定」Negationと「否定性」Negativitätとは、概念的に区別されなければならない。「否定」は認識主体がなす批判的な判断行為であり、これに対して「否定性」は対象そのものが有する機能不全性であり、あるいは認識主体によって対象の本質と見なされた欠損状態に他ならない。「否定」は認識主体の行為もしくは態度であり、「否定性」は物もしくは事に存する状態である。両者の関係を確認すると、「否定」の行為は対象に関する「否定性」の認識に基づくが、「否定性」の認識は「否定」の行為に必ずしも基づくわけではない。従って、「否定」をめぐり考察や論争が繰り返されてきた神学および哲学の領域では、人間を「神の似姿《エイコーン》」からの堕落と見なす教父哲学においてであれ、「反対対立の合致」を唱えるニコラウス・クザーヌスの神秘思想においてであれ、事物の内的矛盾に基づいて否定の否定が展開するヘーゲル弁証法においてであれ、「否定性」の認識がその前提にあった。

否定性の文学

文学研究の場合、「否定性」をめぐる文学的営為は既にギリシア古典文学から読み取れよう。しかし明確な自覚は近代文学を待たねばならず、ドイツ文学では、ロマン派において語りえぬ対象がポエジー言語成立の最大の原理となる時こそ、まさにその嚆矢であった。事実、フリードリヒ・シュレーゲルにとって、悟性によって理解不可能なもの、つまり「混沌」もしくは「無限なるもの」こそ「新しい神話」を生み出すための表現対象となる。こうした芸術理論に先導された後期ロマン派の実作では、語りえぬ対象が様々に表象され、芸術的創造の根源として想定されていく。詰まるところ、ロマン派においては、原理的に理解不可能なものに対する思索が深まり、「認識できぬもの」「言語にならざるもの」をめぐる実作が多様に試みられる。

とはいえ、一九世紀前半において、文学の表現媒質としての言葉の原理的機能不全性は必ずしも明確に自覚されてはいない。やはり「言語の否定性」を自覚した「否定性の文学」が成立するには、言語批判的な意識が先鋭化する一九世紀末からの世紀転換期を待たねばならない。但しドイツ文学研究の場合、ニーチェやホーフマンスタールにおける言語批判ないしは言語懐疑をめぐって、単発的に論じられるのが常であった。確かに、否定性を論じる浩瀚の書としてカール・ハインツ・ボーラーの『美的否定性』があるが[2]、第一に哲学における肯定性の問題を念頭に置きながら終末論的な時間意識に基づく否定性のみを論じているという点で、第二にドイツ文学に関しては具体的な考察対象がカフカに限られているという点で、「否定性の文学」に関する包括的な研究成果とは言えない[3]。

ホーフマンスタール『ある手紙』

ヨーロッパ文学において、言葉の原理的機能不全性を明確に意識し、それを新たなポエジー言語が成立する契機としたのは、フーゴー・フォン・ホーフマンスタール（一八七四―一九二九）の『ある手紙』（一九〇二年）であった。既にフリードリヒ・シュレーゲルは「無限なるもの」を認識し表現する際の「難解さ」を問題にしたが、ホーフマンスタールは初期ロマン派芸術批評理論の眼目であった語りえぬ「何か」を実作にて扱うことで、言語への懐疑に陥る主人公を巧みに描く。『ある手紙』とはフランシス・ベーコンに宛てた架空のイギリス青年による手紙、青年の名はチャンドス卿、齢は二六歳である。前半では、「何らかの判断を表明するために必ず口にせざるをえない抽象的な言葉が、腐ったキノコのように口の中で崩れる[4]」という言葉が示すように、語りえぬ「何か」を概念で片付けてしまうことへの違和感から言語懐疑が表明され、後半では、ある種の神秘体験に関する告白を通じて、「ラテン語でも、英語でも、イタリア語でも、スペイン語でもなく、私が単語ひとつさえ知らない言語であり、物言わぬ事物が私に語りかける言語、もしかすると私がいつか墓の中で見知らぬ裁き手を前にして弁明するかもしれない言語[5]」、いまだどこにも存在しない未知なる言語、詰まるところ、ユートピア的言語の模索に行き着く。その際、注目すべきは、自らの文学活動を断念したチャンドスがネズミの死の情景を目の前にして突如として新たな世界認識に至り、新たな言語の模索をし始めた瞬間ではなかろうか。

それ〔私を充たしたもの〕は、はるかに同情以上のもの、またはるかに同情以下のものでした。それは途方もない関心であり、あの被造物への流入であり、あるいは、生と死の、夢と覚醒の流動体が、一瞬、被造物へ流れ込む――どこから？――という感覚でした。(6)

ネズミから「無限なるものへのまなざし」を感じとったとき、チャンドスは問いを附言する、「流動体」Fluidumが「どこから」生じるのかと。その際、答えは一切示されず、問いは置き去りにされる。しかし、この置き去りを境にチャンドスが事物に対する新たな認識を抱き、ホーフマンスタールにおいては「言語の否定性」に基づく文学的営為が『ある手紙』から『塔』へと展開していく。そしてドイツ文学では、「無限なるもの」が「流動体」と表現されたとき、否、「生と死の、夢と覚醒の流動体」という矛盾を孕む言い回しでしか表現できないと認識されたとき、「否定性の文学」が胎動し始めるのであった。

ポエジーと水

そもそも水の物質性とポエジー言語の特殊性との間にある種の根源的連続性を看取した者は少なくない。例えば、ノヴァーリスは「無限なるもののポエジー」を「流動的」flüssig と規定していた。こうした連関を近代ドイツ文学に促したのは、先の論述内容を繰り返すと、一八〇〇年頃を境に生じた音楽美学上のパラダイムの転換と言えよう。ピタゴラスに基づく神学的・数学的な音楽理論から自然哲学的な音楽理論への移行が着実に進む。新たな音楽美学のもとでは、音楽は「算術の水たまり」からではなく、悟性の力が及ばない「自然の泉」から水を汲み出さなければならない。こうしたパラダイム・シフトに触発された近代ドイツ文学は、言葉などの外的形式に依拠しない「絶対音楽」に関する哲学的考察と、ヘルダーによる「声の文化」の再評価に端を発する音楽と一体であった「始原の言語」の文学的探求とを背景にしながら、それまで重視してきた造形芸術に代わり、音楽を詩的構想の核に据え始める。新たな文学ジャンルとしての音楽家小説において、ポエジーと水の結びつきは顕著であり、「音の流れ」は「水の流れ」として我々の内奥へと染み込む。音楽家小説に限らず、総じて芸術家小説は、市民的生と芸術家的生、散文的悟性と詩的感性、言語的了解と非言語的直観との間にある境界をめぐる物語として、「水の流れ」を伴う越境を扱うことが少なくない。総じて文学は、芸術家小説に限らず、「未知なるもの」を人間の悟性言語を通じて「既知なるもの」に「翻訳」することで、物語という体裁をなしていく。但しこうした言語化によってすべてが表現可能とはならず、むしろ未知なる言語外経験を既存の言語で表現する際の矛盾が露わになることも少なくない。こうした矛盾を、一八〇〇年前後にノヴァーリスは音楽美学上のパラダイム・シフトとともに意識し、一九〇〇年前後にホーフマンスタールは言語批判的な意識の高まりとともに先鋭化した。ポエジーと水との根源的連続性を自覚した両者にとって、「言語」と「言語にならざるもの」が衝突する境界こそ、新しいポエジー言語を生み出す力学が殊の外強く働く。こうした境界を「否定性の文学」は腐植土とする。

流動体

「流動体」は「どこから」生じ、そして「どこへ」流れていくのであろうか。このようにチャンドスの問いを本書なりに言い換え、更に新たな問いを立てよう。近現代ドイツ文学に限らず、ヨーロッパ文学全体において、件の衝突が「言語の否定性」と連関しながら繰り返し現れる「場所」が存在しなかったかと。そもそも、「認識／表現」という「ロゴス」概念の二重性に即して言うならば、「言語の否定性」に符合するものとして人間認識の原理的機能不全性、つまり「認識の否定性」がある。この前提に立つならば、前世紀転換期に「言語の否定性」として意識された問題は、いわばその前段階、つまり「認識の否定性」として意識されていたはずではないか。事実、ドイツ文学の場合、啓蒙主義に反旗を翻したロマン主義も、「カント危機」に陥ったクライストも、ニヒリズムに囚われたビューヒナーも、言語の原理的機能不全性をいまだ明確に意識していなかったとはいえ、認識の原理的機能不全性をまさに取り扱ったと言えよう。しかし、近代ドイツ文学におけるこのような単発的な形ではなく、ヨーロッパ文学全体におけるひとつの連続体として、しかも古代から一貫していわば「水」を出自としながら音楽と結びつき、近代において「認識の否定性」を深め、現代において「言語の否定性」を取り込む文学的系譜は無かったのであろうか。

「流動体」は「どこから」生じ、「どこへ」流れていくのか。この問いに対して、本書はこれまで一つの回答を示してきた。人間の認識が及ばぬ「水底」あるいは「内奥」から浮かび上がり、「言語」と「言語にならざるもの」との狭間に漂うもの、それが「流動体」であるならば、古代から一貫して「流動体」と結びつき、「陸の男」と「水の女」との邂逅が「常套句」のように繰り返され、「言語」と「言語にならざるもの」の接点となり続けた「場所」こそ、「水の女」をめぐる「トポス」である。そうした伝承領域の中で近代ドイツ文学が量的にも質的にも果たした役割は大きい。「水の女」をめぐる実作では、ゲーテやロマン派を経て、新たな文学的挑戦が進んだ。事実、「水の女」の系譜が「魂」をめぐる人間存在と物質存在の関係から「言葉」をめぐる男性存在と女性存在の関係へと重心を移したとき、言語的意志疎通の破綻が生じたのである。たしかに当時、文学の表現媒質としての言語の原理的機能不全性は、いまだ明確に自覚されるには至っていなかった。しかしながら、言語的意思疎通の破綻が問題として浮上して初めて、言語に対する懐疑ないしは批判の先鋭化は進む。このような先鋭化を受けながら、語りえぬ「何か」が「生と死の、夢と覚醒の流動体」という矛盾を孕む言い回しでしか表現不可能と認識されたとき、ドイツ文学は「否定性の文学」を生み始める。その意味で、近代ドイツ文学における「水の女」の文学的展開が現代ドイツ文学における「否定性の文学」を培った、と述べても過言ではない。

二　沈黙する「エス」

リルケ「セイレンたちの島」

人魚姫が「美しい声」を失うことの意味は大きい。現代ドイツ文学における「水の女」の文学的系譜は、アンデルセン『人魚姫』に倣いながら、言語的意志疎通の破綻を限りなく先鋭化させ、「美しい声」を失う「水の女」に言語の原理的機能不全性を託す。その好例が、ライナー・マリーア・リルケ（一八七五―一九二六）の詩「セイレンたちの島」[7] Die Insel der Sirenen（一九〇七年）であろう。問題は、「美しい声」を有する「セイレンたち」の変容である。

Wenn er denen, die ihm gastlich waren,
spät, nach ihrem Tage noch, da sie
fragten nach den Fahrten und Gefahren,
still berichtete: er wußte nie,

wie sie schrecken und mit welchem jähen
Wort sie wenden, daß sie so wie er
in dem blau gestillten Inselmeer
die Vergoldung jener Inseln sähen,

deren Anblick macht, daß die Gefahr

男をもてなす者たち
一日の仕事を終えてなお夜遅く
航海や危険のことを尋ねる故　男
静かに報告した際　気づかなかった

彼らがいかに驚き　いかなる不意の
言葉を発して振り向き　男と同じく
青々と静まりかえった島の海で
金色に映える島々を見ていることを。

すると島の眺めによって一変する

umschlägt; denn nun ist sie nicht im Tosen
und im Wüten, wo sie immer war.
Lautlos kommt sie über die Matrosen,
welche wissen, daß es dort auf jenen
goldnen Inseln manchmal singt—,
und sich blindlings in die Ruder lehnen,
wie umringt
von der Stille, die die ganze Weite
in sich hat und an die Ohren weht,
so als wäre ihre andre Seite
der Gesang, dem keiner widersteht.
危険　かつての状態とは違い
轟音を立て荒れ狂ってはいないのだ。
音もなく危険は水夫たちを襲う
それがかの金色の島々で
時として歌うのを知り
盲目的に漕ぎまくる者たちを。
静けさが
漠とした広がりを宿し　耳に
吹き寄せながら取り囲む様
まるで静けさの裏側が
誰も逆らえぬ歌声であるかの如く。

二重の齟齬

詩のタイトル「セイレンたちの島」は、単数形と複数形に関連して、テクストと二重の齟齬をきたす。第一に、「島」がタイトルでは単数形であるのに対して、詩では「島々」と複数形になっていること、第二に複数形の「セイレンたち」が、詩では一度も名指されず、今度はタイトルとは裏腹に単数化して、しかもただ単に「それ」、つまり「エス」es として称されていること、以上の二つの不一致は見逃せない。

第一の齟齬は、カプリ体験を契機として詩人が行ったオデュッセウスとの自己同一化に基づく。リルケはアリス・

フェーンドリッヒ伯爵夫人が所有するカプリ島の別荘ヴィラ・ディスコポリに一九〇六年一二月四日から一九〇七年五月二〇日まで滞在した。その内、この詩の成立と深く関わるのが、一九〇六年一二月一二日の夜のことである。集まったのは、伯爵夫人、客人として居合わせた老ノンナ夫人、二四歳のマノン、以上、三人の女性、それにリルケだった。詩人は暖炉の前で本を朗読する。フェーンドリッヒ伯爵夫人とノンナ夫人は手仕事をしながら朗読に耳を傾け、マノンはリンゴの皮をむく。このような情景は、後の述懐によれば、忘れ難い根源的な体験としてリルケの記憶にいつまでも残る[8]。

リルケをもてなした三人の女性とは誰か。オデュッセウスに「美しい声」で歌いかけたセイレンは、古代ギリシア語の双数形に基づきホメロスにおいては二人であった[9]。リルケのまなざしにおいては、「二人のセイレンが住む島」[10]に、禁断の木の実を差し出す女性エヴァが更に加わったのであろう。ギリシア神話に基づく典型的な誘惑と聖書に基づく始原の誘惑、この非現実的な二重の誘いがカプリ島で詩人が受けた現実の歓待に重なる。しかもカプリ島は単なる保養地ではない。古代ではソレント沖の三つの岩礁であるシレネス諸島こそがセイレンたちの島々と解されたことから[11]、現実の「島」はリルケのまなざしにおいて伝承の中の非現実的な「島々」と化す。

歓待

詩の大枠となる「もてなし」の意味は大きい。そもそも、遍歴する詩人リルケも、遍歴する英雄オデュッセウスも、ともに「歓待」を受ける人であった。詩人は自身をもてなす三人の女性を前にして本を読み上げ、英雄は「男をもてなす者たち」であるパイエケスの民の前で「航海や危険のこと」を話す。人々を魅了する冒険譚は、弁舌に長けた語り手が一人称で語る「物語の中の物語」であった。ホメロス『オデュッセイア』は、オデュッセウスが物語の対象となる現実的な層と、オデュッセウスが語る現実離れした層からなり、西洋文学全体の中で、前者はリアリズムの、後者はファンタジーの萌芽となる。問題は詩人が行う自身と英雄との同一視だけでは無い。リルケの詩そのものが、詩人の現実体験に基づく「島」と伝承に基づく「島々」との混淆を通じて、現実的層と非現実的層の二重構造を持つ神話に近づく。詩人が行う自身とオデュッセウスとの重ね合わせも、詩が志向するテクストと『オデュッセイア』との重ね合わせも、読み聞かせであれ、語り聞かせであれ、いずれも「歓待」の場における文学的営為に基づく。ここで言う「文学的営為」とは、一方が「書承」schriftliche Überlieferung であれ、他方が「口承」mündliche Überlieferung であれ、個々の状況が一回性でありながら、同時に反復性に収斂する営為、すなわち「伝承」Überlieferung を志向する。それ故、詩の最初の一語 wenn は見逃せない。つまり、一回性の語り聞かせが、反復性のそれとして示されている。こうしてリルケの詩は、単数形と複数形の混淆、更には一回性と反復性の交差の中で、文学的営為そのものを浮き上がらせ、聞き手を魅了する伝承内容を更なる矛盾として示す。

静けさ

もう一度、第二の齟齬を繰り返そう。なぜタイトルにて複数形で示された「セイレンたち」が詩の中では「エス」と称されているのか。更にこの問いを詩に基づいて突き詰めると、次のように問い直さなければならない。なぜ危険の内実が「セイレンたち」の歌声から「エス」の静けさへと「一変する」のかと。問題は、静かに語る話し手の言説によって聞き手の脳裏に浮かび上がる虚構体験、すなわち、「男をもてなす者たち」が「青々と静まりかえった島の海で／金色に映える島々」を見ることではなかろうか。

リルケ文学における「金色」は、単なる色彩表現ではない。とりわけ「セイレンたちの島」における「金色」は、詩全体を覆う「静けさ」と不可分に結びつく。「教父たちが黄金を神の王権の一象徴と見た」(12) 中世の絵画において、不可視の絶対的なものを敢えて視覚的に示そうとすると、下地の黄金は、色であって色でない色として、つまり否定性の色と化す。また、「文法学的省察と神学的省察との絡み合い」が極めて緊密な中世の思想において、言葉で言い表すことのできない神の本質を敢えて言葉で示そうとすると、「名は代名詞に変化」し、名としての「形を失った」言語として、つまり「書かれるが語られることはない」否定性の言語と化す。[13] このような否定性は、「金色」という色においても、「金色」という言葉においても、何かを示そうとするが指示対象を示すことができないという点で、指示行為そのものを浮き上がらせる自己省察的な「沈黙」である。「セイレンたちの島」における「金色」と「静けさ」の結びつきは、「沈黙は金」という使い古された俚諺には還元できない。リルケの詩は、ヨーロッパ中世における否定性を巧みに取り込みながら、文学的営為そのもの、あるいは、詩的言語の立ち上がりそのものを志向する。[14]

変容

「セイレンたちの島」が歓待の場を設けることの意味は、やはり大きい。音もなく水夫たちを襲う「静けさ」は、静かに語る「男」の伝承行為が「男をもてなす者たち」にもたらす虚構体験であって、現実体験ではない。何らかの歓待の場において、一人の語り手がおり、複数の聞き手がいる。このような状況設定は、前述のホメロス『オデュッセイア』をはじめ、ボッカッチョ『デカメロン』、バジーレ『ペンタメローネ』、ゲーテ『ドイツ避難民閑談集』、更には多くの枠物語などに見られるように、ヨーロッパ文学では少なくない。リルケの詩は、詩人自身の現実体験を踏まえながら、伝統的な「トポス」を巧みに取り込み、それを根源的な芸術体験の場に結晶化する。それは、一つの物語りを契機に、新たな物語が今まさに立ち上がろうとする状況であろう。更に突き詰めると、我々に響く語りの声が「漠とした広がりを宿し」「耳に吹き寄せながら」我々を「取り囲む様」とは、他者の声に喚起された自己の声が言葉を獲得する前の混沌とした状況に他ならない。未だ形を持たない言語的混沌は、まるで「誰も逆らえぬ歌声」のように、言語活動を行う人間存在であれば決して逃れられない根源的体験でもあろう。「セイレンたちの島」の読み手は、聞き手の一人として、詩的言語が誕生する前の「静けさ」に立ち会う。この静寂を敢えて言葉で示そうとすると、対象は直接名指すことができないだけに、「名は代名詞に変化」せざるをえない。こうして美しい歌声を有する「セイレンたち」が沈黙する「エス」へと「一変する」のである。

ヨーロッパ文学における「水の女」の系譜において、「金色」は重要なトポスである。「美しい姿」と「美しい声」とによって複合的誘惑を行使するのが近代ドイツ文学の「水の女」たちであった。それを最も典型的に示すのが、ハイネの詩「ローレライ」の第三・四連であろう。「美極まる乙女」は第三連（金の飾りきらめき、／金の髪くしけずる）にて視覚的誘惑手段を、第四連にて聴覚的誘惑手段（歌にこもるは不可思議な／激しい調べ）を示す。言うまでもなく、「金の髪」はローレライが有する視覚的美の最も重要な指標である。リルケのまなざしにおいて現実の「島」が伝承の中の非現実的な「島々」と化すとき、視覚化できる「金の髪」は視覚化できない「黄金の島々」になり、言語化できる「セイレン」は言語化できない「エス」へと変わる。「セイレンたちの島」においては、危険ばかりが「一変する」のではない。こうして「美しい声」を有する「セイレンたち」は沈黙する代名詞、つまり、何かを示そうとするが指示対象を示すことができない形を失った否定性の言語へと変容するのである。

三　仮象の過程

矛盾

ドイツ現代文学は、言語に対する先鋭化した批判意識から始まった。とりわけホーフマンスタール、ムージル、カフカの文学は、既存の言語が原理的機能不全に陥っていることを確信しながら、言語の否定性を原理的契機として立ち上がっていく。そうした捻れの中で、文学は、既知の言語で未知の言語を探り、時に言語にならざる「沈黙」に言葉を与えようとする。総じてドイツ現代文学は、矛盾を意図して犯す。

二〇世紀前半、リルケは抒情詩にて、カフカは物語にて、ブレヒトは演劇にて、「矛盾」に挑む。ヨーロッパ文学における「水の女」の系譜を繙くと、一九世紀前半、前述のとおり、否定すべき対象が自己の創作基盤を培うという矛盾を犯しながら、セイレンの歌にこだわり続けた詩人として、アイヒェンドルフがいた。しかし、アンデルセン『人魚姫』以降、「水の女」たちが歌声を失うと、二〇世紀前半、リルケ、カフカ、ブレヒトは、新しい文学を模索する際に、特定の対象の否定に基づいてではなく、原理的に機能不全に陥っている言語の否定性に基づいて、それぞれにセイレンの沈黙に強い関心を抱く。

代名詞「彼女」

リルケの場合、詩人自身がカプリ島で受けた歓待を契機に、「金色」が色彩としても言語としても否定性の形式を持つ中で、言語が立ち上がる際に生じる一瞬の「沈黙」を詩的に結晶化した。こうした根源的な「豹変」が「危険」の内実だったと言ってもよかろう。フランツ・カフカ（一八八三—一九二四）の場合、「沈黙」が詩的に結晶化する契機は、「一九一七年八月」に作家自身が見た夢にあった。その際、リルケの詩とは異なり、曰く言い難い恐怖の対象、名としていまだ形を持たない言語、すなわち代名詞が、三人称単数の女性形にてカフカを襲う。

「いやだ、放せ、いやだ放せ！」と私は路地を進みながら絶えず叫んだものの、彼女は何度も繰り返し私をつかんだ。脇から、あるいは私の肩ごしに、セイレンの両手が何度も繰り返し私の胸にかぎ爪を立てたのだ。(15)

プラハを横切るモルダウ川近くの路地で起きたことであろうか、「私」を襲う恐怖の対象は、通常の言語使用とは異なり、まずは代名詞「彼女」で、それから次に名詞「セイレン」で示される。名としていまだ形を持たない恐怖が言語化され、形姿を得る瞬間であろう。

伝記的事実を繙けば、カフカは一九一七年七月初めにフェリーツェ・バウアーと二度目の婚約を交わす。しかし、八月に喀血、九月に肺結核と診断され、一二月末に婚約を解消する。カフカにとって結婚は、社会の中で確固たる足場を築く試みだけに終始しない。それは、一方で父からの自立、他方で文学的営為の妨げを意味する。つまり、父との葛藤からの解放をもたらしながら、同時に「生きること」と「書くこと」をめぐる葛藤を新たに生み出す。喀血後、日記における記載が極端に減っていく中で、「一九一七年八月」の夢は書かれた。それだけに「私」に対する「セイレン」の執拗な攻撃もしくは憑依には、カフカ自身の新たな葛藤が煮詰まっている。カフカ文学に多い動物譚は、総じて、カフカ文学に特有の錯綜した問題をある意味では目につき易く、しかも同時に深く掘り下げて示す。「私」を襲う対象が「彼女」を経て半人半鳥として顕現することの意味は大きい(16)。

「水の女」の始祖は「美しい声」にて相手を死へと誘う。だが、カフカの夢では、名として形を得た「セイレン」は自身の聴覚的誘惑手段を行使せず、「何度も繰り返し」鋭い爪で相手を襲う。その結果、セイレンの「美しい声」は少しも響かず、「私」の叫び声だけが「絶えず」響く。しかも、セイレンが「何度も繰り返し」立てた「かぎ爪」は「私」に深く食い込む。これは単なる夢ではない。夢は悪夢として、傷はトラウマとして、「私の胸」に深く残る。その証左が、結婚を遅疑逡巡するカフカがおよそ二ヶ月後の一〇月二三日から二五日までの間にノートに書き下ろした記述ではなかろうか。そこには、オデュッセウスとセイレンたちの遭遇譚に関する独自の語り直しがある。実は、カフカの遺言により、このノートも他の草稿とともにすべて焼き捨てられるはずだった。しかし、マックス・ブロートが誠実な裏切りを行い、カフカの死後、一九三一年の短篇集『万里の長城』にて先の語り直しを公にする。親友が付けた表題は「セイレンたちの沈黙」であった。

カフカ「セイレンたちの沈黙」

小編は、「不十分な、否それどころか子供っぽい手段でも時として身を救うのに役立つことの証明(17)」という反語から始まる。ホメロスのオデュッセウスは、部下たちの耳に蠟をつめ、自分の体を帆柱に鎖で縛り付けさせることで、難を逃れた。これに対して、カフカのオデュッセウスは自分の耳に蠟をつめ、自分の体を帆柱に鎖で縛り付けさせることで、二重の自己防衛を行う。迫り来る危険を察知し、臆病にも過剰な自己防衛によって難を逃れようとする。こうした振る舞いは、神話的英雄像とあまりに齟齬をきたす。

しかも、二重の自己防衛といえども、極めて強力な歌声を前にしては、「子供っぽい手段」にすぎない。「それが役立たぬことは世界中に知れ渡っていた。セイレンたちの歌声は何であれ貫き通すし、誘惑された者の情熱なら鎖やマスト以上のものを打ち砕く」のだ。また、二重の自己防衛をめぐる相互否定も看過できない。鎖が十全な防衛手段なら蠟は必要ない。その逆も然り(18)。詰まるところ、冒頭の反語は二重「手段」をめぐり全否定と相互否定という二重反語として働く。いまや周知の事実に気づかぬ知的英雄が有する愚直さ、あるいは無邪気さのみが、際立つ。「ところがセイレンたちには歌声よりももっと恐ろしい武器がある」と言う。それは「沈黙」であった。但し、カフカの「英雄」は、二重の自己防衛手段を過大に評価するあまり、沈黙に打ち勝ったと過信する。そうした思い込みを倨傲と称しても過言ではないであろう。実際、ホメロス『オデュッセイア』が示すのは、英雄の思い上がりに対するポセイドンの怒りであった。カフカの「英雄」は、「聞こえはしないが自分の周りに響いたアリア」に酔いしれ、自己陶酔の中、至福の表情を浮かべる。そのまなざしに酔いしれ、歌うことを忘れたのがセイレンたちであった。今や視覚的に魅了されるのは、「陸の男」ではない。こうしてオデュッセウスは、愚直な臆病者に成り下がりながらも、思い上がりが幸いして、「歌声よりももっと恐ろしい武器」から身を守ることができたのだ。

しかもカフカはこう書き記す、「もしセイレンたちに意識があるとしたら、このとき滅んでいたことであろう。だがセイレンたちはかくの如く生き残りつづけ、オデュッセウスだけがセイレンたちから逃れたのだ」と。古代ギリシアの詩人ロドスのアポロニオスによる叙事詩『アルゴナウティカ』によれば、セイレンたちと対峙するのは詩人の始祖オルフェウスであった。歌と竪琴の名手は、野獣であれ草木であれすべての心を和ませる音色によって、相手の歌声から仲間たちを守る。敗れた半人半鳥は「意識のある」存在として、敗北感ゆえに海に身を投げ、自らの命を絶つ。『オデュッセイア』であれ、『アルゴナウティカ』であれ、古代の神話において、「陸の男」と「水の女」

の対峙は、生死をかけた戦いであった。しかし、カフカにおいて、セイレンたちは意識を持たぬ故に自らの身を投げ出さない。こうして、オデュッセウスは知的な英雄から愚直な臆病者へと、セイレンたちは意識を有する存在から意識を有しない存在へと、変わり果てる。それぞれの変容によってそれぞれの生が保証されるのだ。なんという生の安寧だろうか。

「ところで、これに加えて更に補遺が一つ伝えられている」とカフカは述べ、事もあろうに、自らの言説全体を最後に覆す。オデュッセウスがセイレンたちの沈黙に実は気づいていたと言う。すべては英雄の巧みな演技であり、「仮象の過程」であった。「ズル狐」の内面には、人間は言うに及ばず、運命の女神さえも入り込むことはできない。いまや、セイレンたちではなく、オデュッセウスこそが、人間にとって認識できぬもの、人間言語では本質を衝くことのできぬもの、すなわち、不可解な「他者」となってしまう。カフカが試みた神話の語り直しは、知的な英雄を貶めるだけではなかった。

カフカ「セイレンたちの沈黙」は否定の連続から成り立つ。神話の一挿話が様々な角度から否定され、それぞれの否定の根拠が更に否定されていく。[19] しかも、度重なる否定の結果、言語は次第に機能不全に陥っていく。カフカにおいて、「彼女」から「セイレン」を経て形象化した結婚に対する否定は、失墜した神話的英雄像と相対化された神話的歌声とを通じて、ドイツ現代文学において先鋭化する言語の否定性へと変容していくのだ。単数形の「セイレン」が無言のまま「私の胸」に深く立てた「かぎ爪」が複数形の「セイレンたち」が有する「歌声よりももっと恐ろしい武器」へと変容することの内実がここにあろう。こうして言語にならざる「沈黙」に言葉を与えようとする捻れの中で、否定性の文学が立ち上がっていく。カフカ文学とは、否定の連なりが生み出す「仮象の過程」、否定が生み出す否定性のポエジーに他ならない。

四　芸術の無駄遣い

歌声の帰国譚

アドルノとホルクハイマーは、既に言及したが、『啓蒙の弁証法』第一章「啓蒙の概念」において、「啓蒙の哲学的原史」における最大の事件をオデュッセウスとセイレンの遭遇と目し、そこから「芸術の哲学的原史」を読み取った。「知謀に長けた」オデュッセウスは部下への命令を通じて精神的営為と肉体労務といういわば分業体制を整えた上で、甘美な歌声を特権的に享受する側に立つ。「知謀」によってセイレンの歌が無力化された瞬間、近代的な芸術体験が先取りされたのである。但し、故郷に戻ったオデュッセウスが侍女たちの頽落を知り、凶行とも称すべき復讐を果たす瞬間、英雄の「知謀」によって克服されたはずの自然が蛮行という形で噴出していた。このような「逆戻り」は、「水の女の物語」においては、いわば「歌声の帰国譚」として認められよう。セイレンの歌声は、一方でオデュッセウスやオルフェウスによって打ち負かされたが、他方で克服された自然の一つとして人間の内奥に深く入り込んでいった。その証拠に、「水の女」が地中海の明るい海原ではなく、ドイツにおける奥深い森の湖沼や河川において現れるようになったとき、誘惑の歌は、長い潜伏期間を経た後、「外なる自然」の歌としてだけではなく、「内なる自然」の歌として響き始める。こうした新たな展開を端的に示すのが、前述のとおり、ゲーテの「漁夫」であり、更にはこの詩に対するボードレールやユングの見解であった。

近代ドイツ文学、とりわけゲーテ以降、「水の女」の系譜が「遠い外海」のみならず、「深い内奥」に行き着いたことは、欧米語の「自然」が有する二重性、すなわち「外なる自然」と「内なる自然」の問題と密接に関わる。既に「水の女」が中世キリスト教のもとで異教の権化（外なる敵）と肉欲の権化（内なる敵）として二重の敵と見なされていたこともその証左であろう。考えてみれば、我々は「魂」を持つ人間存在でありながら、同時に身体の七割近くが「水」からなる物質存在でもある。古代の神話において、「陸の男」と「水の女」の対峙は、生死をかけた戦いであった。しかし、歌声が復活する近代ドイツ文学の創作メールヒェン、とりわけフケー『ウンディーネ』において、両存在の「戦い」ではなく、「和解」が目指されたことは、意義深い。その試みにおいて、「外なる自然」と「内なる自然」に分裂してしまった「自然」の融和、二重の「自然」をめぐる対立の克服が目指され、いわば「美しい魂」が希求される。こうした志向こそ、近代のメールヒェン、とりわけ創作メールヒェンの本質に他ならない。

創作メールヒェンはとかく民衆メールヒェンを装う。「特定の著名な個人」による創作が「不特定多数の無名の民衆」による伝承行為を巧みに作品内に取り込むのだ。こうした取り込みを本書はアンデルセン『人魚姫』に看取した。また、いち早くハイネの「ローレライ」がローレライをめぐる「創作された伝説」を「いにしえのメールヒェン」として取り込み、ドイツ・ロマン派の典型的な営為をパロディーの対象としたことも見逃せない。ハイネの詩において「美しい姿」と「美しい声」を持つ乙女が「陸の男」を水底へと誘う。それは「水の女」が得た複合的誘惑の典型であった。しかし、パロディーが対象に終焉をもたらす文学形式であることも忘れてはならない。ヴィクトール・ユゴーは「美しい声」をめぐる言説のインフレーションに気づき、旅行記『ライン河幻想紀行』にて述べていた。

但し、アイヒェンドルフの場合、事情は大いに異なる。詩人は、「水の女」の歌声がキリスト教的道徳原理に対する異教的官能原理として詩人の内奥に深く入り込んでいたことを繰り返し問題にした。アイヒェンドルフにおいて、「美しい声」は単なるパロディーの対象などではない。敬虔な詩人は否定すべき対象が自己の創作基盤を培うという矛盾を自覚していたに違いない。それだけにアイヒェンドルフは自らの内奥から響く「水の女」の歌声に何人よりも聴き耳を立てた詩人であった。「水の女」の文学的系譜においてアイヒェンドルフ文学が質・量ともに異彩を放つ所以がここにある。

しかしながら、アンデルセンにおいて人魚姫が「美しい声」を喪失し、「水の女」の文学的系譜において「陸の男」と「水の女」の言語的意志疎通が破綻し、ドイツ現代文学において言語に対する批判意識が先鋭化すると、「水の女」の歌声に代わり、「水の女」の歌声消失が新しい文学を生み出す創作原理として目され始める。二〇世紀前半のドイツ文学において、リルケ、カフカ、ブレヒトが新たなポエジーを模索する中でセイレンの歌声消失に多大の関心を寄せたことは決して偶然ではない。但し、リルケが抒情詩で、カフカが散文で、各々の関心を実作にて結実させ、歌声消失を新たな創作原理として組み込んだのとは異なり、ブレヒトの場合、同様のことを演劇では行わなかった。

ブレヒト『オデュッセウスとセイレンたち』

「古代の世界中が、抜け目ない男の謀の成功を信じた。疑念を抱くのは、ひょっとしたら私が最初だろうか[20]」と、ベルトルト・ブレヒト（一八九八―一九五六）は『古代神話の報告』（一九三三年）の中で言う。しかしながら、自ら述べているように[21]、オデュッセウスとセイレンたちの遭遇譚を明らかにカフカを意識しながら語り直す。従って、件の遭遇譚をめぐって「神話に対する疑い」を最初に示したのは、先の言葉とは裏腹に、決してブレヒトではない。但し、ブレヒトの小編『オデュッセウスとセイレンたち』が有する眼目は、「芸術の哲学的原史」を我々に改めて問い直す点にあろう。

私はつまりこう思う、万事結構な話だと。だが、（オデュッセウスの他に）誰が言うのか、セイレンたちが縛られた男を目の前にして本当に歌ったなどと。能力があり、そつがないあの女たちが、動きの自由を持たぬ者たちに対して、自分たちの芸術を無駄遣いしたなどということが本当にありえようか。そんなことが芸術の本質だろうか。

「芸術の本質」を新たに問うブレヒトにとって、優れた芸術家の作品は、甘美な歌声を一人特権的に享受する者に向けられるべきではない。また、精神的営為と肉体労務という分業体制を整えた上で成り立つ芸術受容など、笑止千万というところであろうか。批判は「縛られた男」だけに向けられているのではない。批判の対象は、一人の英雄から「動きの自由を持たぬ者たち」に一挙に広がりながら、単数形から複数形へと一般化されている。このような批判において、特定の社会層が肉体労務を他者に強いることで特権的に作品を甘美に享受することなど、芸術の「無駄遣い」にすぎない。不特定多数の観客に向けられる演劇、とりわけ演劇の社会的機能を重視するブレヒト演劇にとって、「不特定多数の無名の民衆」による受容こそが肝要であり、「特定の著名な個人」による受容は問題にならない。

そこで私はむしろこう考えたい。漕ぎ手たちの認めた喉のふくらみは、忌々しい慎重な田舎者にむけて罵倒の声を思いっきり張り上げたからで、我らの英雄が（同じく証言があるように）身をよじったのは、とうとう物怖じしてしまったからなのだ。

ブレヒトは、オデュッセウスとセイレンたちの遭遇譚の中に読み手を引き入れるのではなく、自らが模索する叙事的演劇のように、読み手を遭遇譚に向かい合わせようとする。オデュッセウスを知的な英雄から愚直な臆病者へと貶めたカフカと同様に、ブレヒトにおいても、「我らの英雄」は「忌々しい慎重な田舎者」にすぎない。かつての「美しい声」に取って代わり、いまや「罵倒の声」だけが響く。リルケやカフカのテクストとは異なり、セイレンたちは必ずしも沈黙に終始しているわけではないが、美しい歌声の消失という点で、リルケ、カフカ、ブレヒトは共通する。ブレヒトのテクストにおいては、「美しい声」が読み手に様々な感情を起こさせるのではなく、「罵倒の声」が神話に対するあるいは芸術に対する新たな認識を読み手に促す。もっともこの小編にブレヒトの演劇観もしくは芸術観が十全に投影されているわけではない。しかし、神話の語り直しを通じて、旧来の特権的な芸術受容を否定し、新たな「芸術の本質」を模索するブレヒトの意志が明らかに滲み出ていると言えよう。ここには、小編と言えども、ブレヒトなりの新たな「芸術の哲学的原史」がある。

五　悪魔的領域

トーマス・マン『ファウストゥス博士』

ドイツ文学、とりわけ音楽家小説では、音楽によって揺り動かされる情動を水の領域からの比喩形象で表すことは少なくない。事実、クライスト『聖ツェチーリエ』（一八一〇年）、E・T・A・ホフマン『楽長ヨハネス・クライスラーの音楽的苦悩』（一八一〇年）、グリルパルツァー『哀れな辻音楽師』（一八四七年）等の音楽もしくは音楽家をめぐる文学上の系譜において、芸術の極みとして描かれている音楽は、世俗的生の対極に置かれる対蹠地として、究め難い謎と化す。総じて音楽家小説における「音の流れ」は、言語にならざるもの、根源的なもの、絶対的なものを担いながら、「水の流れ」として人間の内奥へと染み込む。こうした染み込みは、本書第二章で述べたとおり、ブレンターノとゲレスの共作『時計職人ボークスの不思議な物語』において、いわばカリカチュアとして始まったが、その後、二〇世紀に至り、音楽家小説がトーマス・マン（一八七五―一九五五）において質・量ともに極まるとき、極めて深刻な事態に行き着く。

トーマス・マンの黙示録的な音楽家小説『ファウストゥス博士』（一九四七年）では、伝記作者ツァイトブロームによって語られる作曲家アードリアン・レーヴァーキューンの悲劇的生涯がナチス・ドイツの崩壊やドイツ精神の破綻そのものと密接に関わり、中世末期と二つの世界大戦とがアレゴリー的時空のもとで繫がる。[22]『ファウストゥス博士』の主人公が結んだ悪魔との契約は、娼婦エスメラルダによる梅毒感染を通じて、主人公に前代未聞の音楽的霊感をもたらす。その成果が『デューラーの木版画による黙示録』Apocalipsis cum figurisと『ファウストゥス博士の嘆き』Doktor Fausti Wehklangであり、二つのオラトリオにおいて音楽的創造と病気とは分かちがたく結びつく。『デューラーの木版画による黙示録』は、一九一八年の末から一九一九年の春にかけての数ヶ月、アードリアンが病気と苦闘しながら作曲したオラトリオであった。アードリアンはこの時期の苦悩を次のように語る。

僕がどんな気分でいると思うかい。〔中略〕油の釜にいる殉教者ヨハネのようなものだよ。かなり事細かに想像してくれたまえ。僕は敬虔に耐え忍ぶ者として大釜の中でしゃがみ、その下で勢いよく燃える薪の火は、実直な男によって手ふいごで一生懸命に煽られているんだ。(23)

アードリアンは闘病中に味わった創作の苦しみを、ヨハネの受難と重ね合わす。但し、この殉教者は「福音史家ヨハネ」Johannes der Evangelistであって、黙示録を書いた「預言者ヨハネ」Johannes der Prophetではない。もっとも今なお広く流布している伝承によれば、イエスの愛弟子であったヨハネはエフェソスで「ヨハネの福音書」と「ヨハネの手紙」を書き、その後、ギリシアの孤島パトモスに流され、そこで「ヨハネの黙示録」を書き、最期はローマ皇帝ネロの時代に釜ゆでの中で殉教したと言われている。このような同一著者説は今日ではもはや学問的には認められていない。しかし、マンは、同一著者説に基づいて一四九八年にデューラーによって制作された一五枚の木版画を用いて、「最後の作品」として自身が構想した小説と聖書最後の書として世界の終末を扱う「ヨハネの黙示録」とを重ね合わす。このようなアナロジーのもとで、『デューラーの木版画による黙示録』の作曲時と『ファウストゥス博士の嘆き』の作曲時、つまり一九一八年と一九四四年とが結びつく。『ファウストゥス博士』において、第一次世界大戦と第二次世界大戦とは「ドイツ精神」の包括的な崩壊の始まりと終わりである。そうした前提のもとで、第一次世界大戦時にアードリアンを苦しめた梅毒の病原菌が第二次世界大戦時にその肉体を完全に蝕む。

もっとも音楽家を梅毒が蝕むように、音楽家小説そのものを数の魔術がいわば「蝕む」。かつて一八〇〇年頃を境にドイツにおいて生じた音楽美学上のパラダイムの転換以降、総じて音楽は「算術の水たまり」からではなく、「自然の泉」から水を汲み出さなければならない。しかし「終末」を扱う音楽家小説では、再び「算術の水たまり」が決定的な役割を果たす。第七章においてアードリアンの数学や音楽への偏愛がすべての悪徳の始まりとして語られ、第一六章において娼婦エスメラルダとの出会いと梅毒への感染が示され、第二五章においてアードリアンは悪魔との対話を重ね、第三四章において悪魔との契約によって『デューラーの木版画による黙示録』が完成し、第四三章において徹底的な数的整合性を持つ『ファウストゥス博士の嘆き』が問題となる。いずれの章でも、一方でデモーニッシュな情念に駆り立てられた音楽家の創造が徹底的に描かれ、他方で章数の一〇の桁と一の桁の数を加算すると七になるという数的整合性が執拗に求められていた。狂乱と死に陥るアードリアンの運命において音楽的創造と病気とは表裏一体であり、ドイツ的精神が迎えた「終末」において音楽家小説と「算術の水たまり」は分かち難い。

トーマス・マンは、第一次世界大戦時に執筆した『非政治的人間の考察』（一九一八年）以降、音楽とドイツの深い結びつきを繰り返し主張してきた。総じて両者は、マンに依拠して述べれば、内面的であり、神秘的であり、非合理的であり、詰まるところ、デモーニッシュである。このような見解を更に深めたのが、第二次世界大戦末期に行われた講演『ドイツとドイツ人』（一九四五年）であろう。

> 音楽は悪魔的領域である。（中略）それはマイナス記号のついたキリスト教芸術である。計算し尽くされた秩序であり、同時に混沌をはらむ反理性であり、魔術的、呪術的な身振りに富み、数の魔術であり、芸術の中で最も現実から隔たりながら同時に最も情熱的な芸術であり、抽象的であり神秘的である。(24)

『ドイツとドイツ人』の中で「悪魔的領域」と称された音楽は、『ファウストゥス博士』においてアンデルセン『人魚姫』を介して魔女の棲む水底と結びつく。事実、アードリアンは水底にもぐる人魚と自分とを同一視し、梅毒がもたらす苦痛をアンデルセン『人魚姫』で描かれるような「ナイフで切られる苦痛」[25]にたとえていた。更に、主人公の妄想の中では、自らの愛の対象である甥のネポムク少年が自身と人魚との間の子となる。かつてマンは、『非政治的人間の考察』の中で、芸術の中の最高の玉座に音楽をすえ、啓蒙主義的・進歩主義的な政治的「文明」に対して「音楽的資質」を有するドイツの非政治的「文化」を擁護したが、第二次世界大戦時の『ファウストゥス博士』に至ると、事情は著しく異なり、音楽がもたらすディオニュソス的陶酔に悟性の力が及ばない野蛮の極み、つまり「悪魔的領域」を見出したのである。非言語的混沌を文学において言語化の対象とする試み、それが音楽家小説において徹頭徹尾なされたとき、「悪魔的領域」への冥府行が人魚の水底行となり、声を失った人魚が芸術家の絶対的孤独を担ったのは、決して偶然ではない。

マンのアンデルセン受容

ところで、一九二八年九月、ベルリンの雑誌『婦人』がドイツの作家諸氏にこれまでの人生で最も印象を受けた本は何かと尋ねた。なかなか興味深い答えが相次ぐ。ブレヒトの答えは聖書だった。マンの答えは作家自身が「精神の三連星」として挙げるショーペンハウアー、ニーチェ、ヴァーグナーの作品でもなく、まねびの対象であったゲーテのそれでもない。アンデルセン童話、これがマンの答えであった。一九二四年、既に『魔の山』の「まえおき」で物語とメールヒェンとの関わりが示唆されていたが[26]、マン文学の細部にはアンデルセン童話からの影響が少なくない。但し、マンが出した先の回答が全集に採録されることも研究対象になることもなかった。こうした中で、マンのアンデルセン受容を初めて本格的に明らかにした書物が一九九五年に上梓される。ミヒャエル・マールの『精霊と芸術』であった[27]。

マールは、一九九四年にバンベルク大学に提出された博士論文としての学術性と長編エッセイとしての遊戯性の中で、『魔の山』を中心にマンのアンデルセン受容を詳細に読み解く。『精霊と芸術』によれば、誘惑物語としての『魔の山』が「氷姫」に、デンマーク娘エレン・ブラントの経歴がアンデルセンのそれに由来すること、心霊実験の際にアルファベットの文字が一つ欠けて二五文字となっていることの根拠が『ファウストゥス博士』の二五章と同様に「しっかり者の錫の兵隊」にあること、呼び出された霊が「デンマーク人ホルガー」であること、更に『魔の山』以外の例も挙げると、トーニオの真の故郷は「人魚姫」と同様に水底にあること、トーマス・ブデンブロークもハノー少年もアードリアンも「歯いたおばさん」に苦しめられること、「雪の女王」の悪魔が放つガラスの破片がフォン・リンリンゲン夫人やアードリアンの目に入ったことなど、マン文学の錬金術的な結合術の結び目が次々にほぐされていく。

このように同書はマン研究の中心的問題から一見外れたような細部に執拗にこだわるが、しかし、その執着は単なる謎ときのそれではなく、細部に隠蔽された語りえざるものの核心に遠巻きながら徐々に迫っていこうとするフィロロギーの精神に基づく。そこで次第に浮き彫りにされるのは、罪の苦悩とその克服を芸術創造に託さざるをえなかった作家の生であり、より突き詰めて言えば、作家の性である。細部に隠蔽された語りえざるもの、それはマンが童話から読み取ったアンデルセンの内奥であり、それに共鳴するマン自身の同性愛志向であった。マンにおける秘められた「読むこと」と「書くこと」とを、マールは「神・詩・性の学」Theo-Poeto-Erotologieと呼ぶ。アンデルセンに関するマン自身の言及は、「精神の三連星」やゲーテに関する言及に比べると、あまりにも少ない。しかし、マンが何人よりも自己の作品に関して多くを語る作家であるだけに、アンデルセン受容をめぐる「沈黙」にこそ、語りえざるものが「饒舌に」沈む。我々は水底へと向かう人魚が声を失うとき、聴き耳を立てなければならない。

註

（1）小黒康正「周辺から生まれた饒舌な「沈黙」　ヘルタ・ミュラーの文学をめぐって」（西日本新聞社『西日本新聞（朝刊）』二〇〇九年一〇月二三日号、一一頁）参照。

（2）Karl Heinz Bohrer: Ästhetische Negativität. München 2002.

（3）第五章第一節は、平成一八―二一年度科学研究費補助金基盤研究（B）「ドイツ近・現代文学における〈否定性〉の契機とその働き」（研究代表者：浅井健二郎。但し、平成二一年度のみ小黒康正）の研究成果に基づく。九州大学大学院人文科学研究院で行われたこの研究プロジェクトは、ドイツ近現代文学の代表的な作品を手掛かりに否定性の契機を突き止め、その働きを明らかにすることを目指した。その際、問題意識の萌芽を多様に確認し、ホーフマンスタール、ムージル、カフカに問題意識の高まりを認めた上で、ドイツ近現代文学を広義の「否定性の文学」と捉えるに至ったが、十分な研究成果を得たとは必ずしも言えない。なお、本節における一部の記述は、浅井健二郎編『ドイツ近代文学における〈否定性〉の契機とその働き』（日本独文学会研究叢書〇五一号、二〇〇七年）の「まえがき」に基づく。

（4）Hugo von Hofmannsthal: Ein Brief. In: ders.: Sämtliche Werke. Kritische Ausgabe. Bd. 31. Hrsg. von Ellen Ritter. Frankfurt am Main 1991, S. 48.

（5）Ebd., S. 54.

（6）Ebd., S. 51.

（7）Rainer Maria Rilke: Lyrik und Prosa. Lizenzausgabe für die Wissenschaftliche Buchgesellschaft. Düsseldorf u. Zürich 1999, S. 247f.

（8）以上の実証的記述は、以下の論攷に基づく。河中正彦「カフカとリルケ――沈黙の詩学――」（有村隆広編『カフカと二十世紀ドイツ文学』、同学社、一九九九年、特に一五頁以下）参照。

（9）一般的な理解では、通常のドイツ語訳『オデュッセイア』が示すように、セイレンは複数形で表記され、決して二人に固定されない。Vgl. Homer: Odyssee. Griechisch und deutsch. Mit Urtext, Anhang und Registern. Übertr. von Anton Weiher. Einf. von A. Heubeck. Düsseldorf u. Zürich ^{11}2000, S. 331.

（10）ホメロス『オデュッセイア』（下）、松平千秋訳、岩波文庫、一九九四年、三一八頁。

（11）ヴィック・ド・ドンデ『人魚伝説』、荒俣宏監修「知の再発見」双書三二、富樫櫻子訳、創元社、一九九三年、二九頁。

（12）マンフレート・ルルカー『聖書象徴事典』、池田紘一訳、人文書院、一九八八年、一二八頁。

(13)　ジョルジョ・アガンベン『言葉と死　否定性の場所にかんするゼミナール』(上村忠男訳、筑摩書房、二〇〇九年、七四頁以下)参照。

(14)　「セイレンたちの島」における「金色」を、言語による分節化をまだ受けていない「自然」、すなわち「沈黙」と解し、件の「歌」を「詩的言語がまさにそこから噴出しようとする煮え返っている熱狂したあのしじま」と見なす見解が既にある。河中、前掲書、一七頁ならびに三三頁。

(15)　Franz Kafka: Tagebücher. Hrsg. von Hans-Gerd Koch u. a. In: ders.: Schriften. Tagebücher. Briefe. Kritische Ausgabe. Frankfurt am Main 1990, S. 828.

(16)　ヴィヴィアン・リスカは、『カフカ・ハンドブック』中の項目「カフカと女性たち」において、『セイレンたちの沈黙』に触れながら、カフカ文学における「女性」を未知なる神秘的な他者と見なす。リスカによれば、「女性」は「書くこと」に対する単なる障害ではない。セイレンたちの抗い難い歌声とオデュッセウスが行った誘惑に対する防御が示すように、「女性」はカフカにとって「書くこと」にとっての危険であると同時に、「書くこと」の源泉でもある。但し、リスカが示す解釈では、セイレンたちが示す「沈黙」の意味が全く問われていない。Vivian Liska: Kafka und die Frauen. In: Kafka-Handbuch. Leben – Werk – Wirkung. Hrsg. von Bettina von Jagow u. Oliver Jahraus. Göttingen 2008, S. 67.

(17)　カフカ『セイレンたちの沈黙』からの引用は、以下のテクストに基づく。Franz Kafka: Beim Bau der chinesischen Mauer und andere Schriften aus dem Nachlaß in der Fassung der Handschrift. In: ders. Gesammelte Werke in zwölf Bänden. Hrsg. von Hans-Gerd Koch. Bd. 6. Frankfurt am Main 1994, S. 168ff.

(18)　レトリックという観点からカフカの小テクストを読み解くベッティーネ・メンケによれば、蠟と鎖に関する言説は手段の重複をめぐりそれぞれを根拠のないものにしてしまい、その結果、相互注釈による相互否定が生じる。Bettine Menke: Das Schweigen der Sirenen. Die Rhetorik und das Schweigen. In: Franz Kafka. Neue Wege der Forschung. Hrsg. von Claudia Liebrand. Darmstadt 2006, S. 116ff.

(19)　ヴァルター・ベンヤミンによれば、カフカは神話の一挿話を次々に解体しただけではなく、そもそも「神話の誘惑にのらなかった」。カフカ文学における神話を「救済を約束するもの」と見なすベンヤミンにとって、セイレンたちの沈黙は、「希望の担保」としての音楽もしくは歌の否定に他ならない。その意味で、カフカ文学における究極の否定が『セイレンたちの沈黙』という小編に顕著に現れていると言えよう。但し、カフカ文学においてギリシア神話の改変を直接行うテクストは『プロメテウス』(一九一八年)と『ポセイドン』(一九二〇年)に限られており、また、ベンヤミンにおける「神話」が単に個別の神話を指すに留まらないので、ベンヤミンの見解については、本書では註での言及に留める。ヴァルター・

ベンヤミン『フランツ・カフカ』（浅井健二郎訳、『ベンヤミン・コレクション2　エッセイの思想』所収、ちくま学芸文庫、一九九六年、一二〇―一二二頁）参照。

（20）ブレヒト『オデュッセウスとセイレンたち』からの引用はすべて、以下のテクストに基づく。Bertolt Brecht: Odysseus und die Sirenen. In: Berichtung alter Mythen. Gesammelte Werke in 20. Bänden. Hrsg. in Zusammenarbeit mit Elisabeth Hauptmann. Frankfurt am Main 1967, Bd. 11, S. 207.

（21）「この話に対する報告はカフカにもあるが、実際、この話は現代ではもはや全く信用できないように思える」と脚註に記されている。Ebd.

（22）拙著『黙示録を夢みるとき　トーマス・マンとアレゴリー』（鳥影社、二〇〇一年、一九一頁以下）参照。

（23）Thomas Mann: Doktor Faustus. In: ders: Gesammelte Werke in dreizehn Bänden. Bd. 6. Frankfurt am Main 1990, S. 470.

（24）Ebd., Bd. 11, S. 1131.

（25）Ebd., Bd. 11, S. 457f. u. S. 663.

（26）Ebd., Bd. 3, S. 10.

（27）Michael Maar: Geister und Kunst. Neuigkeiten aus dem Zauberberg. München 1995.

終章　「水の女」の黙示録

みんな一瞬でわかったんです。あのひとを見て。裏切るっていうことについて、ハンスがくるまえは一度だって問題にもならなかったのに。でもみんな、馬に乗ったきれいなひとを見たんです。顔は誠実そのもの、口元はまじめそのもの。そしたら「裏切る」っていう言葉が波の底まで走ってきたんです。

ジャン・ジロドゥ『オンディーヌ』（二木麻里訳）

インゲボルク・バッハマン『ウンディーネ行く』

インゲボルク・バッハマン（一九二六―一九七三）の最初の物語集『三〇歳』の最後に収められた『ウンディーネ行く』（一九六一年）は、様々な文学素材と批判精神が複雑に絡み合った「織物」である。テクストの絡み合いは短絡的な理解や一義的な解釈を寄せつけない。その多様な文学素材の中核にはウンディーネをめぐる伝承領域の受容があり、そこから既存の人間社会に対する厳しい糾弾が展開される。こうした連関からタイトルは二重の意味で別離を示す。

現代のウンディーネはハンスと命名された男、男たち、人間に別れを告げ、秩序が支配する陸の世界から形を欠く水の世界へと「行く」。このテクストにおいて、水の世界とは単なる物質空間ではなく、陸の世界とは異質な世界に他ならない。こうした前提のもとで、ある地点からある地点への移動を示唆する動詞「行く」は、既存の世界に対する批判精神と未知なる世界を希求するユートピア志向とを併せ持つ。

だが、このタイトルが示す別離は、既存社会からの別離ばかりではない。ウンディーネという素材の現代版である『ウンディーネ行く』は、伝統の継承よりも伝統からの離反に重きが置かれている点で、既存の伝承領域から「行く」。バッハマンの場合、確かにフケーの『ウンディーネ』（一八一一年）やフランスの劇作家ジロドゥーの三幕劇『オンディーヌ』（一九三九年）からの影響は見逃せないが、[1] しかし、先行テクストとの著しい相違も重要である。（一）魂獲得に関する記述の欠落、[2]（二）抒情詩的要素の多さ、[3]（三）独白形式、[4]（四）ハンスという命名、[5]（五）女のまなざし、[6] 以上五つの主たる相違から分かるように、『ウンディーネ行く』というタイトルからは、既存の人間社会からの離反のみならず、ウンディーネをめぐる伝承領域からの離反も読み取ることができよう。

最後の叫び

『ウンディーネ行く』というタイトル、とりわけ「行く」をめぐる二義性に関して、従来のバッハマン研究は見解を概ね一致させるが、しかしながら、テクスト中でいまだ議論の余地を残す箇所も少なくない。とりわけ、タイトルとして冒頭に据えられた「行く」に対応する結末の動詞「来たれ」（二一一二六三）[7] は、文学素材からなる前景と社会批判的な背景とが最も複雑に織り込まれた箇所である。確かに、結語をユートピア志向と結びつく「来るように招く要請」[8] であると解する論者は少なくない。[9] しかし、結語に残された議論の余地をひとつの問いにしてしまうならば、結語の発話主体は誰かと問うことになろう。誰が「来たれ」と声を発しているのか。既に水底にいるウンディーネか、ウンディーネを再び人間界に呼び寄せようとするハンスか。テクストは何も答えず、我々に解釈を要請するだけである。[10] ある者は最後にウンディーネの叫び声を聞く。[11] 別の者はハンスの呼び声だと主張する。[12] これらの見解に対して、結末を二義的にとらえる論者の数も少なくない。[13] この二義性を最初に指摘したヴォルフガング・ゲアステンラウアーは、それを『ウンディーネ行く』が孕む神話的な円環運動から説明する。

水の元素の中に身を沈めるウンディーネは〔中略〕まさにこの瞬間に再び上がって来る。弾劾の弁、つまり「痛みの声」は再び誘惑となるのだ。『ウンディーネ行く』という物語は「来たれ」という言葉で終わりが結ばれることで、寓話の線は弧を描いて予期された始まりへと戻っていく。つまり、同一のものの反復へと向かう。こうした構造の中でこの語りそのものが、神話であることを明かすのである。(14)

ゲアステンラウアーによれば、ウンディーネを人間の男たちに導き、同時に男たちをウンディーネに引き寄せたもの、つまり物質存在と人間存在とを相互に引きつけ合わせる根源的な誘惑の力がウンディーネ伝説の始原にあった。こうした前提に立つゲアステンラウアーは、始原の誘惑を『ウンディーネ行く』の終わりから看取し、一見ウンディーネのものと思える最後の声から、同時にハンスの声も聞き取るのである。(15)こうした第三の見解に対して、『ウンディーネ行く』がバッハマンの他の作品と同様に解釈の多様な可能性から成り立っていることに着目し、結びは常に開かれたままになっていると主張する見解も見逃せない。(16)つまり、第四の立場として、結びを二義的ではなく、多義的にとらえるのである。

着眼点

以上、議論の余地を最も残す最後の「来たれ」をめぐり、代表的な論者の見解を概観した。『ウンディーネ行く』に一貫した独白形式を認める者なら第一の見解を、現代の文学理論に通じる者ならおそらく第四の見解を支持するであろう。たしかに文学テクスト、とりわけ現代の文学テクストは総じて多義的で、解釈に対して開かれた形で終わることが多い。しかしながら、文学理論がいわば「空中戦」としてテクストを理論的に俯瞰することが多いのに対して、個々の文学テクストを論じる場合は、いわば「地上戦」として時として細部にこだわらなければならず、それだけに多義性の主張にとどまるのではなく、その多義性を生み出す実相に踏み込まなければならない。本章は、一般論として多層性の指摘を繰り返すのではなく、対象テクストが有する複雑で豊かな「織り込み」を解きほぐす「地上戦」として、『ウンディーネ行く』の結びに改めてこだわりながらテクスト全体の多層性の実相を明らかにしていきたい。そこで件の「来たれ」を従来の研究ではほとんど顧みられなかった以下の三点から考察する。

第一にハンスという命名が問題になる。バッハマンはジロドゥーと同様にウンディーネの伝承領域とは一線を画し、ウンディーネの相手をハンスと名付けた。この命名に対して多くの論者は、『ウンディーネ行く』がジロドゥーの劇とは全く異なりながらも、ハンスという名前が同劇に由来していると主張しているが、はたしてそうであろうか。「来たれ」に関していえば、それがウンディーネの声なのかハンスの声なのかどうか、一義的なのか多義的なのかどうかを考える前に、「ハンス」という名前そのものに注意を向けなければならない。なぜならば、文学テクストの中の名前に対する多大なる関心をいかなる作家にもまして明言した作家こそ、バッハマンその人だからである。

第二に最後の言葉「来たれ。ただ一度だけ。来たれ。」Komm. Nur einmal. Komm.（二一二六三）とそれと類似する「来たれ！　来たれ！　ただ一度だけ来たれ！」Komm! Komm! Nur einmal Komm! という「痛みの声」（二一二五五）の相違が問題になろう。両者を引き合いに出す論者は多いが、それらの微妙な違いに注意を払う者はいなかった。ウンディーネの「痛みの声」である「来たれ！」とは異なり、最後の言葉「来たれ」には感嘆符が付けられていない。文法的に考えれば、それは命令法ではなく、要請もしくは単なる陳述にすぎない。この違いがいかなる意味を持つのかという問いに対して、既存の二次文献から回答を見出すことはできない。我々は特定の解釈を主張するにせよ、テクストを開かれた形のままにとどめるにせよ、まずは物語の結末をテクストに忠実に扱う必要があるのではないだろうか(17)。

第三に、バッハマン文学を考察する際に頻繁に用いられるユートピア概念と密接に関わりながら、それとは本質的に異なるもうひとつの志向が問題になる。フェミニズムの観点であれ、別種の社会批判の観点であれ、これまで『ウンディーネ行く』のユートピア志向について取り組む論者は多い。これに対して本章は特定の枠組みを外から持ち込む「空中戦」ではなく、テクストの内側から枠を組み立てる「地上戦」を心がけたい。「来たれ」と深く関わりながら、いかなる論者によっても明るみに出されぬまま、テクストの深層に押しとどめられたままになっている、ある志向が問題になるのだ。しかもこの志向がハンスという名前とも「来たれ」とも密接に関わることを予め附言しておく。本章はまずバッハマンの名前に対する関心を踏まえてハンスという名前について論じ、そこからバッハマンが関心を示した文学史上有名なもう一人のハンスとの関わりにふれながら、最終的には両者が分かち合う共通の志向を明らかにしたい。本章の課題は、『ウンディーネ行く』という織物のいまだ知られざる一糸をたどりながら、その複雑な絡み具合の全体像を提示することにある。

＊

類型化

『ウンディーネ行く』のハンスという名の人物は、バッハマンの独自の構想に基づく。物語はウンディーネの呪詛、ハンスという名前の人間に向けられた呪詛から始まる。

お前たち人間よ！　お前たち怪物よ！

ハンスという名を持つお前たち怪物よ！　私がついぞ忘れられないこの名を持つもの。

私が森のあき地を抜け、小枝が開くたび、若枝が水を私の腕から払い落とし、葉っぱが私の髪から滴を舐め取るたび、私はハンスという者に出会った。

そう、私が学んだのはこの論理、相手が必ずハンスという名を持つこと、お前たちの誰もがその名であり、次々にその名であり、だけど唯一人がその名であること。私が忘れられないこの名を持つ者は、いつだって唯一人。私がお前たちを心底愛したのと変わりなく、私がお前たちの誰彼も忘れ、すっかり忘れようとも。そしてもしお前たちの口づけと精液がかなりの大水（雨、川、海）でとうの昔に洗い流されてしまっていても、その名は残り続け、水の中で繁茂する。私が相手への呼びかけを止められないから。ハンス、ハンス、ハンス……。（二一二五三）

この引用からはハンスという名前の類型化が読み取れる。「人間」と「怪物」という奇妙な併置の中で『ウンディーネ行く』のハンスは単数形と複数形の揺れによって一般化されてしまう。しかもウンディーネが学んだという一般化の論理は後にもう一度同様に繰り返される。

私は一人の男を知った。名前はハンスだった。他のだれとも違っていた。更にもう一人を知り、またしても他のだれとも違っていた。それから知った一人は、他のだれとも全く違っており、名前がハンスで、私は彼を愛した。（二一二五八）

ウンディーネが出会う人間の男はある一人の男でありながら、単複同一化の論理で男一般のカテゴリーになっているという点で、特定の男ではない。ハンスという名前は、特定の個人を指すという固有名詞の機能を果たしながら同時に、総称として普通名詞の機能も持つというある種の矛盾を犯す。(18) もっともドイツ語の日常の言語使用において、例えば「まぬけハンス」Hansnarr、「知ったかぶりハンス」Hansdampf、「道化ハンス」Hanswurst、「幸運児ハンス」**Hans im Glück** とあるように、ハンスという名前は一個人を示す固有名詞にも類型化された人物を示す普通名詞にもなりうる。この点を踏まえるならば、ウンディーネの呪詛に曝されるかつての恋人は、単数形の一個人とも、複数形の一範疇とも見なすことができよう。

そして更にバッハマンの場合、ハンスは、社会の秩序や慣習の中にいる「男たち」（二―二五五）として、批判の矛先が向けられる対象に他ならない。総じてバッハマン研究では、『ウンディーネ行く』のハンスは父権社会イデオロギーの担い手であり、男性原理に支配された人間社会の具現者である。[19]こうした社会批判的な命名は、ウンディーネをめぐる伝承領域とは直接関わりを持たない。パラケルススの記述でも、フケー『ウンディーネ』でも、E・T・A・ホフマンの同名のオペラでも、相手の男はハンスとは命名されていない。但し、ジロドゥーの劇『オンディーヌ』では、ウンディーネの相手の騎士は「ハンス・フォン・ヴィッテンシュタイン・ツゥ・ヴィッテンシュタイン」と呼ばれている。この命名に対してナヴァプは、「ジロドゥーの騎士ハンスは〈中略〉〈平均的な騎士〉である。〈中略〉ハンスを類型に降格させる一般化は、同時にハンスをすべての人間の代表者にしてしまう」と言う。[20]日常の言語使用に、そしてそもそもドイツの童話や民話に基づく一般化は、ジロドゥーのハンスのみならず、バッハマンのそれにも大いに当てはまる。事実、「お前たちのことを私は笑い、驚かずにはおられない。ハンス、ハンスよ、妻をめとって共に働くちっぽけな学生であり、実直な労働者であるお前のことを」（二―二五六）という言葉が示すように、バッハマンのハンスは現代における「まぬけハンス」あるいは「平均的な騎士」と呼んで差し支えなかろう。ブリンクマンは『ウンディーネ行く』におけるハンスについて、「この名前はおそらく『幸運児ハンス』というメールヒェンから取られたであろう。しかし、ジロドゥーの『オンディーヌ』によっても裏書きされていることは確実である」[21]と説明する。しかし、この見解は十分な説明であるとは言い難い。バッハマンのハンスは、ジロドゥーのハンスとは異なり、月並な人物像であるばかりではなく、先行者のテクストには無い何か異質なものをも持つ。この点に関して、社会批判の要素を挙げる論者は少なくない。但し、社会批判性だけで伝統的な素材の現代版がジロドゥーばかりではなく、すべての先行者のテクストからも区別されるとは言い難い。ウンディーネの相手がハンスと命名されなければならない積極的な理由、何はともあれハンスでなければならない理由、それは何であろうか。

名前の魔術師

バッハマンは、一九五九年秋からの冬学期にフランクフルト大学で五回にわたる詩学講演を行った。その第四回目では「名前との交わり」という演題のもとに、文学における名前の問題を扱う。バッハマンは最初、「ルル、ウンディーネ、エンマ・ボヴァリー、アンナ・カレニーナ、ドン・キホーテ、ラスティニャック、緑のハインリヒ、ハンス・カストルプ」（四―二三八）といった世界文学史上の著名な登場人物たちの名前を挙げることで、名前が喚起する力に聴衆の注意を促す。バッハマンによれば、名前が生きている人々よりも作り上げられた人物により密接に結びつくことで、文学作品の主人公たちは現実の人間よりも生き生きとした生身の人間として感じられる。また、読者が名前に対して実に誠実であるともバッハマンは強調した。しかし、現代文学に全く別の傾向があること、今日では「素朴な命名への信頼が揺らいで」（四―二四二）おり、カフカ、ジョイス、フォークナーなどの文学がそうであるように、名前の持つアウラがかつてのように光を放たないことも、バッハマンは忘れてはいない。

バッハマンが講演の中でウンディーネの名を挙げていることは注目に値しよう。フランクフルトでの詩学講演の数年前に『三〇歳』の中のすべての物語が公にされている。従ってバッハマンが講演でウンディーネの名前を挙げたとき、当然『ウンディーネ行く』を念頭に置いていたことは間違いない。そして見逃してはならないが、ウンディーネや他の人物たちとともにトーマス・マン『魔の山』の主人公ハンス・カストルプの名前も挙げられている。この呼び出しは偶然ではない。同じ講演中でトーマス・マンに注意が向けられているからだ。バッハマンは強調する、「トーマス・マンにおいては名前は大きな意味があります。マンは最後の偉大なる名前の考案者で、名前の魔術師なのです」（四―二四七）と。マンは最後の「名前の魔術師」として作品の登場人物に「非常によく練られたニュアンス」（四―二四七）を持つ意図的な名前を付けているという。名前の問題や「名前の魔術師」に寄せるバッハマンの強い関心を考えると、『ウンディーネ行く』のハンスと『魔の山』のハンスとを比較検討してみる必要が生じる。

ハンス・カストルプ

『魔の山』のハンスは、主に四つの層から成り立つ。第一に「月並な人物」、第二に「中間の国ドイツ」、第三に「福音史家ヨハネ」、第四に「預言者ヨハネ」、以上の層である。[22]このうち第一の層はバッハマンのハンスにも容易に認められた。また『ウンディーネ行く』ではハンスという名前を通じてドイツ語圏の社会が男性原理に基づく人間社会の典型として措定されている可能性を考えれば、第二の層もバッハマンのハンスに認められるであろう。第三の層そして第四の層に関しては、論者が知る限り、二次文献の中での指摘は全く無い。確かに福音書の世界と『ウンディーネ行く』の世界は全く異質である。だが、第四の層に関しては、バッハマンが一九五四年、つまり『ウンディーネ行く』を執筆する数年前に『千年王国へ』というエッセーを書き上げているだけに、看過するわけにはいかない。同タイトルが「ヨハネの黙示録」第二〇章で描かれた「千年王国の支配」に由来することは、言をまたない。エッセーの中でバッハマンは、論述対象であるムージルの小説『特性のない男』が読者に「よく考えること、厳密に考えること、大胆に考えること」（四―二八）を要求すると述べ、この要求をこの小説のユートピア志向と見なす。もっとも以上の類推だけから、バッハマンが『魔の山』もしくはハンス・カストルプの人物像から、黙示録的な層を自らのハンスに託したかどうかを明かすことはできない。しかし黙示録の観点から『ウンディーネ行く』を読み直すとき、ウンディーネの呪詛と情念が渦巻く世界から黙示録的なヴィジョンが見えてきはしないであろうか。ウンディーネのハンスに対する愛憎には黙示録的な二律背反がありはしないか。

黙示録志向

『ウンディーネ行く』はハンスという名前の怪物に対する奇妙な呼びかけから始まる。黙示録の視点からすれば、この冒頭には既に黙示録に登場する「獣」[23]の影がちらつく。黙示録第一三章では、「一三」という数字に相応しく、悪魔である竜が二匹の怪物を呼び出し、第一の怪物に自己の力を託し、第二の怪物にプロパガンダの力を与え、その上で第二の怪物が人々に第一の怪物の偶像を崇拝させ、怪物の名前もしくは人間の名前を意味する「六六六」という数を印づける。黙示録の第二の怪物が人間の名前を持つということは、ウンディーネを裏切る怪物がハンスという名前を持つという設定に対応しよう。とはいえ、神学的見地からすれば、この対応には決定的な矛盾がある。ヨハネと怪物は相交わることのない、いわば善と悪の両極に位置づけられた敵対者に他ならない。従って、『ウンディーネ行く』におけるハンスという名前と裏切り者としての怪物との結びつきはある種の破綻であると言える。しかしながら、神学の世界において二項対立と解される要素が、文学の世界、とりわけ人間の内奥を掘り下げようとする近代以降の文学では、いわばヤヌスの如く両面価値として取り込まれることは、少なくない。『ウンディーネ行く』のハンスが、ウンディーネの愛憎が向けられる対象として、矛盾から成り立つ両義的な人物であっても、決して齟齬ではない。むしろそうした矛盾こそ、『ウンディーネ行く』の多層構造を担う重要な層なのである。

ところで『ウンディーネ行く』では、ウンディーネをめぐる先行テクストとは異なり、奇妙な音の描写が目立つ。実は同テクストのハンスは、黙示録のヨハネや『魔の山』のハンスと同様に、そうした奇妙な音に聴き耳を立てながら、既存の世界が終わりに近づきつつあることを知る。それは、日常のある日、突然のことであった。

心を込めて自分の妻たち、子供たちの髪をなで、新聞を広げ、領収書に目を通し、あるいはラジオのつまみを回して音量を大きくしたりするが、そうしつつ聞こえてくるのは貝の中の虚ろな響き、風のファンファーレ。それからもう一度後になって家の中が暗くなると、男たちは秘かに立ち上がり、ドアを開け、下の廊下、下の庭、並木道に聴き耳を立てると、そうすると実にはっきりと聞こえてくる、痛みの響き、彼方からの呼び声、不気味な音楽が。来たれ！　来たれ！　ただ一度だけ来たれ！　(二一―二五五)

ハンスは最初、ウンディーネという物質存在が放つ「虚ろな響き」を自らの日常世界の中で聞き取った。そして、ドイツの民間伝承にて「水の女」が現れると言われる時刻、昼と夜の狭間、越境の時になると、生活空間という内から異界という外へと意識を向けながら、それを「響き」であり「呼び声」であり「音楽」であると解す。しかもハンスは非言語的な響きを最終的に「来たれ！　来たれ！　ただ一度だけ来たれ！」という人間存在の言語に翻訳し、以下に示すとおり、「終焉への叫び」と解釈する。

私が来ると、そよ風が私の到来を告げると、お前たちは跳び上がって、時が近いことを知った、恥辱、追放、堕落、不可解なものが近いことを知った。終焉への叫び。終焉への。（二一二五七）

ウンディーネはハンスの世界を拒絶し、呪う。それだけに既存の人間社会の事情にも通じ、その没落を告知できるのであった、「その中で時と死が現れ燃え、すべてを、犯罪によって覆われた秩序を、眠りのために誤用された夜を、焼き払ってしまったからだ」（二一二五八）と。ここで看過してはならないのは、このような劫火による崩壊のイメージが黙示録に基づくことである。黙示録第一八章でアンチ・キリストの首都であるバビロンが焼け落ちるように、『ウンディーネ行く』では父権制によって秩序づけられた人間社会の崩壊が、つまり現代のバビロンの終焉が告知されていると言えよう。黙示録的告知をまずは「虚ろな響き、風のファンファーレ」として聞くハンスは、『魔の山』第七章の滝ならびに戦場の両場面でラッパの響きや男たちの大声を耳にするハンスと同様に[24]、黙示録で様々な不気味な音を終末の告知として聞くヨハネのいわば後裔に他ならない。

ところで、ヨハネが見る幻視は、焼け落ちるバビロンばかりではない。ヨハネが神の国を実現する来るべきエルサレムを見ることで、黙示録は、古戦場ハルマゲドンで行われるキリスト教徒と異教徒の最終決戦、神の軍勢と悪魔の軍勢の決定的な覇権争い、明と暗の究極の戦いを通じて、下降線から最終かつ一回かぎりの上昇線を辿りながら、旧世界の没落と新世界の到来を描く。聖書の最後に配され、多種多様な幻視とともに歴史の最後を扱う黙示録は、諸芸術に多くの素材を提供し続けながら、ヨーロッパの歴史意識を形成し、同時にトポスとしての「黙示録文化」を培ってきた。黙示録は危機意識の言語表現として人々の意識もしくは無意識の中に隠微な形で染みわたり、天変地異や社会的危機に立たされた人々の不安と希望をいわば取り込む。黙示録的トポスは、普段は様々な非合理を謎もしくはアレゴリーの形で宿しながら影を潜めているが、耐え難い危機が人々を襲うとき、突如として歴史の表舞台で猛威を奮う。そして束の間の陶酔の後、黙示録に出自を持つ終末をめぐる言説は、新たなものを吸収し、歴史的経験によって増殖しながら原テクストに還っていく。トーマス・マンの言を援用するならば、こうして「回帰する諸モティーフに満たされた一つの濃密な伝統領域[25]」が形成される。これがすなわちトポスとしての「黙示録文化」に他ならない。

徹底的な終末意識と局面打開の情念とを腐植土とする「黙示録文化」は、二つの世界大戦を経験した二〇世紀の文学、それもドイツ文学に多大な影響をもたらす。中でも影響の際立った文学的結晶化を三つ挙げるとすれば、第一に没落の予感と新生の希求を魂の叫びによって表現した第一次世界大戦前後の表現主義者たち[26]、第二に二つの世界大戦とドイツ精神の連関をアレゴリーによって徹底的に表現したトーマス・マン[27]、第三に女性のまなざしによる既存社会に対する徹底的な批判と新しい言語の模索とを同時に行ったインゲボルク・バッハマン、以上の三者のそれぞれの文学テクストであろう。

ユートピアとしての文学

バッハマンはフランクフルトで行った第五番目の詩学講演「ユートピアとしての文学」で、文学を「未知の境界からなる、前方に開かれた王国」（四―二五八）と規定する。バッハマンは、物語集『三〇歳』のいずれの作品でもユートピアの希求（あるいはそうした希求の破綻）を問題にする中で、別の領域から人間の世界を見ながら「彼方からの呼び声」を発するウンディーネにとりわけユートピアを託す。バッハマンにとって書くこととは、まなざしを

「完全なもの、不可能なもの、手の届かないもの」（四―二七六）に向けるユートピア的な身振りに他ならない。また前述の『千年王国へ』によれば、ユートピアとは「目的ではなく、眼前の方向」（四―二七）となろう。こうした視覚に基づく表現はバッハマンの初期の詩「早すぎる正午」の中にも見出せる。「希望のみが光に目がくらみ、しゃがみこむ」（一―四五）中でユートピアへの志向は、時の「猶予」を前にして「新しい言葉をめぐる戦い[28]」と結びつく。

声を低めて言うと、言うに言われぬものが地上を行く。
既に正午だ。

（一―四五）

詩の中の「言うに言われぬものが行く」Das Unsägliche geht という表現は、『ウンディーネ行く』Undine geht というタイトルと同様に、どこに行くのかという方向性への問いを潜在的に持つ。但し、問題は空間移動ばかりではない。むしろ、眼目は、古代ギリシアからのトポスであり、ニーチェの『ツァラトゥストラはこう言った』第四部でも示されたような、太陽が最も高く昇る中で万物の動きが一瞬止まる静寂の時、つまり「正午」にある。黙示録の言説が巧みに織り込まれた『ツァラトゥストラはこう言った』の場合[29]、最後の場面で新たな救世主は千年王国のイメージが付された「大いなる正午」を築くために山を下りて行く。これに対して、バッハマンの場合、端的に言えば、エッセー『千年王国へ』あるいは物語集『三〇歳』が示すように、新しい時代の到来はいまだ存在しない未知なる言語の現出として模索される。バッハマンは、既存の言語では言い表す事のできない全く新しい言語を既存の言語で言い表そうとする矛盾した試みを敢えて行う。先鋭化した言語批判的意識を有するバッハマンは、ニーチェやマウトナーやベンヤミンと同様に言語の否定性を自覚し、既存の言語が原理的機能不全に陥っていることを確信した一人である。しかし、同時に、先行するホーフマンスタール、ムージル、カフカと同様に、言語の否定性を原理的契機として成立する「否定性の文学」を模索した。特にバッハマンの場合、「眼前の方向」に向けられた身振りは、機能不全に陥った既知の言語の中に未知の言語との接点を探る詩作となり、それはいわば「境界のポエジー」を生み出す。先の詩の場合、既知の言語では表現不可能な「手の届かないもの」であるはずの「言うに言われぬもの」が現出する瞬間、時間の中の無時間とも称すべき「正午」、時間と無時間の境界が重要であった。『ウンディーネ行く』では、ウンディーネとハンスが出会う「森のあき地」Lichtung（二―二五三）が、大きな役割を果たす。もともと『存在と時間』第二八章において「みずから開いてあるもの」としての「ダーザイン」を比喩する語が、ウィーン大学にてハイデガー論で学位を得たバッハマンによって、形のない水の世界と人間によって秩序づけられた世界との接点、二つの世界が遭遇する「未知の境界」として援用されたのである。別言すれば、「森のあき地」は「どこにもない場所」として詩的に設定された「ウ・トポス」ou-toposに他ならない。また、人間の世界にありながらユートピアに通じる境界は、既知の言語によって形作られた未知の言語、「どこにもない言葉」としての「ウ・トポス」でもある。それだけに、ウンディーネを「未知の境界からなる、前方に開かれた王国」からの越境者、否定性のポエジーの具現と称してもよかろう。上述の「痛みの響き」は従って、古い世界と古い言語をめぐる「終焉への叫び」であると同時に、新しい世界と新しい言語への誘いとも理解できる。

もっとも「水の女」が発する誘いの前に、「陸の男」が行う呼び出しがあったことも忘れてはならない。ウンディーネは相手に言う、「だが忘れるな、お前たちが私を世界に呼び出したことを、私のことを夢に見たことを、別の女であり、別の存在であり、お前たちの精神を持つが、お前たちの姿を持たぬ者、お前たちの結婚式で悲嘆の声をあげ、濡れた足でやって来る未知の女のことを」（二―二六〇）と。「水の女」と「陸の男」の間で繰り返される邂逅の結果は、ユートピア的志向の頓挫であった。呼び出された世界において、ウンディーネは常に「呪われた存在」になり、古い世界の祭壇に捧げられる「生け贄」になってしまう。「私の血はおいしかったか。少しばかり牝鹿の血の味が、白鯨の血の味がしたか。そうした動物の無言の味が」（二―二六〇）とウンディーネは「裏切り者」ハンスに問う。つまり、「生け贄」は「怪物」に呑み込まれてしまうのである。ここにおいて再びハンスの出自が屈折した形で問題になろう。黙示録第一二章では、神を裏切って地上に投げ落とされたサタンと称される者が七つの頭を持つ巨大な竜として現れ、神の民を担う「太陽の乙女」と解される女に襲いかかり、女が産んだ救世主を呑み込んでしまおうとする。こうして神の勢力とその敵対者との最終決戦の幕が切って落とされるのであった。『ウンディーネ行く』では、「陸の男」が自ら呼び出した「水の女」を、「水とヴェール、固定され得ないもの」(二一二五九)を危険と感じ、怪訝に思い、そして裏切ってしまう。こうした裏切りと呑み込みを前提にしながら『ウンディーネ行く』では、「陸の男」に対する「別の存在」による罵りが、古い言語を用いる旧世界の男に対する「未知の女」の呪詛が始まり、テクスト全体を覆うのである。

結びの言葉

但し、後半部においてウンディーネの口調にいささか変化が見られ、呪詛と哀訴からなる不協和音が響く。ウンディーネの断固とした罵りの口調は弱まり、それどころか相手に寛容な態度を示す。ウンディーネは立ち去る前に「森のあき地」でのハンスとの逢瀬を思い出す、否、「すべてを思い出さねばならなかった、どの裏切りも、どの卑劣も。同じ場所で私はお前たちに再会した。私には恥辱の地に思えた、かつて明るかったところが。お前たちは何をしたのか！」(二一二六〇)と。確かに別れは決定的だった。しかしウンディーネは、完全に悲嘆に暮れているわけではなく、密かな希望を心に抱き、次のように思いを吐露する、「だけど立ち去れない。お前たちにもう一度まともな言葉を繰り返させよ、こんな別れにならないように。何ひとつ別れに至らぬように」(二一二六〇)と。実際、ウンディーネは人間が有する技術力、自然科学の知識、哲学的思考を褒め称える。彼女はこのように絶望と希望の間に揺れるため、彼女の言葉は両義的になってしまう。この時、ハンスがウンディーネにとって両義的な存在になり始める。もはやハンスを一方的に「怪物」と罵るわけにはいかない。相手が、一方で「ハンスという名を持つ」裏切り者でありながら、他方で、神の言葉に耳を傾ける預言者ヨハネのように、ウンディーネの言葉に聴き耳を立てるハンスとなるからだ。本来ならば交わることのない黙示録の中の善と悪という二項対立的な二つの要素を両面価値として受け入れることで、ウンディーネの心の揺れが言葉を獲得していく。

愛憎の振幅は『ウンディーネ行く』の最後において最大の揺れを示す。最後の場面ではウンディーネは既に水底におり、絶望の極みに達しながら、「世界は既に暗い。私は貝の首飾りをつけることもできない。もはや明るみも生じない」（二―二六二）と呻き声をふりしぼる。ウンディーネのまなざしは、水底の世界から崩壊しつつある人間世界へと向けられていく。この時、ハンスは没落しつつある、もしくは没落してしまった世界の住人に他ならない。

すると今、上を行く者がおり、水を憎み、緑を憎み、理解することはなく、決して理解されることはない。私が決して理解しなかったように。（二―二六三）

憎しみを抱きながらもハンスは「上」の世界でかつての恋人を探し求めるが、相手は既に水底にいるので、どこにも見出すことはできない。「森のあき地」は無くなり、邂逅の場はもはや無い。希望はいまや復唱にのみ存する。ヨハネの後裔は、かつて耳にした「凪のファンファーレ」を思い出し、聞き取った「彼方からの呼び声」、つまり「来たれ！　来たれ！　ただ一度だけ来たれ！」を口ごもりながら繰り返す。

ほとんど黙り込んだ、
かろうじてなお
呼び声を
聞きつつ。

来たれ。ただ一度だけ。
来たれ。
（二―二六三）

この箇所は『ウンディーネ行く』の中でもとりわけ抒情詩に近く、一義的な解釈を寄せつけない。確かに、「上を行く者」が聴き耳を立てた際に再び聞いた下からの誘惑の声として結語を解する者は少なくない。「ほとんど黙り込んだ」ハンスが「来たれ。ただ一度だけ。来たれ。」というウンディーネの呼び声をかろうじて聞いたという理解であった。こうした読みに対して本章は、「ほとんど黙り込んだ」ウンディーネが「来たれ。ただ一度だけ。来たれ。」というハンスの呼び声を水底でかろうじて聞いたと解する。「来たれ」は実際に発話された「来たれ！」のような強い響きを持たないだけではない。そもそも話者が異なる。ハンスはかつて自分に向けられた感嘆符付きの命令を感嘆符無しの要請として送り返す。つまり、最後の二行は、水底から聞こえる誘惑の声ではなく、水底に、あるいは「未知の境界からなる、前方に開かれた王国」に向けられた希求の言葉に他ならない。このように解する本章の根拠は、微視的に言えば、ハンスという名前にあり、巨視的に言えば、テクストの深層において『ウンディーネ行く』を刻印している黙示録にある。

パトモス島にて流謫の身であったヨハネは、自らの憑依体験を書き記す。それが「ヨハネの黙示録」であった。ヨハネは、幻視と幻聴の最後において、聖霊と新しきエルサレムの形象化である花嫁とが救世主再臨を望む声を聞く、「来てください！」Komm!（黙示録二二章一七）と。そしてその声を聞く者にその言葉を復唱して、同じく救世主の再臨を望むように要請する。

以上すべてを証しする方が、言われる。「然り、わたしはすぐに来る。」アーメン、主イエスよ！　来てください。（黙示録二二章二〇）

黙示録は最後にイエスとヨハネの対話を示す。イエスが自己の到来、つまり神の国の実現が近づきつつあることを告知すると、ヨハネはイエスにその復活を求める。それは、近い将来の出来事を知らせる情報の発信者とその出来事の成就を期待する情報の受信者とのディアロークと言えよう。黙示録は、自らの幻視・幻聴を伝えるヨハネの言葉から成り立ちながら、最後にイエスの言葉をそのまま組み込むことで、擬似的対話を描くのである。

このようなディアロークこそ、黙示録が『ウンディーネ行く』に記した決定的な刻印に他ならない。その結果、両者の結末は、一方が宗教的真摯さに拠り、他方が詩的自由に基づくにしても、ある種の構造的類似を示す。前者のヨハネも後者のハンスも、「来ること」をめぐる情報の受信者として、情報の発信者が到来すること、かつて去った者が再び現れることを懇願する。「去った者」とは、黙示録では磔刑に処せられて人間の世界を離れたイエス・キリストであり、『ウンディーネ行く』では裏切りを知って人間の世界を去ったウンディーネであった。残された者たちにとってイエスもウンディーネもともにこの世において失われた絶対的存在となるだけに、両テクストが結末において示す絶対者再臨に対する希求の念は、実に強い。詰まるところ、『ウンディーネ行く』の結びでは、一方で男女の愛憎をめぐる情念の高まりが詩的表現を獲得し、他方で既存の社会の崩壊を感知する終末意識と来るべき完全な未来を望む待望意識との複合体が、すなわち黙示録的志向が、結晶化されているのである。

表層と深層

このように『ウンディーネ行く』には、これまでの研究が看過するほど深く巧みに黙示録が織り込まれていた。こうした深層への織り込みと、表層での織り込みとの間には、綻びがあるわけではない。前述のとおり、『ウンディーネ行く』はパラケルススの著作に影響を受けて創作されたフケー『ウンディーネ』に基づく。そもそもフケーの創作には、特異な逆転の構図がある。かつて物質存在は常に人間存在によって周辺化されてきたが、物語では古くから魂を有する人間存在こそが新しく魂を獲得した物質存在によって周辺化されなければならない。すなわち、古い魂は汚れ、新しい魂はいよいよ純化していく。「陸の男」と「水の女」の永遠の結合が暗示される結末は、物語冒頭が描く「陸」と「水」のユートピア的結びつきと呼応しながら、ウンディーネに対する人々の思慕がいかに大きいかを示す。喪失は人間存在の見果てぬ夢となり、古い魂による新しい魂の希求となる。「新しい〈魂の獲得物語〉」から「〈新しい魂〉の獲得物語」へと変容した物語は、フケーなりの「新しい神話」の模索として、後半において「〈新しい魂〉の喪失物語」へと更なる変容を遂げていく。「後の世になっても村の人々はこの泉をさし、これこそ棄てられた哀れなウンディーネが、こうしていつまでも恋人をやさしく腕に抱いているのだと、堅く信じていたそうである」という末文が示すように、不在はひとつの伝説と化す。フケーの異類婚姻譚は、旧来のメールヒェンとは距離をとりつつも、最後に民衆メールヒェンを装いながら、不在をめぐる新たな創作メールヒェンへと変貌する。こうしてフケー『ウンディーネ』は、ひとつの「新しい神話」として、「新しい魂」の喪失を描き、同時に失われた「新しい魂」の希求を伝説に託す。これに対して、バッハマン『ウンディーネ行く』は、離別のみを扱うという点で、いわば「端折られたウンディーネ伝説」であろう。但し、失われた「新しい魂」の希求に関しては、それを決して端折らない。むしろ黙示録に依拠しながらそうした希求を顕在化している。こうして表層のウンディーネ伝説と深層の黙示録とは、綻びなく結びつく。それもウンディーネとハンスとが培った愛の「終わり」において、崩壊しつつある「上」の世界の「終わり」において、そしてそもそもテクストの「終わり」において。

＊

神話的円環と聖書的直線

結語の「来たれ」とタイトルの「行く」との結びつきは、これまでの研究がしばしば指摘してきたように、独特の神話的円環構造をなす。怪物の支配下で堕落した人間の世界とある種のユートピアが託された物質の世界との間を「行ったり」「来たり」すること、つまり此岸と彼岸との境を越境することで、ウンディーネはどこにもないはずの「森のあき地」でハンスに出会い、愛し、裏切られ、呪詛と哀訴の間に揺れながら「行く」。しかし、「終わり」において再び「来る」ことを求められて、新たな「始まり」へと向かう。フケーの「新しい神話」に基づく『ウンディーネ行く』は、過ちの繰り返しを内実とする神話的円環構造を持ちながら、女のまなざしによって書かれた現代の「新しい神話」と化す。

但し、それだけではない。『ウンディーネ行く』には、ウンディーネ伝説に基づく表層に反復性の神話的円環があり、黙示録に基づく深層に一回性の聖書的直線がある。創世記に始まり黙示録に終わる聖書は、「始まり」としてのかつての楽園と「終わり」としての来るべき楽園からなる枠構造を持つ。その間に存するのがキリスト教的な神の世界計画であり、人類の歴史である。そうした枠の中で、聖書的な時の流れは、「エデンの園」から「来るべきエルサレム」へ、庭園から都市へ、自然から人工へ、有機的空間から無機的空間へと、不可逆的に進む。ウンディーネはいまや歴史の「終わり」に佇む。そして、呪詛と哀訴の間に揺れながら、黙示録的怪物と預言者ヨハネとからなるハンスを呼び出す。そしてこの両義的人物が、前述のとおり、最後にウンディーネの言葉を繰り返す。それは最終でかつ一回限りの黙示録的な転換を求める声に他ならない。こうして結語の「来たれ」に、徹底的な終末意識と局面打開の情念とが託される。いまや『ウンディーネ行く』は、詩的自由に基づく屈折を伴いながら「イエス・キリストの黙示」（黙示録一章一）としての「ヨハネの黙示録」を範として、「ウンディーネの黙示」と化す。その際、まさに件の「来たれ」において、神話的円環と聖書的直線とが交差する。その意味で、『ウンディーネ行く』には、視点の置き方次第で円環にも直線にもなる螺旋構造があると言ってもよい。帰する所、『ウンディーネ行く』は黙示録文化に刻印された「水の女の物語」と言えよう。

歌わない「水の女」

ウンディーネは本来、美しい歌声によって「陸の男」を水底へと導く「水の女」である。但し、これまでの論述によれば、ことは単純ではない。「水の女の物語」の始原において「美しい声」の重視が認められたが、古代ギリシア・ローマ文化とキリスト教が混淆していく過程で、歌わない「水の女」の伝統が築かれていく。しかしながら、ゲーテにおいて「水の女」の歌声が独特の屈折を伴いながら復活すると、ドイツ・ロマン派によって「美しい姿」と「美しい声」を併せ持つ「水の女」が多様に創作され、「水の女の物語」における「妙音の饗宴」が形成されていく。だが、この宴は同伝承領域において決定的な役割を果たしながらも、長くは続かない。歌声消失に基づく言語的断絶の物語であるアンデルセン『人魚姫』が、聴覚的誘惑と視覚的誘惑の混淆過程に終止符を打つ。それは歌声を欠く「宴の後」の始まりだった。事実、リルケの詩「セイレンたちの島」やカフカの短篇『セイレンたちの沈黙』においてまさにセイレンの沈黙が問題になり、トーマス・マン『ファウストゥス博士』において声を失った人魚が芸術家の絶対的孤独を担う。こうして「水の女の物語」は、人間存在が有する魂の獲得を目指す物質存在から男性存在にとっての「他者」である女性存在へと、つまり「水の女」から「水の女」へと、物語の重心を大きくずらす。いまや「水の女」と「陸の男」の言語コミュニケーションが根本的に揺らぎ、言語の原理的機能不全性が新たな問題として浮上する中、両者の関係は修復し難い断絶へと陥っていく。但し、言語の否定性が意識されたからこそ、まさにその断絶から「水の女」をめぐる新しいポエジーが次々に立ち上がってくる。中でも歌うことなどまるで念頭にない現代のウンディーネこそ、その最大の成果に他ならない。しかも、「他者」がもはや「水の女」ではなく、黙示録的怪物と化した「陸の男」であるだけに、『ウンディーネ行く』は「宴の後」の中でも際立つ。新たな「新しい神話」において、「水の女」と「陸の男」との間にある断絶は、あまりにも埋め難い。但し、擬似的対話が想定される中で、唯一つの言葉に僅かな希望が託される。それが、ウンディーネが放つ「来たれ！」をハンスが微かに復唱する「来たれ」であった。

『魔の山』と『ツァラトゥストラはこう言った』

「来たれ」という結語は、もはや水底から聞こえてくる誘惑の歌声ではなく、「新しい魂」の復活をのぞむ水底に向けられた祈りの言葉であり、しかも、テクスト内在的に言えば、「未知の女」が持つ新しい言語を模索する試みであり、テクスト外在的に言えば、文学を「未知の境界からなる、前方に開かれた王国」と見なす作者の実践である。但し、「来たれ」という発語の背景に徹底的な終末意識と局面打開の情念があることを忘れてはならない。バッハマンが関心を示したハンス・カストルプを主人公とする『魔の山』は、物語の最後の最後で我々にひとつの問いを投げかける、「この死の饗宴の中からも、雨の夜空を焦がしているあの恐ろしい業火からも、いつか愛が立ち現れるであろうか」[30]と。『魔の山』は、最後に徹底的に破局へと向かう世界を描きながら、最終章の最後の文の最後の一語に、たとえ疑問符付きであろうとも、上昇線を内在している語「立ち現れる」steigen に微かな希望を託す。その時、トーマス・マンのヨハネは、イロニーを伴いながらも、「愛と未来との新しい言葉」を求める「英雄」として描かれる[31]。また、マンの『魔の山』に、そしてバッハマン文学に、多大な影響を与えたニーチェの『ツァラトゥストラはこう言った』にも注意を向けなければならない。第二部に登場した預言者が第四部にて再び登場して叫ぶ、「来たれ、来たれ、来たれ、時は来た、まさにその時だ[32]」と。この「困窮の叫び」に呼応するかのようにツァラトゥストラは、「夜の放浪者の歌」にて、「来たれ！　来たれ！　来たれ！　いま放浪へと出よう！　時は来た、夜の放浪へと出よう！[33]」と叫び、そして同書の結末にて「大いなる正午」を築くために山を下りて行く際に再び叫ぶ、「暗い山から来る朝日のように」力強く、「さあ昇ってくるのだ、昇ってくるのだ、大いなる正午よ[34]」と。黙示録文化は、「ヨハネの黙示録」を出自とする言説を通じて、「回帰する諸モティーフに満たされた一つの濃密な伝統領域」を形成する。中でも黙示録的パトスが結晶化した一語「来たれ」、こそ、『ツァラトゥストラはこう言った』、『魔の山』、『ウンディーネ行く』、三テクストを秘かに結びつける「トポス」に他ならない[35]。

三〇歳

以上の関連で、『ウンディーネ行く』がバッハマンによる最初の物語集『三〇歳』において第七番目の物語として最後に収められたことの意味を、問わなければならない。ここで着眼すべきは、「来たれ」が黙示録文化において数字の「七」としばしば連動することである。聖書の最後に収められた黙示録に頻出するこの数字は、端的に言えば、最終かつ一回限りの転回点を示す。それを受けて、ニーチェにおいてツァラトゥストラは「七つの封印」を開ける者となり、マンにおいてハンス・カストルプは七年間の「錬金術的高揚」を受ける者となり、同時に前者は故郷を去って山に入る者となり、そのパロディーである後者は山を下りて故郷に戻る者となり、とはいえ両者はともに「三〇歳」の齢に達する者となる。この時、両者は三〇歳にて布教活動を始めた先人たち、すなわち、ゾロアスター、エゼキエル、イエス・キリストの驥尾に付く。黙示録文化においては、人類の歴史の中では「七」が、ひとの生涯の中では「三〇」が、決定的な転回点をなす。こうした終末論的な「数の寓意解釈」を意識して、自己の物語集に『三〇歳』という表題を付し、黙示録的パトスに溢れる『ウンディーネ行く』を第七番目の物語として最後に置いたのが、インゲボルク・バッハマンであった。序でに言えば、七編の物語が一九五六年から一九五七年の間に執筆されたという伝記的事実も重要であろう。一九二六年六月二五日生まれの詩人が、詩から散文作品へと創作の重点を移行する時に、自らも「三〇歳」のトポスに参入し[36]、『ウンディーネ行く』に自らの新たなマニフェストを託したのではないか。直線的な「黙示録文化」の作用はテクストの内でも外でも強く働く。

異類婚姻譚

以上、本章は理論を先行させる「空中戦」ではなく、テクストの実相を重視する「地上戦」を行った。その結果、明らかになったのは『ウンディーネ行く』が有する独特のパトスである。それは、テクストの内では「水の女」の黙示録として、テクストの外では「小川」Bach を名に持つ詩人の黙示録的志向として結実し、詰まるところ、内のパトスも外のパトスも『三〇歳』の最後であり第七番目に置かれた物語の結語「来たれ」へと直線的に向かう。しかしながら、糸が複雑に絡み合った件の「織物」は、このような理解すらも一義的には寄せつけない。『ウンディーネ行く』においては、セイレンの後裔とヨハネの後裔が出会うように、「水の女の物語」と「黙示録文化」、これら二つの伝承領域が出会う。その意味で「来たれ」は、テクストの表層においては「水の女」が繰り返し発する誘惑の声となり、テクストの深層においては「陸の男」が最後に発する一回限りの希求として響く。「水の女」と「陸の男」をめぐる新たなテクストは、文様として独特のコンステラツィオーンを示しながら、織り目の背後に二つの異質な伝承領域のコンタミナツィオーンを持つ。畢竟するに、『ウンディーネ行く』は円環的な「水の女の物語」と直線的な「黙示録文化」との異類婚姻譚である。それだけに物語の最後の場面は、二つの伝承領域が矛盾なく邂逅する場所であり、どこにもない非言語的な「森のあき地」に他ならない。但し、それを敢えて言語化すると、円環的な糸と直線的な糸との織り目から螺旋状に立ち現れる言葉、「来たれ」となる。

*

どこにもない場所

人生は旅である。こうした意識は、ヨーロッパ文学の場合、「クロノトポス」Chronotoposという概念と密接に結びつく。ギリシア語の「時間」chronosと「場所」toposからなる合成語である。とりわけ小説における時間と空間とは、ミハイル・バフチンによれば[37]、「旅」「道」「敷居」などの具体的な表象を通じて作品全体の中で融合していく。

文学における「旅」は、総じて、日常的な時空を超え、非日常的な時空へと向かう。中心から周辺へ、辺境へ、異界へと向かう旅路には、常に危険が伴う。我々と異なる「他者」に出会うからだ。時に、相手は人間の認識が及ばぬ存在、人間の言語では表現し難い存在である。そうした対象を描くこと自体、文学にとって「冒険」と言えよう。

我々は「旅」に誘われた。ヨーロッパ文学における「水の女」の系譜は、古代ギリシアにおけるオデュッセウスとセイレンの対峙を水源とし、キリスト教のもとで変容しながら、中世ならびにルネサンスを経て、近代ドイツにて川幅を一挙に広げて、デンマークへと至り、大海原に流れ出る。以上の流れを、我々は時空を超えて「水の女の物語」として読み解いた。

ここでもう一度、古代ギリシアの叙事詩『アルゴナウティカ』に触れておこう。金の羊毛を探し求める冒険譚の中でセイレンたちと対峙するのは、詩人の始祖オルフェウス。歌と竪琴の名手は、野獣であれ草木であれすべての心を和ませる音色によって、相手の歌声から仲間たちを守る。敗れた半人半鳥は、海に身を投げ、自らの命を絶つ。古代の神話において、「陸の男」と「水の女」の対峙は、生死をかけた戦いであった。こうした対峙からも、「啓蒙の哲学的原史」の一種として、自然を克服しようとする人間の意志が読み取れよう。

しかし、ことは単純ではない。次第に人間は自らの内に「自然」を自覚する。事実、ドイツ語のナトゥーア（Natur）は、他の欧米語の場合と同様に、「自然」の他に「本性」「素質」「体質」という意味を持つ。こうした「外なる自然」と「内なる自然」の問題は、「水の女」が中世キリスト教のもとで異教の権化（外なる敵）と肉欲の権化（内なる敵）と化すこととも、そして更に、近代ドイツ文学、とりわけゲーテ以降、我々の「旅」が「遠い外海」のみならず、「深い内奥」を目指したこととも関わる。

考えてみれば、我々は「魂」を持つ人間存在でありながら、同時に身体の七割近くが「水」からなる物質存在でもある。近代ドイツ文学が創作メールヒェンにおいて両存在の「戦い」ではなく、「和解」を目指すことの意味は大きい。我々が「旅」の途上で得た新たな体験は、詰まるところ、「外なる自然」と「内なる自然」に分離した「自然」の融和、「自然」の二重性をめぐる対立の克服に他ならない。我々は、近代ドイツ文学の「水の女」たちとの出会いを経て、「美しい魂」を夢みながら、新たな旅愁を抱く。

但し、「水の女」の系譜は、現代ドイツ文学に至ると、「魂」をめぐる人間存在と物質存在の関係ではなく、「言葉」をめぐる男性存在と女性存在の関係へと重心を移す。「美しい声」の喪失物語であるアンデルセン『人魚姫』以降、現代ドイツ文学において、言語による意志疎通の破綻は先鋭化が進み、しかも既存の言語が原理的機能不全に陥っていく。

我々は今や「終末」に佇む。しかし、「水の女」たちは我々をいまだ魅了し続ける。おそらく「水の女の物語」は今後も書き続けられるであろう。確かに現代において「水の女」が無条件に「美しい声」を駆使する機会は、極めて少ないかもしれない。しかし、いまや「水の女の物語」そのものが、歌い語り、語り歌うのだ。そして、「水の女」の黙示録のように、新しい男女のあり方、新しい言葉、「どこにもない場所」、これらの模索を促す。既存の世界にいる我々に。

「水の女」は新しい文学、あるいは新しいポエジー言語の模索とともに、水底から絶えず現れた。我々は今、新たな海原の前に佇む。文学は「ユートピア」、すなわち「ウ・トポス」である。我々の「旅」は終わらない。

註

（1）Vgl. Mona el Nawab: Ingeborg Bachmanns „Undine geht“. Ein stoff- und motivgeschichtlicher Vergleich mit Friedrich de La Motte Fouqués „Undine“ und Jean Giraudoux’ „Ondine“. Würzburg 1993.

（2）ウンディーネをめぐる伝承領域は、「水の女」が「陸の男」の愛を通じて永遠の魂を獲得する前半と、相手の裏切りによって魂を失う後半とから基本的になる。

（3）『ウンディーネ行く』は物語集『三〇歳』の中でも最も抒情詩的要素を有する。

（4）話者であるウンディーネが虚構の「おまえ」に語りかける「疑似対話性」があるものの、「おまえ」と称された人物が実際には登場しないので、基本的には独白形式の物語になっている。Ingeborg Scholz: Ingeborg Bachmann. Gedichte – Hörspiele – Erzählungen. Interpretation und unterrichtspraktische Vorschläge. Hollfeld 1994, S. 75.

（5）虚構の相手は、ジロドゥーを除く先行者のテクストとは異なり、ハンスと命名されており、しかも、ジロドゥーのテクストとも異なり、後に説明するように、特定の男でもあり、不特定の男でもある。

(6)『ウンディーネ行く』は父権社会の中で周辺化された女の問題を女の視点から記述している点で現代性を獲得している。Kurt Bartsch: Ingeborg Bachmann. Stuttgart 1988, S. 125f.

(7) バッハマンからの引用は Ingeborg Bachmann: Werke. Hrsg. von Christine Koschel u. a. 4 Bände. München u. Zürich 1993. による。以下、同書からの引用は本文中に(二―二六三)の形で括弧内に巻数と頁数を示す。なお、訳出の際にインゲボルク・バッハマン『三〇歳』(生野幸吉訳、白水社、一九七二年)を参考にした。

(8) Henning Brinkmann: Worte ziehen Worte nach sich: Entwerfende Zeichen in ‚Undine geht' von Ingeborg Bachmann. In: Wirkendes Wort 31 (1981), H. 4, S. 231.

(9) クリスタ・ギュアトラーは結語から「新しい国、〔中略〕別の男たちへの希望」を、レナーテ・デルフェンダールは「他者との関わりを求めるウンディーネの探究がいかなるときにも新たに始まる」ことを読み取った。マリア・ベーレは我々に「行く」から「来る」ことへのテクストの移行、つまりタイトルから結語への動きに注意を促し、最後のことばに「新しい始まりへと開かれた結末」を見出す。Christa Gürtler: Die andere Undine. In: Schreiben Frauen anders? Untersuchungen zu Ingeborg Bachmann und Barbara Frischmuth. Stuttgart 1985, S. 372; Renate Delphendal: Alienation and Self-Discovery in Ingeborg Bachmann's ‚Undine geht'. In: Modern Austrian Literature 18 (1985), H. 3/4, S. 206; Maria Behre: Ingeborg Bachmanns „Undine geht" als Sprache einer besonderen Wahrnehmung. In: Ingeborg Bachmann – neue Beiträge zu ihrem Werk: internationales Symposion Münster 1991. Hrsg. von Dirk Göttsche u. Hubert Ohl. Würzburg 1993, S. 68.

(10)『ウンディーネ行く』に関する近年の代表的な論攷も、改めて問う、「この言葉〔最後の言葉〕を話すのは誰か。一人称の語り手か、別の声か、人間たちか、ハンスか、元素か、水そのものか。どの叫び声が聞こえてくるのか、聞こえてくるべきなのか、ウンディーネの叫び声か、見捨てられた人間たちがウンディーネを求める叫び声か」と。Ruth Neubauer-Petzoldt: Grenzgänge der Liebe. *Undine geht*. In: Interpretationen. Werke von Ingeborg Bachmann. Hrsg. von Mathias Mayer. Stuttgart: Reclam 2002, S. 171f.

(11) Holger Pausch: Ingeborg Bachmann. Berlin 1975, S. 67; Annette Klaubert: „Undine geht". In: Symbolische Strukturen bei Ingeborg Bachmann. Malina im Kontext der Kurzgeschichten. Bern, Frankfurt am Main usw. 1983, S. 24; Delphendal, a. a. O., S. 204, u. a.; Renate Stauf: „Komm. Nur einmal. Komm." Epiphanieerfahrungen bei Ingeborg Bachmann. In: Ästhetische und religiöse Erfahrungen der Jahrhundertwenden. III: um 2000. Hrsg. von Wolfgang Braungart u. Manfred Koch. Paderborn u. a. 2000, S. 29–41.

(12) Helga Trüpel-Rüdel: „Ihr Menschen! Ihr Ungeheuer!" Zum Undinen-Bild im 20. Jahrhundert. In: Undine – eine motiv-

geschichtliche Untersuchung. Phil. Diss. Bremen 1987, S. 222.

(13) Dorothe Schuscheng: Die Erzählung „Undine geht“. In: Arbeit am Mythos Frau. Weiblichkeit und Autonomie in der literarischen Mythenrezeption Ingeborg Bachmanns, Christa Wolfs u. Gertrud Leuteneggers. Bern, Frankfurt am Main usw. 1987, S. 110.

(14) Wolfgang Gerstenlauer: Undines Wiederkehr. Fouqué – Giraudoux – Ingeborg Bachmann. In: Die neueren Sprachen 69 (=N. F. 19), 1970, S. 527.

(15) ゲアステンラウアーの見解に対して、十分な解釈がなされていないという批判はあるが、同見解は、『ウンディーネ行く』における神話的な円環構造を最初に指摘したという点で、研究史上、重要な位置を占め続けている。Dagmar Kann-Coomann: Ach die Kunst. In: „. . . eine geheime langsame Feier . . .“ Zeit und ästhetische Erfahrung im Werk Ingeborg Bachmanns. Bern, Frankfurt am Main usw. 1988, S. 119.

(16) Gürtler, a. a. O., S. 372; Neubauer-Petzoldt, a. a. O., S. 172.

(17) 最後の部分はしばしば不正確に扱われてきた。ベーレは最後の文を命令法と見なしており、ナヴァプやショルツは最後の文に感嘆符を付けて引用している。例外としてシュシェングが「痛みの声」と最後の言葉の相違に気づいていたが、相違をリズムを踏まえての「変更」と、本文ではなく、註において説明するだけで、感嘆符の有無の問題を解決していない。Behre, a. a. O., S. 68; Nawab, a. a. O., S. 90; Scholz, a. a. O., S. 75; Schuscheng, a. a. O., S. 306.

(18) Nawab, a. a. O., S. 80.

(19) Ria Endres: Die Paradoxie des Sprechens. In: Kein objektives Urteil – nur ein lebendiges. Texte zum Werk von Ingeborg Bachmann. Hrsg. von Christine Koschel u. Inge von Weidenbaum. München 1989, S. 456.

(20) Nawab, a. a. O., S. 41.

(21) Brinkmann, a. a. O., S. 228.

(22) 語り手によって『魔の山』冒頭から「ひとりの単純な青年」と呼ばれた主人公ハンス・カストルプは、第一章から第六章にかけて、主要登場人物たちの「陣地とり」の渦中の人となりながら、中間の国ドイツをいわば体現していく。そして最終章の第七章において、イエス・キリスト像を担うペーペルコルンが登場すると、小説全体が聖書的世界に近づき、同時に、「ハンス」Hansという名前が「ヨハネス」Johannesの略名であることに基づいて、主人公には次第にイエスの愛弟子であり福音史家であるヨハネの像が投影されていく。更に、ペーペルコルンの自殺から第一次世界大戦勃発までの経緯を描く『魔の山』最終部においていわば黙示録的世界が描かれる中で、主人公にはもう一人のハンス、すなわち聖書の最後に配され、世界の終末と来るべきエルサレムのヴィジョンを描く「ヨハネの黙示録」の著者像も託されていくのである。拙著『黙示録を夢みるとき　トーマス・マンとアレゴリー』（鳥影社、二〇〇一年、一二六頁以下）参照。なお、カストルプという苗字は、シモニデスの逸話に登場するカストールに基づく。その結果、『魔の山』は様々な双子モティーフを通じて「忘却と記憶の物語」という様相を呈す。拙論「忘却と想起――『魔の山』におけるディオスクロイ――」（小黒康正編『トーマス・マン『魔の山』の「内」と「外」――新たな解釈の試み――』、日本独文学会研究叢書〇四一号、二〇〇六年、一七―二九頁）参照。

(23) 聖書からの引用の際には、以下のドイツ語聖書を参照した上で、『聖書　新共同訳』（日本聖書協会、一九八八年）を用いた。Die Bibel. Altes und Neues Testament. Einheitsübersetzung. Lizenzausgabe für den Verlag Herder, Freiburg im Breisgau, 1980; Die Bibel. Nach der Übersetzung Martin Luthers. Lutherbibel-Standardausgabe mit Apokryphen. Stuttgart 1985.

(24) 拙著『黙示録を夢みるとき』（一二一頁以下）参照。

(25) Thomas Mann: Gesammelte Werke in dreizehn Bänden. Frankfurt am Main 1990, Bd. 6, S. 474f.

(26) 拙論「黙示録文化におけるドイツ表現主義――クルト・ピントゥスの『人類の薄明』をめぐって――」（日本独文学会『ドイツ文学』第一〇四号、二〇〇〇年、一四三―一五二頁）参照。

(27) 拙著『黙示録を夢みるとき』参照。

(28) Bartsch, a. a. O., S. 59.

(29) 細川亮一『道化師ツァラトゥストラの黙示録』（九州大学出版会、二〇一〇年、二一一頁以下）参照。

(30) Mann, a. a. O., Bd. 3, S. 994.

(31) 拙著『黙示録を夢みるとき』（一二九頁以下）参照。

(32) Friedrich Nietzsche: Also sprach Zarathustra. In: ders. Kritische Studienausgabe in 15. Bänden. Hrsg. von Giorgio Colli u. Mazzino Mintinari. München: DTV 1993, KSA 4, S. 301.

(33) Ebd, S. 397.

(34) Ebd, S. 408.

(35) 『魔の山』と『ウンディーネ行く』の連関を指摘する二次文献は、論者の知る限り、拙論を除き、過去の研究では皆無である。また、『ツァラトゥストラはこう言った』と『ウンディーネ行く』との独特のパトスやメランコリーを介しての類似を、近年、ノイバウアー＝ペツォルトが指摘したが、指摘に留まり、具体的な考察を一切行っていない。Ruth Neubauer-Petzoldt, a. a. O., S. 163. Vgl. Yasumasa Oguro: „Komm. Nur einmal. / Komm.“ Intertextuelle Bezüge zwischen Ingeborg

Bachmanns „Undine geht“ und der Offenbarung des Johannes. In: Kairos. Hrsg. von der Kairos-Gesellschaft für Germanistik（Fukuoka）, Band 32（1994）, S. 34–73; Yasumasa Oguro: Opferung und Apokalypse – Intertextualität zwischen Ingeborg Bachmanns „Undine geht“ und Kyoka Izumis „Yashaga-ike“. In. Undine geht nach Japan. Zu interkulturellen Problemen der Ingeborg Bachmann-Rezeption in Japan. Hrsg. von Hannelore Scholz. Berlin 2001, S. 55–68.

（36）拙論「インゲボルク・バッハマンの『三〇歳』——忘却からの復活——」（九州大学大学院人文科学研究院『文学研究』第九九号、二〇〇二年、四九—五二頁）参照。

（37）ミハイル・バフチン『小説の時空間』（北岡誠司訳、新時代社、一九八七年）参照。

補遺　人魚の嘆き

「見てらっしゃい、水の妖精さん」と彼はエレベーターで彼女の耳もとにささやき、彼女は総毛だった。「償っていただきますからね、男殺しの目くばせは」

トーマス・マン『魔の山』（高橋義孝訳）

「恋愛」の始まり

古代ギリシアを出自とする「水の女」は、フランスやドイツ、更にはデンマークを経て、大きな海原に流れ出た後、およそ半世紀を経て近代日本にまで流れ着いていた。しかし、それは単なる漂着ではない。同系譜は、近代日本文学において、男女の新たな関係、つまり「恋愛」を促したのである。ここで着目するのは、森鷗外、夏目漱石、泉鏡花、谷崎潤一郎であり、それもそれぞれの作家の最初期であり、詰まるところ、近代日本における「恋愛」の揺籃期に他ならない。各々が西洋文学を範にして各人各様の仕方で「恋愛」を書こうとしたとき、彼らの関心が等しく向けられた対象、それがすなわち「水の女」だった。但し、黎明期の近代日本文学は、ヨーロッパ文学における「水の女」を単に踏襲したのではない。むしろ、同系譜における新たな展開を踏まえ、その現代的問題を露わにしたのである。

「人魚」伝説

言うまでもなく、「水の女」の物語は、古今東西、世界中のいずれの地域にもあり、決してヨーロッパに限られな

『山海経』挿図

『六物新誌』挿図

い。例えば、中国においては、古くから民話として存在し、宋代にまとまった形式が整う『白蛇伝』が最も有名であろう。既に二世紀の詩集『楚辞』に拾遺された『湘夫人《しょうふじん》』にあるように、多くの詩人が古から語り継いできた海底に棲む女神の話もある。また、数多くの博物誌学的記述も残されており、最古の記述として紀元前四世紀から一世紀の間に成立した地理書『山海経《せんがいきょう》』が挙げられよう。そこで図示されている半人半魚の存在は、必ずしも上半身が人間の女性ではなく、中には明らかに男性と思われる半人半魚の図もあり、更には足を持った魚の図もあり、この場合は性別が不明となる。

日本では、『日本書紀』（七二〇年）に最古の記述があり、人魚の出現は不吉な知らせとされた。『和名抄』（九三四年頃）には中国の『山海経』に基づく人魚の記述があり、『古今著聞集』（一二五四年）には伊勢の国の漁師が人魚を捕らえた話がある。実際、日本各地に残された人魚伝説の数は少なくない。福岡市博多区の龍宮寺に至っては、「人魚の骨」が今なお残る。加えて、人魚の肉を不老長寿の霊薬とする迷信や、そこから派生した「人魚の鮨と鳳凰の卵」という言い回しも、興味深い。ともあれ、これらの記述はいずれも性別が不明であることが多く、その点でヨーロッパ文学における「水の女」の系譜とは質を異にする。上半身が人間の女性である美しい半人半魚が日本において定着するのは、江戸時代の百科全書『和漢三才図絵』と医学書『六物新誌《りくぶつしんし》』によるところが大きい。つまり、ヨーロッパの「水の女」は、江戸時代の蘭学書を通じて日本にも達する。但し、性別は確定しても、いずれの記述も断片的であり、物語としてはまとまらない。

＊

ロオレライ

近代の日本では、明治初年来、「文明開化」の名のもとに欧化主義が進められ、やがて明治一六年（一八八三年）に開館された鹿鳴館の時代を迎えた。だが、明治二〇年代に入ると、盲目的な西洋崇拝に対する反動が国粋主義として生じ、更にはキリスト教や女性解放に基づく新たな思潮が広まる中、近代日本文学において、森鷗外を先蹤とする浪漫主義が胎動し始める。その際、ライン川を出自とするドイツ系の「水の女」が大きな役割を果たす。

鷗外は明治二三年（一八九〇年）一月に『舞姫』、八月に『うたかたの記』、明治二四年（一八九一年）一月に『文づかひ』、すなわちドイツ三部作を上梓した。これらの三作は、日本における「恋愛」小説の嚆矢として先駆的な意義を持つ。明治の知識人たちは、江戸時代までに見られた男女間の関係をことさら否定し、新しい男女の在り方を模索する際、前近代的な「色恋」から離れ、近代的な「恋愛」に近づく。明治一八年（一八八五年）に出された坪内逍遙の『当世書生気質』が示すように、日本における「愛」は、キリスト教や女性解放に基づく新思潮を背景に、西洋への憧れと一体となって人々の心を摑む。そうした中で、江戸時代以前にもあった「恋」という言葉は、肉体的な「色」を捨て、精神的な「愛」と結びつく。[1] 鷗外のドイツ三部作は、「恋愛」の本場における日本人男性とドイツ人女性の関係を描く、先駆的かつ代表的な「恋愛」の変奏曲に他ならない。

中でも『うたかたの記』は、『舞姫』よりも先に書かれたと推測される点で[2]日本における「恋愛」小説に先鞭をつけ、同時に、画家の苦悩を扱う点でドイツ文学に頻出する「芸術家」小説を本邦で初めて創作する試みである。書き出しはミュンヘンの美術学校向かいにあるカフェ・ミネルヴァ、そこで日本人画工の巨勢とドイツ人モデルのマリイとが再会を果たす。巨勢は六年前にミュンヘンのカフェにてすみれ売り少女を災難より救って以来、ドレースデンで引き続き画の修行を積む最中、「ヱヌス、レダ、マドンナ、ヘレナ、いづれの図に向ひても、不思議や、すみれ売のかほばせ霧の如く、われと画額との間に立ちて障礙をなしつ[3]」状態に陥り、苦悩を通じて得たイメージを絵として完成すべくミュンヘンに戻ってきていた。

我空想はかの少女をラインの岸の巖根に居らせて、手に一張の琴を把らせ、嗚咽の声をださせむとおもひ定めにき。下なる流にはわれ一葉の舟を泛べて、かなたへむきてもろ手高く挙げ、面にかぎりなく愛を見せたり。[4]

マリイとの再会を果たした巨勢は、いまや未完の画「ロオレライ」の完成を目指す。そうした最中、マリイに誘われて、巨勢はミュンヘン近郊のシュタルンベルク湖へと赴く。再会の歓喜にひたる湖畔での二人、この場面は日本近代文学における新境地を切り開き、いわば「恋愛」の完成を目指す。しかしながら、二人が船遊びに興じていると、バイエルン王ルートヴィヒ二世が「マリイ」の名を呼んで近づいてくる。実は、宮廷画家であったマリイの父も、王に見初められた母「マリイ」も、不運の死を遂げ、しかも王自身もかなわぬ恋に狂気に陥っていたのだ。二王の呼びかけに驚いたマリイは水中に落ちてはかなく死んでしまい、そして同日、王も侍医とともに溺死する。二日後、巨勢のアトリエを訪れた友人が見たものは、未完の画「ロオレライ」の前で憔悴して跪く巨勢の姿だった。『うたかたの記』では、「恋愛」も「芸術」も成就しない。その意味で二重の頓挫が描かれる。王ルートヴィヒ二世の思いは「マリイ」に届かず、巨勢は永遠にマリイを失う。マリイの父は宮廷画家としての役目を果たせず、巨勢は「ロオレライ」を描ききれない。「恋愛」と「芸術」がそれぞれ二重に挫折する中で、王もマリイも水底へと沈む。その意味で日本における「恋愛」小説と「芸術家」小説の嚆矢はまさに「泡沫」の記である。

その際、画の主題が「ロオレライ」、つまりドイツの代表的な「水の女」であることは、注目に値しよう。ここにも同作品の先駆性がある。ハイネの詩「ローレライ」が蝨湖《しゅうこ》漁史、本名山県五十雄（一八六九―一九五九）によって『少年文庫』第一六号所収の翻訳「ロ

エーミール・クルピンスキー
『ローレライ』（1899 年）

ウレライ」として日本で最初に紹介されたのは、明治二三年（一八九〇年）一二月であった。従って、『うたかたの記』が刊行された同年八月の時点では、ドイツ系の「水の女」は日本でまだほとんど知られていなかったと言ってもよい。[5] 詰まるところ、『うたかたの記』は近代日本文学における三つの嚆矢、西洋的な「恋愛」「芸術家」「ロオレライ」の交点から立ち上がり、しかも、成就しない恋愛、挫折する芸術家、嗚咽する「水の女」という三重の頓挫を併せて示すいわば「失敗」作である。

但し、鷗外におけるローレライ受容の先駆性は、近代日本文学史においてのみならず、ヨーロッパ文学における「水の女」の文学的系譜においても実は妥当し、しかもそればかりか極めて斬新と言っても過言ではない。嗚咽する「ロオレライ」像は、作品内在的には不遇なマリイの悲しみと、作品外在的には若き鷗外が経験した青春の挫折と結びつく。とはいえ、ハイネにおいても、その先行者においても、ローレライは嗚咽しない。半人半魚ではなく人間の姿へと変容した「水の女」は、とりわけドイツ・ロマン派の作品群において、「美しい姿」と「美しい声」で男たちを水底へ誘う。従って、伝統的なローレライ像は視覚的美と聴覚的美を行使する誘惑者である。これに対して「ロオレライ」は、マリイをモデルとすることで「美しい姿」を有するが、「美しい声」で歌う女としては描かれず、そもそもマリイも歌うことはない。つまり、既に人間の姿へと変容している点で近代性を有し、歌わないという点で現代性を獲得している。このことはアンデルセン『人魚姫』以降の系譜を検討することで初めて明らかになったが、ここでは鷗外が示す「水の女」の先駆性に着眼しながら次のように述べておこう。『うたかたの記』は明らかに模倣の域を超えた優れた「失敗」作に他ならない。

マーメイド

ヨーロッパを出自とする「水の女」が彼の地の世紀末芸術とともに明治時代の日本に入ってくると、外なる「他者」は日本人の内に、それも内奥に入り込み、「自我」の形成と「恋愛」の本格的成立を促す。その際、水底からの誘惑者は世紀末芸術に顕著な「運命の女」femme fatale の一翼を担う。鷗外以後、近代日本の新たな文学に求められるものは、「恋愛」の本場における日本人男性と西洋人女性の関係以上に、日本国内における日本人男性と日本人女性の新たな関係と言えよう。その最初の文学的結晶化は、一組の男女、それも「小川」という名字を有する若者と「池の女」と命名される謎めいた女とが、一幅の画を見て同時に呟きを発する瞬間ではなかろうか。

明治三三年（一九〇〇年）から明治三六年（一九〇三年）までの英国留学中に世紀末芸術、とりわけラファエル前派を通じて「水の女」に親しんだ夏目漱石は、明治四一年（一九〇八年）に最初の小説『三四郎』を上梓した。この作品を契機に、漱石が、そして日本文学が、近代的「自我」をめぐる問題に対峙をし始め、西洋的な「恋愛」に本格的に取り組む。主人公の経験には近代日本の新たな経験が重なっており、その意味で、冒頭から描かれる主人公の空間移動「九州→名古屋→東京」は地方からの単なる上京ではなく、前近代的空間から近代的空間への歩みであり、同時に三人の異性をめぐる空間移動に他ならない。

ジョン・ウィリアム・ウォーターハウス
『人魚』（1905 年）

三四郎の郷里「福岡県京都郡真崎村」には、「小川」姓の母がいる。熊本の高校を卒業した後の上京は、主人公にとって母なる世界からの、いわば自らの水源からの出立でもあった。更に名古屋において三四郎は、自らの優柔不断が災いして、関西で列車に乗り込んできた「知らない女」とともに宿屋の部屋に案内されてしまう。部屋には一枚の布団しかない。しかも、その相手が一緒に湯に入ろうとする。三四郎は肉体的な誘惑から難を逃れるが、それは前近代的な色恋の世界からの、あるいはエロスが漂う「湯舟」からの逃避であった。目的地の東京では、明治における「文明婦人」里見美禰子に出会う。相手は、英語という新たな教養を身につけた西洋近代のある種の体現者であり、「新しい女」であった。このような出会いを通じて、近代日本文学は西洋から学んだ「恋愛」を自らの内に構築しようとする。その際、三四郎と美禰子が東京帝国大学理科大学の構内にある「池」で遭遇するだけに、主人公が「小川」から出立し「湯舟」から逃げ「池」へと至るように、まさに『三四郎』という作品自体がいわば水際に佇みながら母なる世界を離れ、色恋の世界を逃れ、恋愛の世界を目指す。

〔九州〕		〔名古屋〕		〔東京〕
「故郷の母」	→	「知らない女」	→	「里見美禰子」
母なる世界		色恋の世界		恋愛の世界
（小川）		（湯舟）		（池）

三四郎は「凝として池の面を見詰めてゐると」今まで経験したことがないような「孤独の感じ」を覚え、「汽車で乗り合わせた女の事」を思い出して顔を赤らめ、「早く下宿に帰って母に手紙を書いてやろう」(6)と思う。すると不意に二人の女の姿が目に入る。

> 不図眼を上げると、左手の岡の上に女が二人立ってゐる。女のすぐ下が池で、池の向ふ側が高い崖の木立で、其後ろが派手な赤煉瓦のゴシック風の建物である。さうして落ちかゝつた日が、凡ての向ふから横に光を透してくる。女は此夕日に向いて立ってゐた。三四郎のしやがんでゐる低い陰から見ると岡の上は大変明るい。(7)

この場面は単なる写実ではない。むしろ、岡の上に立つ「若い方」と「白い方」をまるで一人のように描きながら、「水の女」の系譜がドイツ文学において常套句のように繰り返した文学的トポスを示す。ドイツ・ロマン派の代表作フケー『ウンディーネ』が民間伝承に基づいて典型的に示したように、ドイツ系の「水の女」は夕刻に「白い女」として現れる。また、夕暮れ時の水際、男が抱く言い知れぬ「寂寞」、下から見上げる男のまなざし、高台で夕陽をあびる乙女、これらは「ローレライ伝説」で繰り返された決まり文句に他ならない。

日本の文学が「色恋」から「恋愛」へとパラダイムの転換を本格的に果たすとき、ヨーロッパ文学における「水の女」が大きな役割を果たす。但し、『うたかたの記』の場合と同様、ここでも伝統は必ずしも墨守されない。三四郎が先の情景から「奇麗な色彩」という印象を抱いたように、里見美禰子が有する「美しい姿」を見ることだけが殊更強調される。三四郎は、広田先生の自宅に招かれた際、美禰子に出会い、言葉を交わす。広田先生宅で「三四郎は詩の本をひねくり出した」。美禰子は画帖を開き、相手に一幅の絵を示しながら小声で言う、「一寸御覧なさい」と。美禰子の頭からは香水の匂いが漂う。三四郎が見たのは、長い髪を櫛ですく半人半魚の「女」、ウォーターハウスの絵だった。そして二人は同時に呟く、「人魚《マーメイド》」と。(8) この瞬間、日本に「恋愛」が始まる。『三四郎』によれば、絵の背景は広い海であった。

オフィーリア

ここで海ばかりではなく、川にも目を向けておこう。ラファエロ前派の一人J・E・ミレーはシェイクスピアの『ハムレット』をもとに『オフィーリア』(一八五二年)を描いた。ヨーロッパの世紀末文学において重要な役割を果たしたミレーの代表作は、漱石に対しても多大な詩的インスピレーションをもたらす。(9) まずは明治三七年(一九〇四年)二月九日に漱石が寺田寅彦に宛てた葉書に注目しておきたい。そこには、「水底の感　藤村操女子」という詩だけが、何の詞書も注釈もなく書かれている。

ジョン・エヴァレット・ミレー『オフィーリア』(1852年)

水の底、水の底。住まば水の底。深き契り、深く沈めて、永く住まん、我と君。

黒髪の、長き乱れ。藻屑もつれて、ゆるく漾ふ。夢ならぬ夢の命か。暗からぬ暗きあたり。

うれし水底。清き吾等に、譏り遠く憂透らず。有耶無耶の心ゆらぎて、愛の影ほの見ゆ。(10)


謎めいたこの新体詩は、前年五月二二日に「華厳の感」という遺書を残して日光華厳の滝に投身した藤村操の死に想を得ている。但し、黒髪を長く乱して水面に流れる女性が、漱石の教え子「藤村操女子」か、あるいは明治三一年(一八九八年)に井川淵に投身を企てた夏目鏡子(漱石の妻)か、あるいは漱石の嫂登世もしくは女流作家大塚茂緒子など漱石が秘かに恋い慕った女性か、あるいは明治三五年(一九〇二年)一一月一五日に海辺の村で亡くなっていた寺田夏子(寅彦の妻)か、漱石研究においていまだ見解は一致しない。(11) もっとも漱石は、当時耳目を引いた哲学青年の自殺に恋の悩みを看取し、妻を失った寅彦を気遣っただけではなく、沈み浮かぶオフィーリアの亡骸に依拠しながら、自らの内奥に沈んでいた「愛の影」

を美的に浮き上がらせようとしたのではないか。漱石においても、秘められた現実体験が「書くこと」を通じて謎めいた芸術体験として浮き沈みする。

　漱石文学において、水をめぐる美的幻想は実に多い。但しオフィーリアだけがその詩的源泉ではない。明治三八年（一九〇五年）四月一日に雑誌掲載された『幻影の盾』では、「黒き目の黒き髪の女」が「清く淋しい声」で「岩の上なる我がまことか、水の下なる影がまことか」〔傍点原文〕と歌い出す。[12]「太古の池」の岩の上に立つ女は、亡骸として川を流れていくオフィーリアではなく、岩の上で歌い出すウンディーネもしくはローレライ的な存在である。漱石が『幻影の盾』執筆期前後に行った東京帝国大学文科大学での講義録をまとめて明治四〇年（一九〇七年）四月に刊行した『文学論』には「Fouqué の *Undine*」という記述があり、[13]またフケー『ウンディーネ』に関する文献を実際に所蔵していただけに、[14]漱石が多かれ少なかれドイツ系の歌う「水の女」を知っていたことは間違いない。

　確かに「水の女」は『幻影の盾』において歌う。但し、現実とも非現実とも言えない曖昧模糊とした状況においてのことであった。こうした展開は『草枕』においても繰り返される。明治三九年（一九〇六年）九月一日に雑誌掲載された「絵画小説」では、特にヒロイン那美をめぐる幻想的な描写において、作品中で何度も言及されるミレーの絵『オフィーリア』が決定的な役割を果たす。そもそも主人公の画工はミレーの画を常に意識しながら那美を通じて己の美的理想を追い求める。那美とオフィーリアの重ね合わせは、主人公がヒロインに出会う前に予示されていた。「茶店の婆さん」によれば、かつて村に住んでいた長者の美しい娘「長良の乙女」と那美とは二人の男性に恋い慕われたという点で似通う。問題は画工が見た「雅俗混淆な夢」[15]である。

　長良の乙女が振袖を着て、青馬に乗って、峠を越すと、いきなり、さゝだ男と、さゝべ男が飛び出して両方から引つ張る。女が急にオフェリヤになつて、柳の枝へ上つて、河の中を流れながら、うつくしい声で歌をうたふ。救つてやらうと思つて、長い竿を持つて、向島を追懸けて行く。女は苦しい様子もなく、笑ひながら、うたひながら、行末も知らず流れを下る。余は竿をかついで、おゝい〳〵と呼ぶ[16]。

ここで画工は目を覚ます。しかし、雅としての非現実と俗としての現実との境から抜け出せない。事実、歌声が再び響く。画工は聴き耳を立てながら思う、「夢のなかの歌が、此世へ抜け出したのか、或は此世の声が遠き夢の国へ、うつゝながら紛れ込んだのか[17]」と。このような曖昧模糊とした状況は明らかに『草枕』全体に浸透し、画工は「寤寐《ごび》の境[18]」を絶えず逍遙し続ける。その意味で、歌声は重要な役割を果たす。その重要性を明らかにするために、ここでシェイクスピア『ハムレット』の当該箇所を引用しておこう。

垂れさがった枝にその花輪をかけようとあの子が柳にのぼったとき、意地悪な枝が折れて、花かずらもろともあの子は啜り泣く流れに落ち、ひろがった衣の裾にささえられてしばらくは人魚のように浮かびながら、とぎれとぎれに古い讃美歌を口ずさんで、まるでわが身の不仕合せなど感じてもいないのか、もともと水を故郷として安らぎにひたっていたのか。でも、それもつかのま、やがて水を吸いこんだ衣の重さが、あの子の美しい歌声を泥水に沈めてしまいました――[19]。

原作においてオフィーリアは「人魚のように浮かび」、「古い讃美歌」を歌い、やがて「美しい歌声」を失いながら静かに水底に沈んでいく。これに対して件の女は「オフェリヤ」のように浮かび、笑いながら歌い、「うつくしい声」を失うことなく水面を流れていく。「寤寐の境」で響く歌は「古い讃美歌」とは思えない。『草枕』において那美の登場を予告する夢に現れた女は、「水の女」として流れを下り、「運命の女」として笑い歌う。

一九世紀後半から世紀末にかけて人間の内奥への芸術的探求が深まるとき、総じてヨーロッパ文学は、一方で「運命の女」という「未知なる他者」を浮き上がらせ、他方で「未知なる自己」へと沈み込みながら、いわば「心の深さ」を「水の深さ」として表象していく。そうした文芸思潮を、近代日本文学において、自家薬籠中の物としたのが夏目漱石であった。その際、「水の女」が浮かんでは沈み、しかも「うつくしい声」で歌い出す。但し、漱石文学がより現実の相にて「心の深さ」と対峙し始めると、歌う「水の女」はもはや現れない。たとえ、マーメイドが話題になろうとも、前述の『三四郎』のように、もはや「水の女」の歌を問題にしない。その意味で、漱石文学はヨーロッパ世紀末の文芸思潮を継承した後、先に論じた「宴の後」を踏襲するのであった。

ラウテンデライン

「水の女」は西洋を範とする近代化への反発においても重要な役割を果たす。耽美派の源流と目される泉鏡花の場合、西洋思想の影響を受けた明治の女性「改良」論に抗して敢えて芸娼妓の世界を描き、西洋的近代化に叛旗を翻すかのように伝統に深く根ざした神秘幻想の異界にこだわり続けた。こうして鏡花は近代的「自我」とも西洋的「教養」とも無縁な女性を描き続ける。中でも幻想的な「水」辺に現れる妖艶な「女」は、その白眉であった。その最も著名な精華が明治三三年（一九〇〇年）の『高野聖』であろう。神秘的・幻想的な作風の中で、高野山から諸国に出る旅僧が語る話は、魑魅魍魎がうごめく水辺での奇怪な遭遇譚であった。言うまでもなく、そこで僧を誘惑する女は、近代的「自我」とも西洋的「教養」とも縁がない。その意味で、『高野聖』における「水の女」は、「池の女」とはいわば対極にある。

もっとも鏡花は「西洋」を一方的に排除したわけではない。例えば、明治四〇年（一九〇七年）に独文学者の登張竹風と行った鏡花唯一の翻訳『沈鐘』と大正二年（一九一三年）に公表された鏡花戯曲の嚆矢『夜叉ケ池』とを比較検討してみるとよい。ハウプトマンの原作（„Die versunkene Glocke“）でも鏡花最初の戯曲でも、ともに「鐘」をめぐって劇が展開し、しかも人間界・陸・俗の系列と異界・水・聖の系列との対立において共通する。「俗」の代表者として、ハウプトマンの場合は牧師・理髪師・校長が登場し、鏡花の場合は神官・村長・小学校教師が登場する。

そして「聖」の代表者は、一方がエルベ河の美しい妖精「ラウテンデライン」であるなら、他方が「美しいお百合さん」に他ならない。『夜叉ケ池』冒頭では、竜神を封じ込める為の言い伝えに従って日に三度鐘を撞き続ける萩原晃が「お百合さん」を前にして言う、「水は、美しい。何時見ても……美しいな[20]」と。そして「お百合さん」は美しいが故に人身御供の憂き目に遭うが、しかし最後の大団円において、水が有する恩寵的な力によって萩原晃とともに救われ、新たな竜神と化す。こうしてドイツ系の「水の女」は日本的な竜神伝説に基づいていわば「翻訳」されたのである。鏡花は文学を通じて独自の日本的美の世界を構築したが、その出発点にある西洋文学、とりわけ「水の女」をめぐる物語の受容は見逃すことができない。

『三四郎』の近代的な女性像であれ、『夜叉ケ池』の反近代的な女性像であれ、そこには大なり小なりヨーロッパ的「水の女」の日本的変容があった。別の見方をすれば、「池の女」と「美しいお百合さん」とはその文学的出自において重なる。もっとも両者の重要な相違点も見逃せない。ウンディーネやローレライの文学的伝統に基づいて現れる美禰子は「美しい姿」を有するものの、その出自とは異なり、「美しい声」で歌うことはない。聴覚的誘惑手段を行使しないという点で、「文明婦人」はヨーロッパ的もしくは近代ドイツ的な「水の女」と違う。これに対して『夜叉ケ池』は、子守唄を歌う「美しいお百合さん」を劇中にて示し、鐘ヶ淵の竜神である白雪の呼びかけを最後に示す、「お百合さん、お百合さん、一所に唄をうたひませうね[21]」と。新たに竜神と化した百合は、視覚的にも聴覚的にも美しいという点で、ヨーロッパ的、少なくとも近代ドイツ的な「水の女」に近づく。「水の女」という観点からすれば、西洋近代からの影響が著しい『三四郎』はヨーロッパ文学の伝統から離反し、日本的伝統への回帰志向が著しい『夜叉ケ池』はヨーロッパ文学の伝統を継承する。こうした「ねじれ」は、萌芽期の近代日本文学が有する独特の「交差配列」Chiasmusと言えよう。

人魚

美禰子が三四郎に見せた絵を除くと、水底に沈んだマリイも、「池の女」も、「美しいお百合さん」も、いずれも人間の形姿を有する「水の女」である。しかも各々は、個々の作品中において重要な役割を有するものの、作品タイトルにおいて明示された「水の女」ではない。ヨーロッパを出自とする半人半魚の「水の女」は、前述のとおり、江戸時代にオランダの書物を通じて日本に達していたが、物語の体裁を未だなしていなかった。これに対して、「水の女」が物語としての結構をなし、その名が作品タイトルにおいて明示されるのは、明治時代ではなく、大正時代を待たねばならない。但し、舞台は近代日本ではない。清の時代の南京に住む貴公子にひとりのオランダ人が人魚をもたらす異国情緒あふれる話、すなわち大正六年（一九一七年）に発表された谷崎潤一郎『人魚の嘆き』こそ、近代日本文学における新たな展開である。ここでは、故郷を遠く離れた人魚の言葉に、先ずは聴き耳を立てよう。

私の故郷は、和蘭人の話したやうに、歐羅巴の地中海にあるのです。あなたが此の後、西洋へ入らつしやることがあるとしたら、必ず南歐の伊太利《イタリア》と云ふ、美しいうちにも殊に美しい、繪のやうな景色の國をお訪ねなさるでせう。その折若し、船に乗つてメツシナの海峡を過ぎ、ナポリの港の沖合をお通りになることがあつたら、其の邊こそ我れ我れ人魚の一族が、古くから棲息して居る處なのです。昔は船人が其の近海を航すると、世にも妙なる人魚の歌が何處からともなく響いて来て、いつの間にやら彼等を底知れぬ水の深みへ誘い入れたと申します。(22)

この作品からは、谷崎がかつて有していた西洋女性への憧れを読み取れよう。後に日本的伝統に固執する作家の出発点に西洋への憧れがあるということは、いかにヨーロッパ的な「水の女」が谷崎を、否、近代日本をとらえて

水島爾保布の挿画
（『人魚の嘆き・魔術師』，春陽堂，1919 年）

いたかを物語る。漱石の広田先生は、列車が浜松で停車中に西洋人夫婦を見て「あゝ美しい」と小声で言い、たまたま向かい合わせに座った三四郎に同意を求める、「どうも西洋人は美しいですね[23]」と。西洋人が有するとされる「美しい姿」の賛嘆が西洋人に対する日本人の憧憬であるならば、そうした憧れが近代日本文学において最も際立つのが『人魚の嘆き』であろう。但し、この作品からは、谷崎がかつて有していた西洋女性への深い憧憬ばかりではなく、西洋文学への深い造詣も認めることができる。それだけに、「昔は」歌っていたという人魚の言葉は、聞き逃せない。

谷崎の人魚は自らの出自を語った。ギリシア神話のセイレンを踏まえてのことである。「水の女」の始祖が問題になるとき、我々は常に根源的な問いの前に立つ。「世にも妙なる人魚の歌」とはいかなる歌であろうか。船人たちは何を聞いたのであろうか。素朴なメロディーか、豊かなハーモニーか。ひとりで歌ったのか、複数で歌ったのか。喜びの歌か、哀しみの歌か。長調か、短調か。呪術性が有るのか、無いのか。異郷の歌か、故郷の歌か。モーリス・ブランショが言うように、「ひとたび耳にされるやあらゆる言葉の中に深淵を開き、否応なく人を誘ってそこに姿を消させる深淵の歌[24]」なのか。その歌自体、我々を絶えず解釈へと誘う。もっとも「昔は」歌っていたという人魚の言葉は、新たに身体論的な問いを我々にもたらす。一方でオランダ人は「此の人魚には、歐羅巴人の理想とする凡べての崇高と、凡べての端麗とが具體化されて居るのです」と言い、[25]他方で容姿端麗な人魚は「昔は」人魚の一族が歌っていたと言う。つまり、谷崎の人魚は西洋的な理想美を体現するが、題名が示すように嘆くばかりで、一度も歌うことはない。谷崎の人魚が本当に歌うことができないのかどうかは、副次的な問題であろう。より重要な問題は『人魚の嘆き』において人魚が歌う場面が一度も記述されていないという事実である。その結果、人魚の「美しい姿」のみが話題になるだけで、「美しい声」は問題にならない。つまり、「水の女」をめぐって、視覚的美はことさら重視され、聴覚的美はことさら軽視される。

もっとも歌をめぐる記述の欠如は単なる偶然ではない。『うたかたの記』では「ロオレライ」もそのモデルと称される美女マリイも、視覚的誘惑手段と聴覚的誘惑手段とをともに駆使するハイネ「ローレライ」とは異なり、作品中で歌うことはない。また、夏目漱石の「池の女」も画中の「人魚」も、波間で歌うアンデルセン「人魚姫」とは異なり、やはり作品中で歌うことはない。但し、泉鏡花の「美しいお百合さん」の場合、劇中で「唄」を歌うだけに、「美しい姿」のみならず「美しい声」を有すると言っても過言ではない。この点に限って言えば、近代的「自我」とも西洋的「教養」とも縁がない日本的な「水の女」こそが、ヨーロッパの「水の女」といわば深い縁を持つ。もっとも『夜叉ケ池』における「美しい声」は、「子守唄」を歌うために発せられるだけに誘惑手段とは必ずしも断定できず、また「美しいお百合さん」そのものがヨーロッパ的な「運命の女」とはやはり縁がない。従って、泉鏡花の「水の女」はマリイや美禰子と同等に扱うことはできない。谷崎潤一郎の場合、泉鏡花と同様に日本的伝統への志向を強く有するが、『人魚の嘆き』にはポーやワイルドやボードレールから学んだ唯美主義がいまだ色濃く反映している。詰まるところ、「水の女」をめぐる視覚的美の重視と聴覚的美の軽視は、谷崎に限られた問題ではない。谷崎の「人魚」は、セイレンの後裔であるにもかかわらず、聴覚的誘惑手段を行使しないという点で、近代日本文学における先行者の驥尾に付す。

蒲原有明「人魚の海」

明治四〇年（一九〇七年）一月、蒲原有明は、長編の物語詩「人魚の海」を雑誌『太陽』にて世に問う。[26]詩人は、イギリスの詩人ロセッティを愛読し、特に詩集『生命の家』（一八八一年）から多くの示唆を得ていた。翌年、象徴詩集『有明集』に収録された物語詩は、近代日本文学において「人魚」が文学作品として結実した最初の例となろう。但し、「人魚の海」は、一方で西洋的要素を有しながら、他方で井原西鶴『武道伝来記』（一六八七年）所収の「命とらるる人魚の海」の翻案であることから日本的要素を多分に併せ持つ。同詩において、夕陽に照らされる波間に現れた美しい人魚のことを、奥の浦に住む老水夫がひとりの武士に話す。実際に人魚が出現すると、武士は人魚に矢を放つ。だが、沈む人魚に亡き妻の面影を認めた武士は、二日後、奥の浦で人魚の「雲雀ごえ」を聞きながら、岩の上から身を投げる。後に事の次第を老水夫から聞いた武士の娘は、奥の浦へと向かう。そこで、矢が刺さりながらも武士の亡骸を両手で抱く人魚が現れる。しかし、人魚が息絶えると、高波が打ち寄せ、武士や人魚の亡骸とともに娘を水底へと運ぶ。こうして詩「人魚の海」は、「命とらるる人魚の海」の翻案となりながらも、「美しい姿」を持つ「水の女」が夕刻に現れ「美しい声」で「陸の男」を水底に誘うことで、すなわち、ローレライ的伝統を繰り返すことで、独特の和洋折衷を織りなす。

北原白秋「紅玉」

前述のとおり、ハイネ「ローレライ」の本邦初訳は明治二三年（一八九〇年）のことである。アンデルセン『人魚姫』については、明治四四年（一九一一年）に上田万年によって初めて訳されるので、[27]その時までは少数の例外を除き一般に知られていなかった。そうした状況の中で、北原白秋の詩「紅玉」は異彩を放つ。明治四〇年（一九〇七年）三月刊行の「明星」に掲載され、二年後に『邪宗門』に収録された詩である。

かかるとき、
海ゆく船に、
まどはしの人魚か蹤《つ》ける
美しき術《しゅつ》の夕に、
まどろみの香油したたり、
こころまた
けぶるともなく、
幻の黒髪きたり、
夜のごとも
わが眼蔽へり。
そことなく
おほくのひとの
あえかなるかたらひおぼえ、
われはただひしと凝視《みつ》めぬ。
夢ふかき黒髪の奥
朱に喘ぐ
紅玉ひとつ、
これや、わが胸より落つる
わかき血の
燃る滴《したたり》(28)。

蒲原有明にも北原白秋にも官能的かつ幻想的な抒情詩が多い。しかも両者ともに人魚を素材とする象徴詩を同年に世に問う。「人魚の海」も「紅玉」もいわば和洋折衷である。実際、白秋の人魚は夕刻に現れるとはいえ、日本的な黒髪であって、西洋的な金髪ではない。しかしながら、「人魚の海」がいわば混淆の典型であるとするならば、西洋的要素をより多く受け入れた「紅玉」はまさに異国情緒に富む。とはいえ、蒲原有明の詩では人魚が「美しい姿」のみならず「美しい声」を持つのに対して、北原白秋の詩では「美しい声」に関する記述が欠け、人魚に対する抒情的自我の凝視がその核を形成するだけに、近代日本文学における「偏り」が抒情詩においても問題となろう。但し、視覚的誘惑を重視する「紅玉」に対して、堀口大學の第四詩集『砂の枕』(一九二六年)に所収された「人魚」は、「美しい声」による誘惑、つまり聴覚的誘惑を主題として対極的に扱う。抒情詩という文学ジャンルでは、「水の女」の誘惑は必ずしも複合的ではない。

小川未明『赤いろうそくと人魚』

ヨーロッパ系の「水の女」は、近代日本文学における散文作品や抒情詩のみならず、創作童話の成立展開においても重要な役割を果たす。ネオロマン主義の旗手として文壇に登場した小川未明は、小説執筆の傍らで明治四三年(一九一〇年)に第一童話集『赤い船』を刊行、その後、大正七年(一九一八年)に鈴木三重吉を中心に刊行された雑誌『赤い鳥』から大いに刺激を受け、創作の中心を次第に小説から童話に移す。その間、明治四四年(一九一一年)に出されたアンデルセン『人魚姫』の本邦初訳から多大な影響を受けて成立したのが、未明の創作童話『赤いろうそくと人魚』であった。大正一〇年(一九二一年)二月に『東京朝日新聞』夕刊に連載され、同年五月に第四童話集『赤いろうそくと人魚』に収録されたまさに未明の代表作に他ならない。

「人魚は、南の方の海にばかり棲んでいるのではありません。北の海にも棲んでいたのであります。[29]」このように『赤いろうそくと人魚』は『人魚姫』と同様に人魚の棲処をめぐる記述から始まり、水底から人間界に送り出された人魚を扱う。人魚の赤ん坊を拾い大事に育てたのは、神社の近くに住むろうそく屋の老夫婦であった。美しい娘に成長した人魚が赤い絵の具で白いろうそくに魚や貝の絵をかくと、それは飛ぶように売れる。その燃えさしを身につけるとあらゆる海難から守られるという評判が立ってのことであった。しかし平穏な日々は長くは続かない。ある日、噂を聞きつけて南方の国からやってきた香具師《やし》は、言い伝えをまことしやかに老夫婦に言う、「昔から、人魚は、不吉なものとしてある。いまのうちに、手もとから離さないと、きっと悪いことがある」(30)と。結局、大金に目が眩んだ老夫婦が娘を売り飛ばしてしまい、後には赤いろうそくが残される。ある穏やかな晩、髪が水に濡れた女がろうそくを買っていくと、海は時化となり、娘を乗せた船が難破する。その後、お宮への参拝者の足が途絶え、町そのものも廃れてしまう。赤いろうそくがお宮に灯るとたちまち嵐になる、という噂が広まってのことであった。

小川未明の創作童話では、「人情があってやさしい」と称された人間の心がいつしか荒み、人間がすむ「美しい」と称された町が廃墟と化す。こうして人間界に対する人魚の期待は裏切られる。詰まるところ、『赤いろうそくと人魚』は、アンデルセン『人魚姫』に触発されながらも、日本の民間伝承に基づくいわば復讐物語となり、ヨーロッパ文学における「水の女」の物語に顕著な誘惑物語の体裁をとらない。しかも、人魚の娘は人々の耳目を集める「美しい器量」を持つが、美しい声で人々を魅了することはない。

＊

太宰治『人魚の海』

「水の女」は、明治・大正の文豪たちを魅了することで、近代日本文学に浮かび、日本人の内奥へと沈む。その際、生じたある種の「偏り」は、その後、現代日本文学においてどのように受け継がれたのであろうか。

前述した井原西鶴『武道伝来記』所収の「命とらるる人魚の海」は、後に再び翻案される。太宰治によって雑誌『新潮』昭和一九年（一九四四年）一〇月号に発表され、昭和二〇年（一九四五年）一月に創作集『新釈諸国伽』に収められた小説『人魚の海』がそれである。この散文作品は、蒲原有明の西洋的な象徴詩「人魚の海」と比べ、日本の伝統的な人魚伝説により一層回帰すると言えよう。しかしそこに現れる人魚は、「面は美女の愁えを含み〔中略〕、上半身は水晶の如く透明にして幽かに青く、胸に南天の赤き実を二つ並べ附けたるが如き乳あり、下半身は、魚の形さながらにして金色の花びらとも見まがうこまかき鱗すきまなく並び〔中略〕、その声は雲雀笛の歌に似て澄みて爽やかなり、と世の珍しきためしに語り伝えられている」[31]だけではない。実際に武士である中堂金内の前に伝承どおりに現れるだけに、「陸の男」を美しい姿と声で水底に誘う近代ドイツ的な「水の女」に近い。

気丈夫な金内は混乱する船中で一人落ち着き、波間の人魚を弓で射抜いて海に沈めるが、帰着した松前城では青崎百右衛門の誹謗によってそうした手柄を信じてもらえない。武士の面目をかけて金内は漁師たちとともに射抜いた人魚を探すが、一向に証拠が見つからず、次第に狂気に陥っていく。

ああ、あの時、自分も船の相客たちと同様にたわいなく気を失い、人魚の姿を見なければよかった、なまなかに気魂が強くて、この世の不思議を眼前に見てしまったからこんな難儀に遭うのだ、何も見もせず知りもせず、そうしてもっともらしい顔でそれぞれ独り合点して暮らしている世の俗人たちがうらやましい、あるのだ、世の中にはあの人たちの思いも及ばぬ不思議な美しいものが、あるのだ、けれども、それを一目見たものは、たちまち自分のようにこんな地獄に落ちるのだ。[32]

苦悩の原因は、自らの眼で見た「不思議な美しいもの」であって、語り伝えられた「不思議の魚」[33]ではもはやない。『人魚の海』は、『武道伝来記』に基づいて筋が展開するが、金内の苦悩がドイツの芸術家小説に顕著な苦悩を思わせ、しかもそこから谷崎に影響をもたらした西洋の唯美主義も読み取れる点で、日本の伝統から逸脱する。だが、金内の悶死、百右衛門の誅殺、上役である野田武蔵の切腹、このような度重なる死の後、最後に人魚の屍が発見されたという報が城に届くに至り、『人魚の海』は物語の表層において百右衛門に対して金内の娘が果たす仇討ちを示すだけではなく、物語の深層において人間に対する人魚の復讐も仄めかす。こうして物語全体は、西洋的な誘惑物語の体裁をとらず、『武道伝来記』に基づく復讐物語となる点で、日本的伝統を引き継ぐ。しかも、たとえ人魚が視覚的にも聴覚的にも人を魅了する術を有していたところで、この復讐物語はいわば「運命の女」を見ることにのみ終始し、歌声による憑依を問題にしない。その意味で『人魚の海』も独特の和洋折衷の中でやはり「傾く」。

安部公房『人魚伝』

こうした「傾き」は戦後の日本文学においても繰り返される。『文学界』昭和三七年（一九六二年）六月号掲載の安部公房『人魚伝』においてであった。サルベージ会社に勤める「ぼく」は、沈没船での作業中に人魚を見つけると、たちまちその虜になり、アパートに連れ帰ってともに暮らす。だが、ある日、衝撃的な事実に気づく。人魚が夜ごとに「ぼく」を食べては、夜明け前に自らの涙で「ぼく」を再生させていたのだ。結局、主人公は人魚を殺し、そのミイラを売りに行く。

古今東西、「陸の男」と「水の女」の間に総じて「和平」は訪れない。両者の対峙は、古代ギリシア神話が示すように、生死をかけた戦いである。その際の眼目は「水の女」が駆使する「美しい声」にあった。これに対して、日本の伝承においては、人魚の肉を不老長寿の霊薬とする迷信であれ、「人魚の鮨と鳳凰の卵」という言い回しであれ、「水の女」を食べることが少なくない。然るに、安部公房『人魚伝』の場合、前半は人魚に魅了される「ぼく」の物語として西洋的な誘惑物語を前提とし、後半はカニバリズムの物語として日本の伝承に基づく。但し、「水の女」が相手を食べるという点で、日本的要素は独特の反転を伴う。

もっともこのような屈折は「和」の側にのみあるのではない。「ぼく」が夜毎に食べられて死に至る点で、生死をかけた対峙がここにもある。しかしながら、安部公房が描く人魚の誘惑手段は、ギリシア神話が描くセイレンの場合とは異なり、「美しい声」ではない。「ぼく」は明言する、「彼女が人魚であることは、あまり問題にならなかった。彼女の中心は、あくまでもその眼にあるのだ」と。(34) 主人公を魅了する人魚は一言も言葉を発しない。ましてや歌うことなどない。人魚が有する特異な力は、「声」ではなく、まさに「眼」にあり、加えて驚異的な再生能力を持つ「涙」にある。安部公房の人魚は「眼」によって相手を死へと誘い、「涙」によって再び生をもたらす。ここにおいて聴覚性の軽視と視覚性の重視が再び始まる。これに対して、「美しい姿」と「美しい声」で相手を水底へと誘うのはハイネのローレライであったが、「伝説」の嚆矢であるブレンターノのルーレライは見つめるだけで相手を虜にする「水の女」に他ならない。現代日本文学では、反転を伴う「和」と偏りを伴う「洋」が折衷する安部公房『人魚伝』において、新たな「人魚伝」が「涙」に基づいて始まる。

金井美恵子『森のメリュジーヌ』

ヨーロッパを出自とする代表的な「水の女」たちは、我々の心に浮かび上がっては深く沈み込んでいった。そして、遅ればせながら現代日本文学において更なる「水の女」が現れる、『ユリイカ』昭和四五年(一九七〇年)七月号に掲載された金井美恵子『森のメリュジーヌ』において。その際、「偏り」は徹底的な反転へと向かう。無数の泉がある森の中で無時間的な愛の生活をおくる男女、「ぼく」と「あの人」。二人が住む森、そこは一にして全、全にして一の「トポス」、いわばどこにもない「場所」と言えよう。

森に風が渡り、木もれ日が緑の苔のうえに踊り、あの人の髪と頬は光に包まれて輝く。あの人はどんな少量の光をも吸い込み、どんな闇でも吸い込み、何もかも照らし出して見せた。森の中で、ぼくはあの人の鏡の前に立って、それだけで世界のすべてを見ることが出来るはずだった。あの人は不思議な能力を持っているから、北極の海で死んで行く白熊も、氷に閉ざされた海で爆発する戦艦も、血生臭いすべての事件も、戦いも、洪水も、何もかも見ることが出来る。けれど、ぼくはそれらの世界を見ようとしない。見てはいけないのだ。森の外の世界を忘れ去り、彼女の名前を森のすべての木々の葉の一枚一枚に刻みつけ、森の中を渡る風に吹かれる数百万の葉ずれの音の中に彼女の名ばかりを聞くだろう。(35)

かつてホメロスが描くセイレンたちは、オデュッセウスの一行に誘惑の歌をうたった際、自らの全知全能性を誇った。「ぼく」が閉ざされた空間にいながらすべての場所を見ることができるのは、相手が有する「不思議な能力」によってである。その限りにおいて、金井美恵子のメリュジーヌはまさにセイレンの後裔と言えよう。とはいえ、主人公は外の世界に一切目を向けず、ただ森のすべてに「あの人」を認め、同時に「あの人」を森のすべてに知覚しながら、どこにもない無時間的な愛の空間にとどまろうとする。但し、完成された愛の時空も決して揺るぎないものではない。「陸の男」と「水の女」の遭遇譚、とりわけメリュジーヌ伝説は、犯されることを必然とするタブーの上に成り立つ。フランスに古来から伝わる伝説において、土曜日にメリュジーヌの姿を探し求めてはならなかったのに対して、日本において新たに創作された伝説では、すべてを知ろうとしないことが愛の条件だった。夜中になると姿を消す「あの人」は、相手のすべてを知りたいと言って震える声で問いつめる相手にこう説明する。

わたしを愛するということは、あなたの眼がわたしだけを見るということ、わたしにしか視線を注がないことだと最初に言ったはずです。その為にあなたは無数の眼をすてて、森へ入っていらしたはずです。(36)

しかしながら、このように答えた相手に「ぼく」は、別の夜、再び同じ問いを繰り返してしまう。すると「あの人」は無表情に見つめ返しながら、そのまま立ち上がり、「彼女の白い衣が蛇のように黒い森の闇を裂き」ながら姿を消す。(37)女が失踪し、長い豪雨が森を襲った後、小人の女占師が男に告げる、手の指を一本ずつ燃やしながら常闇の森に入り、愛の歌をうたい、相手を捜すことを。「水の女」をめぐる文学的系譜において有り得なかった逆転がこうして生じる。『森のメリュジーヌ』において、歌うのは「陸の男」であって、もはや「水の女」ではない。男は指を燃やす際の激しい苦痛に耐えながら歌い続けるが、十日目には指のみならず、声さえも失ってしまう。

今、ぼくは最後の指に火を移したところだ。〔中略〕ぼくの指はことばを書きはじめることで小刻みに震えることもなく、ぼくの喉はつぶれていかなることばも発することはなく、ぼくの耳はいかなる音もきかない。〔中略〕ぼくの脚は踊ることも出来ない。ただ、あの人を見出すための眼だけがぼくのものだ。(38)

近現代日本文学における「水の女」の系譜が辿り続けた「偏り」は、金井美恵子によって案出された「逆転」によって、極限まで行き着く。立場が逆転したとはいえ、現代日本の「陸の男」は、セイレンのように歌うことも、かつてのメリュジーヌのように声を発することも、人魚姫のように踊ることも、もはやできない。但し、すべての身体器官が失われる中、視覚だけは失われない。

消えかかる光の中で、彼女のすべてが照らし出され、彼女がぼくを見つめた。ぼくはびっこを引きずって彼女にかけより、みにくい火傷をした手が彼女の衣に触れた時、最後の光は、親指を燃えつき、永遠の夜がぼくたちを包んだ。(39)

現代日本文学における新たな「水の女」の物語は、聴覚性を徹底的に除去し、視覚性をことさら強調することで成り立つ。新たな愛の伝説はこうして身体をめぐる物語となり、「眼」の伝説が新たに始まる。

倉橋由美子『人魚の涙』

総じてパロディーは、ひとつの形式に終焉を予告し、終止符を打つ。その意味で文化の最終形式は本質的にデカダンスを伴う。近現代日本文学における「水の女」の系譜もその例外ではない。かつて倉橋由美子は「古いお伽噺に倣って、論理的で残酷な超現実の世界を必要にして十分な骨と筋肉だけの文章で書いてみよう[40]」と思い立つ。その結実が『波』の昭和五七年（一九八二年）五月号から昭和五八年（一九八三年）一二月号まで連載され、昭和五九年（一九八四年）四月に単行本として刊行された『大人のための残酷童話』であった。その冒頭に、アンデルセン『人魚姫』に対する徹底的なパロディー、『人魚の涙』がある。

深い海の底に人魚の王様と六人の姫がおり、末の姫はひときわ美しい。そして二人の老婆もやはり大きな役割を果たす。話術巧みな老婆は人魚姫の「心」を人間世界へと誘い、魔術巧みな老婆は人魚姫の「体」を人間世界へと送り出す。物語の結構は、原作も改作も基本的に変わらない。しかし、倉橋由美子のパロディーは年齢設定の異同を通じてその本領を発揮する。姫たちが波間から人間世界を覗けるのは一八であって、アンデルセンが設定した一五ではない。新たな年齢設定において末の姫が初めて人間世界を見たとき、人間に顔を見られてはならないという祖母の戒めが破られ、凪は急に時化となり、船は水底へと沈む。そして原作どおり人魚姫は王子様を助け出し、砂浜にて介抱する。この時、肉体的成熟が進んだ齢をまってパロディーは、原作において秘められたエロスを前面に押し出す。

ふと気がつくと、王子様のおなかの下に硬く尖《とが》った肉の塔が立っていました。人魚姫は本能の声にそそのかされて、その余分なものを自分の体の足りないところに収めてみました。それは大層ぴったりと合いました。そうやっているうちに、自分が人魚であることも忘れて、体が中から熱くなり、人間に変わっていくような気さえするのでした[41]。

こうして「陸の男」を知った「水の女」はエロスの虜となる。水底の魔女に人間の身体を求めるとき、それは「長い髪や細い腕やふくらんだ乳房」、つまり女の体であって、人間の脚ではない。人魚姫は望みを果たす。但し、宮殿では裸のままで相手と抱き合っていることが多く、そのことが人々の顰蹙を買い、王子様の為に立派な花嫁が迎えられる話が進む。ここで改作は原作とは異なる更なるズレが二重に生じる。婚礼直前の朝ではなく、盛大な婚儀が行われる晩に、一人ではなく、二人で、つまり人魚姫は王子様を抱いたまま水底へと沈む。行き先は魔女の棲処、そこで人魚姫は請う、人間の脚を持つ自らの下半身と王子様の上半身をつなげることを。半人半魚の人魚姫は、人間の脚を獲得し、更には半男半女へと変容することで、両性具有の神ヘルマフロディーテや、プラトン『饗宴』が示す球体人間や、エジプトの兄妹神イシスとオシリスなどのように神話的な合一を果たす。こうして『人魚の涙』は、アンデルセン『人魚姫』のみならず、神話的なシャム双生児をも、パロディーの対象として取り込んでしまう。

半男半女のシャム双生児は人間の世界へと戻る。それは同時に王子様の奇跡的生還をも意味した。その後、王子様は老いた父に代わって王様となり、立派に国を治める。但し、生涯、決して后を迎えようとせず、その理由を誰にも明かそうとしない。二つの体を持ち二つの魂を宿す新たな王において、女性の下半身から欲求が生じると、上半身にある男性の手が、いわば「他」を慰める自慰を行う。但し、『大人のための残酷童話』では、逆に女性の下半身が男性の上半身を慰めることができない。その結果、一方向に限られた自慰が行われるたびに、歓びのしるしとも悲しみのしるしとも分からない涙がこぼれ、涙は真珠と化す。『人魚の涙』は、エロスをめぐる現代的な合一の物語として、安部公房『人魚伝』に端を発する「涙」の伝説を一層広めるのである。

偏り

詰まるところ、こうした新たな伝播においても、核となるのはやはり視覚性であった。『人魚の涙』においても、「美しい姿」の強調があり、同時に「美しい声」の排除がある。「目の前に金色の夕日を浴びて裸の娘が立っているのを見て王子様は驚きました」[42]とあるように、倉橋由美子の人魚はローレライのように出現するが、ローレライとは異なり、決して歌うことはない。しかも、これまでの考察を踏まえて言えば、『人魚の涙』における歌の欠落は単なる偶然ではなく、ある種の必然とさえ思える。言うまでもなく、ここで扱った作品が近現代日本文学における「水の女」のすべてではない。しかし、代表的な「水の女」をほぼ網羅的に扱ったとは言えよう。翻訳作品や一部の抒情詩を除けば、近現代日本文学における「水の女」は「美しい姿」で人々を虜にするものの、「美しい声」で人々を魅了しないのである。その限りにおいて、視覚性の重視と聴覚性の軽視が読み取れよう。

ヨーロッパを出自とする「水の女」は近代日本文学において、一方で「自我」の深化を促し、他方でヨーロッパ的なものを後に残した。これまで扱った特異な「偏り」は、これまで看過されてきた重要な痕跡のひとつに他ならない。ヨーロッパ文学における「水の女」の系譜が日本という異国の地で初めて物語の体裁を取ったとき、見えざる「伏流」が初めて露わになったのである。別言すれば、近現代日本文学における「偏り」にこそ、件の系譜に顕著な、「見ること」と「聞くこと」をめぐる身体論的問題が見え隠れしていたと言えよう。西洋近代に顕著な「視覚優位」もしくは「視覚の独走」は、見るものと見られるものの分裂を通じて、人間と自然、自己と他者、男性と女性などの様々な位相で決定的な対立をもたらしてきた。近現代日本文学における「水の女の物語」は、西洋近代の身体論的問題を西洋以外でおそらく最も短期間に継承し、しかも特異な「偏り」の中で独自に変容させていったのである。こうして濃密な伝承空間は新たな「場所」を求め、新たに「貯蔵庫」を拡大する営為を繰り返す。但し、本書が示したように、「水の女の物語」の場合、それは単なる「決まり文句」に陥る危険性を有しながらも、新たなポエジーの創出と深く関わることも少なくなかった。畢竟するに、濃密な伝承空間を形成した「水の女」とは、人間の魂を求める「物質存在」であり、「陸の男」を水底へと誘う「女性存在」であり、新しいポエジー言語を導く「言語存在」に他ならない。

発表年	作品名	歌声による誘惑
明治二三年（一八九〇年）	森鷗外『うたかたの記』	×
	ハイネ「ローレライ」の初訳	（○）
明治三七年（一九〇四年）	夏目漱石「水底の感」	×
明治三八年（一九〇五年）	夏目漱石『幻想の盾』	○
明治四〇年（一九〇七年）	蒲原有明「人魚の海」	○
	北原白秋「紅玉」	×
	ハウプトマン『沈鐘』の初訳	（○）
明治四一年（一九〇八年）	夏目漱石『三四郎』	×
明治四四年（一九一一年）	**アンデルセン『人魚姫』の初訳**	（△）歌声消失
大正　二年（一九一三年）	泉鏡花『夜叉ケ池』	△子守唄
大正　六年（一九一七年）	谷崎潤一郎『人魚の嘆き』	×
大正一〇年（一九二一年）	小川未明『赤いろうそくと人魚』	×
大正一五年（一九二六年）	堀口大學「人魚」	○
昭和一九年（一九四四年）	太宰治『人魚の海』	△
昭和三七年（一九六二年）	安部公房『人魚伝』	×
昭和四五年（一九七〇年）	金井美恵子『森のメリュジーヌ』	×
昭和五九年（一九八四年）	倉橋由美子『人魚の涙』	×

註

（1）日本における「色」と「愛」については、佐伯順子『「色」と「愛」の比較文学史』（岩波書店、一九九八年）、ならびに同『恋愛の起源　明治の愛を読み解く』（日本経済新聞社、二〇〇〇年）参照。

（2）竹盛天雄「代表作ガイド」（池澤夏樹他編『群像　日本の作家2　森鷗外』、小学館、一九九二年、二九四頁）参照。

（3）森鷗外『うたかたの記』、中野三敏他編『新日本古典文学大系』明治編25所収、岩波書店、二〇〇四年、四二頁。

（4）同右。
（5）Vgl. Kenzo u. Kazuko Suzuki: Loreley-Bibliographie in Japan. In: Zeitschrift für Kulturbegegnung. Jahrgang 4, Heft 1. Tokyo 1997, S. 166f.
（6）夏目金之助『漱石全集』第五巻、岩波書店、一九九四年、三〇〇頁。
（7）同右、三〇〇頁以下。
（8）同右、三八一頁以下。
（9）尹相仁『世紀末と漱石』（岩波書店、一九九四年、二一九頁以下）参照。
（10）夏目、第一七巻、五二九頁。
（11）山田一郎『寺田寅彦覚書』（岩波書店、一九八一年、四〇〇頁以下）、尹（前掲書、二五七頁以下）、山田一郎『「藪柑子集」の研究――続寺田寅彦覚書――』（高知市民図書館、一九九七年、六頁以下）参照。なお、「水底の感」ならびに『草枕』については、同僚である九州大学大学院人文科学研究院の坂上康俊教授から貴重なご教示を戴いた。この場をお借りして御礼申し上げる。
（12）夏目、第二巻、七九頁。
（13）夏目、第一四巻、一二八頁。
（14）尹、前掲書、二二九頁。
（15）夏目、第三巻、三〇頁。
（16）同右、三〇頁。
（17）同右、三一頁。
（18）同右、三七頁。
（19）シェイクスピア『ハムレット』、氷川玲二訳、『集英社ギャラリー［世界の文学2］イギリスⅠ』所収、集英社、一九九一年、三三二頁。
（20）泉鏡太郎『鏡花全集』巻二十五、岩波書店、一九七五年、五八二頁。
（21）同右、四二頁。
（22）谷崎潤一郎『谷崎潤一郎全集』第四巻、中央公論社、一九八一年、二〇九頁。
（23）夏目、第五巻、二九一頁。
（24）モーリス・ブランショ『来るべき書物』、粟津則雄訳、筑摩書房、一九八九年、六頁。

(25) 谷崎、前掲書、二〇六頁。
(26) 『明治文學全集58　土井晩翠・薄田泣菫・蒲原有明集』、筑摩書房、一九六七年、三五一頁以下。
(27) 九頭見和夫「大正時代の「人魚」像(2)——不安定な社会状況と「人魚」——」(『福島大学　人間発達文化学類論集』第七号、二〇〇八年、三七頁) 参照。
(28) 北原白秋『白秋全集』、アルス、一九三〇年、二一一頁以下。
(29) 小川未明『小川未明童話集』、桑原三郎編、岩波文庫、一九九六年、七二頁以下。
(30) 同右、八二頁。
(31) 太宰治『お伽草紙』、新潮文庫、二〇〇〇年、八七頁。
(32) 同右、九九頁。
(33) 同右、八五頁。
(34) 安部公房『安部公房全作品』8、新潮社、一九七二年、二四七頁。
(35) 金井美恵子『愛の生活　森のメリュジーヌ』、講談社文芸文庫、一九九九年、一四五頁以下。
(36) 同右、一四七頁以下。
(37) 同右、一四八頁以下。
(38) 同右、一五一頁。
(39) 同右。
(40) 倉橋由美子『大人のための残酷童話』、講談社文芸文庫、一九九九年、二二九頁。
(41) 同右、一四頁。
(42) 同右、一五頁。

参考文献一覧

「水の女」（アンソロジー）

Beese, Henriette (Hrsg.): Von Nixen und Brunnenfrauen. Märchen des 19 Jahrhunderts. Frankfurt am Main, Berlin u. Wien 1982.

Karlinger, Felix (Hrsg.): Geheimnisse des Wassers. Märchen und Geschichten. Frankfurt am Main u. Leipzig 1991.

Max, Frank Rainer (Hrsg.): Undinenzauber. Geschichten und Gedichte von Nixen, Nymphen und anderen Wasserfrauen. Einleitung von Eckart Kleßmann. Stuttgart 1995.

Moog, Hanna (Hrsg.): Die Wasserfrau. Von geheimen Kräften, Sehnsüchten und Ungeheuern mit Namen Hans. Märchen von Nixen. München 1987.

Schneider, Gerhard (Hrsg.): Undine. Kunstmärchen von Wieland bis Storm. Rostock 1981.

Stamer, Barbara (Hrsg.): Märchen von Nixen und Wasserfrauen. Frankfurt am Main 1987.

Wunderlich, Werner (Hrsg.): Mythos Sirenen. Texte von Homer bis Dieter Wellershoff. Stuttgart: Reclam 2007.

「水の女」（研究書）

Benwell, Gwen u. Arthur Waugh: Töchter des Meeres. Von Nixen, Nereiden, Sirenen und Tritonen. Hamburg 1962.

Berger, Renate u. Inge Stephan (Hrsg.): Weiblichkert und Tod in der Literatur. Köln 1987.

Jung, C. G.: Die Archetypen und das kollektive Unbewusste. Hrsg. von Lilly Jung-Merker u. Elisabeth Rüf. Olten u. Freiburg im Breisgau 1985.（C・G・ユング『元型論——無意識の構造』、林道義訳、紀伊國屋書店、一九八二年）

Kraß, Andreas: Meerjungfrauen. Geschichten einer unmöglichen Liebe. Frankfurt am Main 2010.

Malzew, Helena: Menschenmann und Wasserfrau. Ihre Beziehung in der Literatur der deutschen Romantik. Berlin 2004.

Matt, Peter von: Liebesverrat. Die Treulosen in der Literatur. München u. Wien 1989.

Otto, Beate: Unterwasser-Literatur. Von Wasserfrauen und Wassermännern. Würzburg 2001.

Politzer, Heinz: Das Schweigen der Sirenen. Studien zur deutschen und österreichischen Literatur. Stuttgart 1968.

Roebling, Irmgard (Hrsg.): Sehnsucht und Sirene. Pfaffenweiler 1992.

Schmitz-Emans, Monika: Seetiefen und Seelentiefen. Literarische Spiegelungen innerer und äußerer Fremde. Würzburg 2003.
Schrbier, Hartwig: Der Mann, den es nicht geben darf. Anmerkungen zur Figur des Wassermanns in der deutschen Literatur. In: Sehnsucht und Sirene. Vierzehn Abhandlungen zu Wasserphantasien. Hrsg. von Irmgard Roebling. Pfaffenweiler 1992.
Steinkämper, Claudia: Melusine – vom Schlangenweib zur »Beauté mit dem Fischschwanz«. Geschichte einer literarischen Aneignung. Göttingen 2007.
Stephan, Inge: Undine an der Newa und am Suzhou River. Wasserfrauen-Phantasien im interkulturellen und intermedialen Vergleich. In: Zeitschrift für Germanistik. Neue Folge XII–3/2002. Hrsg. von Inge Stephan u. a. Bern u. a.
Streicher, Sonnfried: Fabelwesen des Meeres. Rostock 1984.
Stuby, Anna Maria: Liebe, Tod und Wasserfrau. Mythen des Weiblichen in der Literatur. Wiesbaden 1992.
Volmari, Beate: Die Melusine und ihre Schwestern in der Kunst. Wasserfrauen im Sog gesellschaftlicher Strömungen. In: Sehnsucht und Sirene. Vierzehn Abhandlungen zu Wasserphantasien. Hrsg. von Irmgard Roebling. Pfaffenweiler 1992.
Wich, Franz: Das große Buch der Meerjungfrauen. Eine Reise in die Welt der Nixen, Wassermänner und Undinen. Halle 2009.
青柳いづみこ『水の音楽　オンディーヌとメリザンド』、みすず書房、二〇〇一年。
塚崎今日子「水辺の美女が愛される理由（東スラヴ）」、小長谷有紀編『「大きなかぶ」はなぜ抜けた？——謎とき世界の民話』所収、講談社現代新書、二〇〇六年。
ドンデ、ヴィック・ド『人魚伝説』、荒俣宏監修「知の再発見」双書三二、富樫櫻子訳、創元社、一九九三年。
名執純子「もう一つの水の精——民間伝承と文学作品におけるWassermann」、日本独文学会北陸支部『ドイツ語文化圏研究』第二号、二〇〇四年。
南條竹則『蛇女の伝説　「白蛇伝」を追って東へ西へ』、平凡社新書、二〇〇〇年。
バシュラール、ガストン『水と夢　物質の想像力についての試論』、小浜俊郎・桜木泰行訳、国文社、一九六九年。
ブランショ、モーリス『来るべき書物』、粟津則雄訳、筑摩書房、一九八九年。
ブリッグズ、キャサリン『妖精の時代』、石井美樹子・海老塚レイ子訳、筑摩書房、二〇〇二年。
ヘルマント、ヨースト「妖精ウンディーネの呪縛　ユーゲント様式の女性像」、幅健訳、同志社大学『外国文学研究』第七・八号、一九七四年。
松浦暢『水の妖精の系譜　文学と絵画をめぐる異界の文化誌』、研究社、一九九五年。
吉岡郁夫『人魚の動物民族誌』、新書館、一九九八年。

トポス／モティーフ

Baeumer, Max L. (Hrsg.): Toposforschung. Darmstadt 1973.

Brunner, Horst u. Rainer Moritz (Hrsg.): Literaturwissenschaftliches Lexikon. Grundbegriffe der Germanistik. Berlin 2006.

Daemmrich, Horst S. u. Ingrid G.: Themen und Motive in der Literatur. 2. Auflage. Tübingen u. Basel 1995.

Frenzel, Elisabeth: Motive der Weltliteratur. Ein Lexikon dichtungsgeschichtlicher Längsschnitte. Stuttgart 1976.

Göttert, K.-H.: Einführung in die Rhetorik. München 1998.

Nünning, Ansgar: Metzler Lexikon. Literatur- und Kulturtheorie. Stuttgart 1998.

カイザー、ヴォルフガング『言語芸術作品　文芸学入門』、柴田斎訳、法政大学出版局、一九八八年。

クルツィウス、E・R・『ヨーロッパ文学とラテン中世』、南大路振一他訳、みすず書房、一九七一年。

中村雄二郎『共通感覚論』、岩波現代選書、一九七九年。

中村雄二郎『場所（トポス）』、弘文堂、一九八九年。

バフチン、ミハイル『小説の時空間』、北岡誠司訳、新時代社、一九八七年。

ルブール、オリヴィエ『レトリック』、佐野泰雄訳、白水社、二〇〇〇年。

ヨーロッパ古代、中世

Homer: Odyssee. Griechisch und deutsch. Mit Urtext, Anhang und Registern. Übertr. von Anton Weiher. Einf. von A. Heubeck. Düsseldorf u. Zürich ^{11}2000.（ホメロス『オデュッセイア』（上）（下）、松平千秋訳、岩波文庫、一九九四年）

Homer: Odyssee. Reprint der Ausgabe Leipzig 1895. Übersetzt von Johann Heinrich Voß. Illustriert von Friedrich Preller. Leipzig 2011.

Guzzoni, Ute: Die Ausgrenzung des Anderen. Versuch zu der Geschichte Odysseus und den Sirenen. In: Sehnsucht und Sirene. Hrsg. von Irmgard Roebling. Pfaffenweiler 1992.

Horkheimer, Max u. Theodor W. Adorno: Dialektik der Aufklärung. Philosophische Fragmente. In: Theodor W. Adorno. Gesammelte Schriften. Bd. 3. Frankfurt am Main 1981.（マックス・ホルクハイマー／テオドール・W・アドルノ『啓蒙の弁証法』、徳永恂訳、岩波書店、二〇〇〇年）

アポロドーロス『ギリシア神話』、高津春繁訳、岩波文庫、二〇〇〇年。

オウィディウス『変身物語』、中村善也訳、岩波文庫、一九八一年。

ダンテ『神曲』、平川祐弘訳、河出書房新社、一九九二年。
細見和之『アドルノ　非同一性の哲学』、講談社、一九九六年。
松原國師『西洋古典学辞典』、京都大学学術出版会、二〇一〇年。

メリュジーヌ

Ringoltingen, Thüring von: Melusine. Hrsg. von Hans-Gert Roloff. Stuttgart 2000.
Ringoltingen, Thüring von: Melusine. Nach dem Erstdruck Basel: Richel um 1473–74. Hrsg. von André Schnyder in Verbindung mit Ursula Rautenberg. Wiesbaden 2006.
Kiening, Christian: Zeitraum und *mise en abyme*. Zum ‚Kern' der Melusinegeschichte. In: Deutsche Vierteljahrsschrift für Literaturwissenschaft und Geistesgeschichte. Hrsg. von Gerhart von Gravenitz u. a. Stuttgart I / 2005.
Mayer, Paola: Melusine: The Romantic Appropriation of a Medieval Tale. In: Germanisch-Romantische Monatsschrift. Neue Folge, Bd. 52, Heft 2. Heidelberg 2002.
Volmari, Beate: Die Melusine und ihre schwestern in der Kunst. Wasserfrauen im Sog gesellschaftlicher Strömungen. In: Sehnsucht und Sirene. Vierzehn Abhandlungen zu Wasserphantasien. Hrsg. von Irmgard Roebling. Pfaffenweiler 1992.
クードレット『メリュジーヌ物語』、松村剛訳、青土社、一九九六年。
『ドイツ民衆本の世界Ⅰ　クラーベルト滑稽譚　麗わしのメルジーナ』、藤代幸一訳、国書刊行会、一九八七年。
篠田知和基「メリュジーヌ伝承の変容――19・20世紀」、平成八―一〇年度科学研究費補助金基盤研究（C）・（2）研究成果報告書〔課題番号〇八六一〇五〇〇〕、名古屋大学文学部、一九九九年。
清水恵「始祖譚としての『メリュジーヌ物語』」、慶應義塾大学独文学研究室『研究年報』第二〇号、二〇〇三年。
筑和正格「メルジーネ・モチーフ史概観――フォンターネの小説におけるメルジーネ・モチーフ考察のために」、慶應義塾大學文學会『藝文研究』第六〇号、一九九二年。
マルカル、ジャン『メリュジーヌ　蛇女＝両性具有の神話』、中村栄子・末永京子訳、大修館書店、一九九七年。

パラケルスス

Theophrastus von Hohenheim: Das Buch von den Nymphen, Sylphen, Pygmaeen, Salamandern und den übrigen Geistern. Faksmile der Ausgabe Basel 1590. Übertragen und mit einem Nachwort versehen von Gunhild Pörksen. Marburg an der Lahn 1996.

岡部雄三「自然の黙示録――パラケルススの伝承空間――」、日本独文学会『ドイツ文学』第八六号、一九九一年。

岡部雄三『ドイツ神秘思想の水脈』、知泉書館、二〇一一年。

清水恵「パラケルススのメルジーネ論――水の精の魂はいつ宿ったのか？＝いつ失われたのか？」、慶應義塾大學文學会『藝文研究』第八五号、二〇〇三年。

中井章子・本間邦雄・岡部雄三訳『キリスト教神秘主義著作集　第一六巻　近代の自然神秘思想』、教文館、一九九三年。

メールヒェン

Bluhm, Lothar (Hrsg.): Romantik und Volksliteratur. Heidelberg 1999.
Frund, Winfried: Märchen. Köln 2005.
Klotz, Volker: Das Europäische Kunstmärchen. München 2002.
Rölleke, Heinz: Die Märchen der Brüder Grimm. Quellen und Studien. Gesammelte Aufsätze. Trier 2000.
加藤耕義「水の精霊　民間伝承から創作メルヒェンへの一過程」、学習院大学大学院ドイツ文学語学研究会『ドイツ文学語学研究』第一七号、一九九三年。
ムゼーウス、J・K・A・『リューベツァールの物語　ドイツ人の民話』、鈴木滿訳、国書刊行会、二〇〇三年。

ヴィーラント

Wieland, Christoph Martin: Die Abenteuer des Don Sylvio von Rosalva. Hrsg. von Sven-Aage Jørgensen. Stuttgart（Reclams Universal-Bibliothek Nr. 18163）2001.
Wieland, Christoph Martin: Geschichte des Agathon. In: ders.: Werke in zwölf Bänden. Bd. 3. Hrsg. von Klaus Manger. Frankfurt am Main 1999.（クリストフ・マルティン・ヴィーラント『アガトン物語』、義則孝夫訳、私家版、二〇〇二年）
Heinz, Jutta (Hrsg.): Wieland-Handbuch. Leben – Werk – Wirkung. Stuttgart 2008.
Schaefer, Klaus: Christoph Martin Wieland. Stuttgart 1996.
加藤健司「脱幻想化の過程としてのテクスト――ヴィーラント『ドン・ジルヴィオ』改訂――」、日本独文学会『ドイツ文学』第一〇三号、一九九九年。
波田節夫『初期ゲーテとヴィーラント』、ドイツ文学研究叢書七、クヴェレ会、一九八五年。

ゲーテ

Goethe, Johann Wolfgang von: Werke. Hamburger Ausgabe in 14 Bänden. Hrsg. von Erich Trunz. München 1988.

Goethe, Johann Wolfgang von: Faust. Texte und Kommentare. Hrsg. von Albrecht Schöne. Frankfurt am Main 1994.

Eckermann, Johann Peter: Gespräche mit Goethe in den letzten Jahren seines Lebens nach den Erstausgaben mit Nachlaßmaterialen ediert und umfassend kommentiert. Hrsg. von Christoph Michel unter Mitwirkung von Hans Grüters. Frankfurt am Main 1999.（エッカーマン『ゲーテとの対話』（上）、山下肇訳、岩波文庫、一九九三年）

Benjamin, Walter: Gesammelte Schriften Band I–1. Hrsg. von Rolf Tiedemann u. Hermann Schweppenhäuser. Frankfurt am Main 1991.（『ベンヤミン・コレクション1　近代の意味』、浅井健二郎編訳・久保哲司訳、ちくま学芸文庫、一九九五年）

Borchmeyer, Dieter: „Eine Art Symbolik fürs Ohr“. Goethes Musikästhetik. In: Goethe und das Zeitalter der Romantik. Hrsg. von Walter Hinderer. Würzburg 2002.

Lubkoll, Christine: In den Kasten gesteckt: Goethes ‚Neue Melsine‘. In: Sehnsucht und Sirene. Vierzehn Abhandlungen zu Wasserphantasien. Hrsg. von Irmgard Roebling. Pfaffenweiler 1992.

Lubkoll, Christine: ‚Neue Mythologie‘ und musikalische Poetologie. Goethes Annäherungen an die Romantik. In: Goethe und das Zeitalter der Romantik Hrsg. von Walter Hinderer. Würzburg 2002.

Möbus, Frank u. a.（Hrsg.）: Faust. Annäherung an einen Mythos. Göttingen 1996.

Schlaffer, Heinz: Faust Zweiter Teil. Die Allegorie des 19. Jahrhunderts. Stuttgart 1989.

Schmidt, Jochen: Goethes Faust Erster und Zweiter Teil. Grundlagen – Werk – Wirkung. München 1999.

Tomasi, Gioacchino Lanza: *Goethe*-Lieder: A Challenge for Romantic Composers. In: Goethe und das Zeitalter der Romantik Hrsg. von Walter Hinderer. Würzburg 2002.

Witte, Bernd u. a.（Hrdg.）: Goethe Handbuch in vier Bänden. Sonderausgabe. Stuttgart 2004.

高橋義孝『ファウスト集注』、郁文堂、一九七九年。

ボードレール『ボードレール全集V』、阿部良雄訳、筑摩書房、一九八九年。

ユング、C・G・「『ファウスト』と錬金術」、池田紘一訳、九州大学独文学会『九州ドイツ文学』第二〇号、二〇〇六年。

万足卓『魔法使いの弟子　評伝・ゲーテのバラード名作集』、三修社、一九八九年。

音楽神話

Kassner, Rudolf: Das neunzehnte Jahrhundert. In: ders.: Sämtliche Werke. Bd. VIII. Im Auftrag der Rudolf Kassner Gesellschaft herausgegeben von Ernst Zinn u. Klaus E. Bohnenkamp. Pfullingen: Verlag Günther Neske 1986.（ルードルフ・カスナー『十九世紀　表現と大きさ』、小松原千里訳、未知谷、二〇〇一年）

Kwon, Chung-Sun: Studie zur Idee des Gesamtkunstwerks in der Frühromantik. Zur Utopie einer Musikanschauung von Wackenroder bis Schopenhauer. Frankfurt am Main 2003.

Lubkoll, Christine: Mythos Musik. Poetische Entwürfe des Musikalischen in der Literatur um 1800. Freiburg im Breisgau 1995.

Novalis: Schriften. Hrsg. von Paul Kluckhohn u. Richard Samuel. Bd. 3. Stuttgart 1968.

Scher, Steven Paul（Hrsg.）: Literatur und Musik. Ein Handbuch zur Theorie und Praxis eines komparatistischen Grenzgebietes. Berlin 1984.

Schmitz-Emans, Monika: Einführung in die Literatur der Romantik. Darmstadt 2004.

Wackenroder, W. H. u. Ludwig Tieck: Herzensergießungen eines kunstliebenden Klosterbruders. Stuttgart（Reclams Universal-Bibliothek Nr. 7860）1997.

岡田暁生『西洋音楽史』、中公新書、二〇〇五年。

シュタイガー、エーミール「ドイツ・ロマン主義の文学と音楽」、『音楽と文学』所収、芦津丈夫訳、白水社、一九九八年。

皆川達夫『西洋音楽史　中世・ルネサンス』、音楽之友社、一九八六年。

ブレンターノ／ゲレス

Brentano, Clemens u. Joseph Görres: Entweder wunderbare Geschichte von BOGS dem Uhrmacher, wie er zwar das menschliche Leben längst verlassen, nun aber doch, nach vielen musikalischen Leiden zu Wasser und zu Lande, in die bürgerliche Schützengesellschaft aufgenommen zu werden Hoffnung hat, oder die über die Ufer der badischen Wochenschrift als Beilage aufgetretene KONZERT-ANZEIGE. Nebst des Herren BOGS wohlgetroffenem Bildnisse und einem medizinischen Gutachten über dessen Gehirnzustand. In: Clemens Brentano: Werke. Hrsg. von Friedhelm Kemp. 2., durchgesehene Auflage. Bd. 2. München 1973.（クレーメンス・ブレンターノ／ヨーゼフ・ゲレス『長いこと人間的な暮らしを離れていたが、しかし水中と陸上で音楽的苦しみをかなり受けた後、今となって市民射撃協会への受け入れを願う時計職人**ボークス**の不思議な物語／あるいは付録として週刊バーデンに氾濫した**コンサート報告**／並びにボークス氏に生き写しの肖像画と氏の脳の状態に関する医学的鑑定』、小

黒康正訳、九州大学独文学会『九州ドイツ文学』第二三号、二〇〇九年）
Fetzer, John F.: „Auf dem Flügeln des Gesanges“: Die musikalische Odyssee von Berglinger, BOGS und Kreisler als romantische Variation der literarischen Reise-Fiktion. In: Literatur und Musik. Ein Handbuch zur Theorie und Praxis eines komparatistischen Grenzgebietes. Hrsg. von Steven Paul Scher. Berlin 1984.
Günzel, Klaus: Die deutschen Romantiker. Zürich 1995.
Schlechter, Armin: Uhrmacher und Zifferfeinde. In: Clemens Brentano u. Joseph Görres: Entweder wunderbare Geschichte von BOGS dem Uhrmacher, wie er zwar das menschliche Leben längst verlassen, nun aber doch, nach vielen musikalischen Leiden zu Wasser und zu Lande, in die bürgerliche Schützengesellschaft aufgenommen zu werden Hoffnung hat, oder die über die Ufer der badischen Wochenschrift als Beilage aufgetretene KONZERT-ANZEIGE. Nebst des Herren BOGS wohlgetroffenem Bildnisse und einem medizinischen Gutachten über dessen Gehirnzustand. Heidelberg 2006.

フケー

Fouqué, Friedrich de la Motte: Der Todesbund: ein Roman; Undine: eine Erzählung. In: ders.: Sämtliche Romane und Novellenbücher. Hrsg. von Wolfgang Möhrig. Bd. 2. Hildesheim, Zürich u. New York: Georg Olms 1992.（フーケー『水妖記（ウンディーネ）』、柴田治三郎訳、岩波文庫、一九八六年）
Nawab, Mona el: Ingeborg Bachmanns „Undine geht“. Ein stoff- und motivgeschichtlicher Vergleich mit Friedrich de La Motte Fouqués „Undine“ und Jean Giraudoux’ „Ondine“. Würzburg 1993.

クライスト

Kleist, Heinrich von Sämtliche Werke. Brandenburger Ausgabe. Hrsg. von Roland Reuß u. Peter Staengle. II/8 Berliner Abendblätter 2. Basel u. Frankfurt am Main 1997.（『クライスト全集』第一巻、佐藤恵三訳、沖積舎、一九九八年）
Breuer, Ingo: Kleist-Handbuch. Leben – Werk – Wirkung. Stuttgart 2009.
Knittel, Anton Phillip u. Inka Kording（Hrsg.）: Heinrich von Kleist. Neue Wege der Forschung. Darmstadt 2003.
Neumann, Gerhard（Hrsg.）: Heinrich von Kleist. Kriegsfall – Rechtsfall – Sündenfall. Freiburg im Breisgau 1994.

ローレライ

Brentano, Clemens: Werke. Erster Band. Hrsg. von Wolfgang Frühwald, Bernhard Gajek u. Friedhelm Kemp. München 1968.

Eichendorff, Joseph von: Werke in sechs Bänden. Hrsg. von Wolfgang Frühwald, Brigitte Schillbach u. Hartwig Schultz. Frankfurt am Main 1987.

Heine, Heinrich: Sämtliche Schriften in zwölf Bänden. Hrsg. von Klaus Briegelb. Bd. 2. München 1976.

Heine, Heinrich: Werke, Briefwechsel, Lebenszeugnisse. Säkularausgabe. Hrsg. von den Nationalen Forschungs- und Gedenkstätten der klassischen deutschen Literatur in Weimar und dem Centre National de la Recherche Scientifique in Paris. Bd. 1. Berlin u. Paris 1979.

Arendt, Dieter: Heinrich Heine: „. . . Ein Märchen aus alten Zeiten . . .“ Dichtung zwischen Märchen und Wirklichkeit. In: Heine-Jahrbuch 1969. Hrsg. vom Heine-Archiv Düsseldorf.

Bechstein, Ludwig: Deutsches Sagenbuch. In: Loreley. Die Zauberfee vom Rhein. Hrsg. von Marina Grünewald. Woldert 2003.

Cepl-Kaufmann, Gertrude u. Johannig, Antje: Mythos Rhein. Zur Kulturgeschichte eines Stromes. Darmstadt 2003.

Gajek, Bernhard: Orient – Italien – Rheinlandschaft. Von der dreifachen »Heimat alles Wunderbaren«. Zu Clemens Brentanos *Lore Lay*. In: Gedichte und Interpretationen. Deutsche Balladen. Stuttgart 2002.

Höhn, Gerhard: Heine-Handbuch: Zeit, Person, Werk. Stuttgart 1997.

Kolbe, Jürgen: Das hat mit ihrem Singen die Lereley getan. Ein sagenhafter Einfall und einige Folgen. In: Ich weiss nicht, was soll es bedeuten. Heinrich Heines Loreley. Bilder und Gedichte. Zusammengestellt von Jürgen Kolbe. München u. Wien 1976.

Lentwojt, Peter: Die Loreley in ihrer Landschaft. Romantische Dichtungsallegorie und Klischee. Frankfurt am Main 1998.

Suzuki, Kenzo u. Kazuko: Loreley-Bibliographie in Japan. In: Zeitschrift für Kulturbegegnung. Jahrgang 4, Heft 1. Tokyo 1997.

Woesler, Winfried: Zu Heinrich Heines *Belsatzar*. In: Gunter E. Grimm: Gedichte und Interpretation. Deutsche Balladen. Stuttgart 2002.

阪井葉子「歌う「おんな」たちの肖像――ブレンターノのバラード『ゴドヴィあるいは母の石像』をめぐって――」、大阪大学ドイツ文学会『独文学報』第二一巻、一九九五年。

高橋義人『ドイツ人のこころ』、岩波新書、二〇〇六年。

立川希代子『ローレライは歌っているか　ハイネの『旅の絵』とバラード』、せりか書房、一九九三年。

寺岡孝憲「慣習と挑戦――ハイネによるバラーデの革新――」、ハイネ研究図書刊行会編『ハイネ研究』第四巻、東洋館出版社、一九八一年。

檜山哲彦『ああ　あこがれのローレライ』、KKベストセラーズ、二〇〇五年。

ボイトラー、エルンスト『「トゥーレの王」とローレライ』、山下剛訳・解説、未知谷、二〇〇八年。

山下剛「クレーメンス・ブレンターノのバラード『ローレ・ライ』成立に関する一考察――詩的想像力の問題を中心に――」、日本ゲーテ協会『ゲーテ年鑑』第三六巻、一九九四年。

ユゴー、ヴィクトール『ライン河幻想紀行』、榊原晃三訳、岩波文庫、一九八五年。

パロディー

Baumgart, Reinhard: Das Ironische und die Ironie in den Werken Thomas Manns. München 1964.
Benjamin, Walter: Ursprung des deutschen Trauerspiels. In: Walter Benjamin. Gesammelte Schriften Band I–I. Hrsg. von Rolf Tiedemann u. Hermann Schweppenhäuser. Frankfurt am Main 1991.（ヴァルター・ベンヤミン『ドイツ悲劇の根源』上、浅井健二郎訳、ちくま学芸文庫、一九九九年）
Meid, Volker（Hrsg.）: Literaturlexikon. Begriffe, Realien, Methoden. In: Literaturlexikon. Hrsg. von Walter Killy. Bd. 14, München 1993.
Nündel, Ernst: Die Kunsttheorie Thomas Manns. Bonn 1972.

アイヒェンドルフ

Eichendorff, Joseph von: Werke in sechs Bänden. Hrsg. von Wolfgang Frühwald, Brigitte Schillbach u. Hartwig Schultz. Frankfurt am Main 1987.（『アイヒェンドルフ』、ドイツ・ロマン派全集第六巻、渡辺洋子・平野嘉彦訳、国書刊行会、一九八三年／『詩人とその仲間――アイヒェンドルフ著作選』、吉田国臣訳、沖積舎、二〇〇七年）
Eichendorff, Joseph von: Werke. Band II. Lizenzausgabe für die Wissenschaftliche Buchgesellschaft. Darmstadt 1996.
Tieck, Ludwig: Schriften in zwölf Bänden. Hrsg. von Manfred Frank u. a. Bd. 6. Frankfurt am Main 1985.（『ティーク』、ドイツ・ロマン派全集第一巻、深見茂・鈴木潔訳、国書刊行会、一九八三年）
Bailliet, Theresia Sauter: Die Frauen im Werk Eichendorffs. Bonn 1972.
Bormann, Alexander von: »Das zertrümmerte Alte«. Zu Eichendorffs Lorelei-Romanze *Waldgespräch*. In: Gedichte und Interpretation Band 3. Klassik und Romantik. Hrsg. von Wulf Segebrecht. Stuttgart 1984.

Niggl, Günter: Überwindung der Poesie als Zaubernacht? Zu Joseph von Eichendorffs Romanze *Der stille Grund*. In: Gedichte und Interpretationen. Deutsche Balladen. Hrsg. von Gunter E. Grimm Stuttgart 2002.

Stephan, Inge: Weiblichkeit, Wasser und Tod. Undinen, Melusinen und Wasserfrauen bei Eichendorff und Fouqué. In: Weiblichkeit und Tod in der Literatur. Hrsg. von Renate Berger u. Inge Stephan. Köln 1987.

桑原聡「ドイツ・ロマン派における神話的形象——アイヒェンドルフ文学における女性像——」、平成一六—一八年度科学研究費補助金基盤研究（C）研究成果報告書『アイヒェンドルフの文化史的研究』（課題番号一六五二〇一三九）、二〇〇七年。

松原良輔「活人画の呪縛——アイヒェンドルフの『予感と現前』におけるロマーナ「像」をめぐって」、平成三年度文部省科学研究費補助金総合研究（A）研究成果報告書『ドイツ近代における女性論の展開と文学作品に現れる女性像の変遷』（課題番号〇二三〇一〇六六）、一九九二年。

渡辺洋子「アイヒェンドルフにおけるDiana像の形成」、阪神ドイツ文学会『ドイツ文学論攷』第三一号、一九八九年。

山崎太郎「「ラインの娘」考　ウンディーネ、娼婦、水の女」、『ポリフォーン』第一二号、TBSブリタニカ、一九九三年。

アンデルセン

Andersen, H. C.: Märchen. Übers. von Heinrich Denhardt. Auswahl u. Nachwort von Leif Ludwig Albertsen. Stuttgart 1994.（『完訳　アンデルセン童話集（一）』、大畑末吉訳、岩波文庫、一九九五年）

下宮忠雄「グリムとアンデルセン」、日本児童文学学会『グリム童話研究』、大日本図書、一九八九年。

否定性

Bohrer, Karl Heinz: Ästhetische Negativität. München 2002.

Hofmannsthal, Hugo von: Ein Brief. In: ders.: Sämtliche Werke. Kritische Ausgabe. Bd. 31. Hrsg. von Ellen Ritter. Frankfurt am Main 1991.

Novalis: Schriften, Tagebücher, Briefwechsel, Zeitgenössische Zeugnisse. Hrsg. von Richard Samuel. Bd. 4. Stuttgart 1975.

浅井健二郎編『ドイツ近代文学における〈否定性〉の契機とその働き』、日本独文学会研究叢書〇五一号、二〇〇七年。

小黒康正「周辺から生まれた饒舌な「沈黙」　ヘルタ・ミュラーの文学をめぐって」、西日本新聞社『西日本新聞（朝刊）』二〇〇九年一〇月二三日号。

リルケ

Rilke, Rainer Maria: Lyrik und Prosa. Lizenzausgabe für die Wissenschaftliche Buchgesellschaft. Düsseldorf u. Zürich 1999.
Rilke, Rainer Maria: Werke. Kommentierte Ausgabe in vier Bänden. Frankfurt am Main 2003.
アガンベン、ジョルジョ『言葉と死　否定性の場所にかんするゼミナール』、上村忠男訳、筑摩書房、二〇〇九年。
河中正彦「カフカとリルケ――沈黙の詩学――」、有村隆広編『カフカと二十世紀ドイツ文学』、同学社、一九九九年。

カフカ

Kafka, Franz: Beim Bau der chinesischen Mauer und andere Schriften aus dem Nachlaß in der Fassung der Handschrift. In: ders. Gesammelte Werke in zwölf Bänden. Hrsg. von Hans-Gerd Koch. Bd. 6. Frankfurt am Main 1994.
Kafka, Franz: Tagebücher. Hrsg. von Hans-Gerd Koch u. a. In: ders.: Schriften. Tagebücher. Briefe. Kritische Ausgabe. Frankfurt am Main 1990.
Menke, Bettine: Das Schweigen der Sirenen. Die Rhetorik und das Schweigen. In: Franz Kafka. Neue Wege der Forschung. Hrsg. von Claudia Liebrand. Darmstadt 2006.
Liska, Vivian: Kafka und die Frauen. In: Kafka-Handbuch. Leben – Werk – Wirkung. Hrsg. von Bettina von Jagow u. Oliver Jahraus. Göttingen 2008.
ベンヤミン、ヴァルター『フランツ・カフカ』、浅井健二郎訳、『ベンヤミン・コレクション2　エッセイの思想』所収、ちくま学芸文庫、一九九六年。

ブレヒト

Brecht, Bertolt: Odysseus und die Sirenen. In: Berichtung alter Mythen. Gesammelte Werke in 20. Bänden. Hrsg. in Zusammenarbeit mit Elisabeth Hauptmann. Frankfurt am Main 1967, Bd. 11.
野村修『スヴェンボルの対話　ブレヒト・コルシュ・ベンヤミン』、平凡社、一九七一年。

トーマス・マン

Mann, Thomas: Gesammelte Werke in dreizehn Bänden. Frankfurt am Main 1990.
Maar, Michael: Geister und Kunst. Neuigkeiten aus dem Zauberberg. München 1995.

小黒康正『黙示録を夢みるとき　トーマス・マンとアレゴリー』、鳥影社、二〇〇一年。

小黒康正編『トーマス・マン『魔の山』の「内」と「外」——新たな解釈の試み——』、日本独文学会研究叢書〇四一号、二〇〇六年。

バッハマン

Bachmann, Ingeborg: Werke. Hrsg. von Christine Koschel u. a. 4 Bände. München u. Zürich 1993.（インゲボルク・バッハマン『三〇歳』、生野幸吉訳、白水社、一九七二年）

Bartsch, Kurt: Ingeborg Bachmann. Stuttgart 1988.

Behre, Maria: Ingeborg Bachmanns „Undine geht“ als Sprache einer besonderen Wahrnehmung. In: Ingeborg Bachmann – neue Beiträge zu ihrem Werk: internationales Symposion Münster 1991. Hrsg. von Dirk Göttsche u. Hubert Ohl. Würzburg 1993.

Beicken, Peter: Ingeborg Bachmann. München 1992.

Brinkmann, Henning: Worte ziehen Worte nach sich: Entwerfende Zeichen in ‚Undine geht‘ von Ingeborg Bachmann. In: Wirkendes Wort 31 (1981), H. 4.

Delphendal, Renate: Alienation and Self-Discovery in Ingeborg Bachmann’s ‚Undine geht‘. In: Modern Austrian Literature 18 (1985), H. 3/4.

Endres, Ria: Die Paradoxie des Sprechens. In: Kein objektives Urteil – nur ein lebendiges. Texte zum Werk von Ingeborg Bachmann. Hrsg. von Christine Koschel u. Inge von Weidenbaum. München 1989.

Gerstenlauer, Wolfgang: Undines Wiederkehr. Fouqué – Giraudoux – Ingeborg Bachmann. In: Die neueren Sprachen 69 (=N. F. 19, 1970).

Gürtler, Christa: Die andere Undine. In: Schreiben Frauen anders? Untersuchungen zu Ingeborg Bachmann und Barbara Frischmuth. Stuttgart 1983.

Höller, Hans: Ingeborg Bachmann. Das Werk. Von den frühesten Gedichten bis zum „Todesarten“-Zyklus. Frankfurt am Main 1987.

Horsley, Rita Jo: Re-reading „Undine geht“: Bachmann and Feminist Theory. In: Modern Austrian Literature 18 (1985), H. 3/4.

Hunt, Irmgard: „Bemerkungen über Lichtung – Erleuchtung – Epiphanie“. In: Sprache im technischen Zeitalter 28 (1990), H. 113.

Jurgensen, Manfred: Die neue Sprache. Bern, Frankfurt am Main usw. 1981.

Jurgensen, Manfred: Ingeborg Bachmann. In: Deutsche Frauenautoren der Gegenwart. Bern 1983.

Kann-Coomann, Dagmar: Ach die Kunst. In: „... eine geheime langsame Feier ...“ Zeit und ästhetische Erfahrung im Werk Ingeborg Bachmanns. Bern, Frankfurt am Main usw. 1988.

Kienlechner, Sabina: Blick zurück nach vorn. In: Freibeuter 16 (1983).

Klaubert, Annette: „Undine geht“. In: Symbolische Strukturen bei Ingeborg Bachmann. Malina im Kontext der Kurzgeschichten. Bern, Frankfurt am Main usw. 1983.

Mayer, Hans: Das zweite Geschlecht und seine Aussenseiter. In: Aussenseiter. Frankfurt am Main 1975.

Neubauer-Petzoldt, Ruth: Grenzgänge der Liebe. *Undine geht*. In: Interpretationen. Werke von Ingeborg Bachmann. Hrsg. von Mathias Mayer. Stuttgart: Reclam 2002.

Oguro, Yasumasa: „Komm. Nur einmal. / Komm.“ Intertextuelle Bezüge zwischen Ingeborg Bachmanns „Undine geht“ und der Offenbarung des Johannes. In: Kairos. Hrsg. von der Kairos-Gesellschaft für Germanistik (Fukuoka), Band 32 (1994).

Oguro, Yasumasa: Opferung und Apokalypse – Intertextualität zwischen Ingeborg Bachmanns „Undine geht“ und Kyoka Izumis „Yashaga-ike“ In. Undine geht nach Japan. Zu interkulturellen Problemen der Ingeborg Bachmann-Rezeption in Japan. Hrsg. von Hannelore Scholz. Berlin 2001.

Pausch, Holger: Ingeborg Bachmann. Berlin 1975.

Scholz, Ingeborg: Ingeborg Bachmann. Gedichte – Hörspiele – Erzählungen. Interpretation und unterrichtspraktische Vorschläge. Hollfeld 1994.

Schuscheng, Dorothe: Die Erzählung „Undine geht“. In: Arbeit am Mythos Frau. Weiblichkeit und Autonomie in der literarischen Mythenrezeption Ingeborg Bachmanns, Christa Wolfs u. Gertrud Leuteneggers. Bern, Frankfurt am Main usw. 1987.

Stauf, Renate: „Komm. Nur einmal. Komm.“ Epiphanieerfahrungen bei Ingeborg Bachmann. In: Ästhetische und religiöse Erfahrungen der Jahrhundertwenden. III: um 2000. Hrsg. von Wolfgang Braungart u. Manfred Koch. Paderborn u. a.

Trüpel-Rüdel, Helga: „Ihr Menschen! Ihr Ungeheuer!“ Zum Undinen-Bild im 20. Jahrhundert. In: Undine – eine motivgeschichtliche Untersuchung. Phil. Diss. Bremen 1987.

Weigel, Sigrid: Die Liebe als Mysterium. In: Die Stimme der Medusa. Schreibweisen in der Gegenwartsliteratur von Frauen. Dülmen-Hiddingsel 1987.

Wellner, Sabine: Betrachtung des Undine-Motivs unter dem Gesichtspunkt der Integrationsleistung für eine patriarchalisch strukturierte Kultur. In: Philosophische Beiträge zur Frauenforschung. Hrsg. von Ruth Großmaß u. Christiane Schmerl. Bochum 1981.
小黒康正「インゲボルク・バッハマンの『三〇歳』――忘却からの復活――」、九州大学大学院人文科学研究院『文学研究』第九九号、二〇〇二年。

黙示録

Die Bibel. Altes und Neues Testament. Einheitsübersetzung. Lizenzausgabe für den Verlag Herder, Freiburg im Breisgau, 1980; Die Bibel. Nach der Übersetzung Martin Luthers. Lutherbibel-Standardausgabe mit Apokryphen. Stuttgart 1985.／『聖書　新共同訳』、日本聖書協会、一九八八年。
Nietzsche, Friedrich: Also sprach Zarathustra. In: ders. Kritische Studienausgabe in 15. Bänden. Hrsg. von Giorgio Colli u. Mazzino Mintinari. München: DTV 1993, KSA 4.
小黒康正「黙示録文化におけるドイツ表現主義――クルト・ピントゥスの『人類の薄明』をめぐって――」、日本独文学会『ドイツ文学』第一〇四号、二〇〇〇年。
細川亮一『道化師ツァラトゥストラの黙示録』、九州大学出版会、二〇一〇年。

日本文学

花咲一男『江戸の人魚たち』、太平書屋、一九七八年。

森鷗外『うたかたの記』、中野三敏他編『新日本古典文学大系』明治編25所収、岩波書店、二〇〇四年。

池澤夏樹他編『群像　日本の作家2　森鷗外』、小学館、一九九二年。

夏目金之助『漱石全集』、岩波書店、一九九四年。

武田秀夫『セイレーンの誘惑《漱石と賢治》』、現代書館、一九九四年。

蓮見重彦『夏目漱石論』、福武文庫、一九八八年。

尹相仁《ユンサンイン》『世紀末と漱石』、岩波書店、一九九四年。

山田一郎『寺田寅彦覚書』、岩波書店、一九八一年。

山田一郎『「藪柑子集」の研究――続寺田寅彦覚書――』、高知市民図書館、一九九七年。

シェイクスピア『ハムレット』、氷川玲二訳、『集英社ギャラリー［世界の文学2］イギリスⅠ』所収、集英社、一九九一年。

泉鏡太郎『鏡花全集』巻二十五、岩波書店、一九七五年。

谷崎潤一郎『谷崎潤一郎全集』第四巻、中央公論社、一九八一年。

谷崎潤一郎『人魚の嘆き・魔術師』、中公文庫、二〇〇二年。

『明治文學全集58　土井晩翠・薄田泣菫・蒲原有明集』、筑摩書房、一九六七年。

北原白秋『白秋全集』、アルス、一九三〇年。

小川未明『小川未明童話集』、桑原三郎編、岩波文庫、一九九六年。

太宰治『お伽草紙』、新潮文庫、二〇〇〇年。

安部公房『安部公房全作品』8、新潮社、一九七二年。

金井美恵子『愛の生活　森のメリュジーヌ』、講談社文芸文庫、一九九九年。

倉橋由美子『大人のための残酷童話』、講談社文芸文庫、一九九九年。

九頭見和夫「大正時代の「人魚」像（2）——不安定な社会状況と「人魚」——」、『福島大学　人間発達文化学類論集』第七号、二〇〇八年。

佐伯順子『「色」と「愛」の比較文学史』、岩波書店、一九九八年。

佐伯順子『恋愛の起源　明治の愛を読み解く』、日本経済新聞社、二〇〇〇年。

その他

Grimm, Jacob u. Wilhelm Grimm: Deutsches Wörterbuch. München 1984.
ルルカー、マンフレート『聖書象徴事典』、池田紘一訳、人文書院、一九八八年。

初出一覧（各章、いずれも大幅な加筆修正あり。）

序章　書き下ろし。

第一・二章
小黒康正「トポス「水の精の物語」の身体論的考察――ホメロスからゲーテまで――」、稲元萠先生古稀記念論集刊行会『稲元萠先生古稀記念ドイツ文学・語学論集』、二〇〇三年、三五―五八頁。
小黒康正「アンティポーデの闇――ブレンターノ／ゲレス『時計職人ボークスの不思議な物語』」、九州大学独文学会『九州ドイツ文学』第二三号、二〇〇九年、一―二一頁。

第三章
小黒康正「水の女をめぐる「翻訳」論　ホメロス『オデュッセイア』とフケー『ウンディーネ』」、九州大学独文学会『九州ドイツ文学』第二一号、二〇〇七年、三三―五七頁。
小黒康正「1811年の「翻訳」論――フケー『ウンディーネ』とクライスト『水の男とセイレン』――」、日本独文学会『ドイツ文学』第一三八号、二〇〇九年、一八八―二〇三頁。

第四章
小黒康正「メールヒェンのパロディー――「ハインリヒ・ハイネのローレライ」」、浅井健二郎編『ドイツ近代文学における〈否定性〉の契機とその働き』、日本独文学会研究叢書〇五一号、二〇〇七年、二六―四一頁。
小黒康正「トポス「水の精の物語」における妙音の饗宴――アイヒェンドルフ文学をめぐって――」、九州大学独文学会『九州ドイツ文学』第二二号、二〇〇八年、一―三一頁。

第五章
小黒康正「水底から浮かぶ否定性――「水の女」という名の流動体」、日本独文学会『ドイツ文学』第一四二号、二〇一〇年、七二―九一頁。
小黒康正「歌声を失った「水の女」たち　アンデルセン、リルケ、カフカ、ブレヒト」、九州大学独文学会『九州ドイツ文学』第二四号、二〇一〇年、一―二六頁。

終章

Oguro, Yasumasa: „Komm. Nur einmal. / Komm.“ Intertextuelle Bezüge zwischen Ingeborg Bachmanns „Undine geht“ und der Offenbarung des Johannes. In: Kairos. Hrsg. von der Kairos-Gesellschaft für Germanistik (Fukuoka), Band 32 (1994), S. 34–73.
Oguro, Yasumasa: Opferung und Apokalypse – Intertextualität zwischen Ingeborg Bachmanns „Undine geht“ und Kyoka Izumis „Yashaga-ike“. In: Undine geht nach Japan. Zu interkulturellen Problemen der Ingeborg Bachmann-Rezeption in Japan. Hrsg. von Hannelore Scholz. Berlin 2001, S. 55–68.
小黒康正「「水の女」の黙示録　インゲボルク・バッハマン『ウンディーネ行く』をめぐって」、九州大学文学部『創立八十五周年記念論文集』上巻、二〇一〇年、六一五―六四八頁。

補遺　ドイツ語論文に基づく書き下ろし。

Oguro, Yasumasa: Die schweigenden Wasserfrauen in Japan und Europa. In: Brechung der asiatischen Moderne. Germanistik in Japan und Korea. Kyushu-Symposium 2003 zu Germanistik und Deutschunterricht. Hrsg. von Yasumasa Oguro, Masashi Sakai u. Oliver Bayerlein. Fukuoka 2004, S. 28–41.
Oguro, Yasumasa: Begennung von Weltliteratur und Weltpoesie. Von der Entstehung der Wasserfraugeschichte in Japan. In: Asiatische Germanistentagung 2002 Bejing: Neues Jahrhundert, neue Heraus-forderungen – Germanistik im Zeitalter der Globalisierung. Hrsg. von der Chinesischen Gesellschaft für Geramanistik. Beijing/China 2004, S. 91–101.

あとがき

本書は、元々、「サテュロス劇」として構想された。

大きな仕事を成し遂げた後、すぐに次の仕事に着手できないのは人の常。精神的労務では、肉体的労働と同様に、いや、それ以上に、「充電期間」が欠かせない。平成一三年に上梓した拙著『黙示録を夢みるとき　トーマス・マンとアレゴリー』（鳥影社）では、「終末」を念頭に置きながらマン文学全体を論じただけに、刊行後は、しばらく「軽い」題材を扱いながら、呼吸を整えたかった。そう考えたとき、『ヴェニスに死す』脱稿後のマンを思い出す。スイスの結核療養所を訪れた一人の若者が、タンホイザーと同様、美しい女性の虜になる、そうした恋の茶番として練られた小説が、実は『魔の山』だったのである。

平成一四年の春、助教授として仕事に追われる中、朧気ながら第二著作の構想を練り始めたとき、自分を叱咤するつもりでドイツの教授昇進制度を意識し始めた。ドイツの大学で研究活動を続けようと思う者は、少なくともドイツ語学文学関係の場合、ディセルタツィオーン（博士号請求論文）で学位を得た後、ハビリタツィオーン（教授資格申請論文）を提出しなければならない。誰からも指示されたわけではないし、誰からも認められるわけでもないが、自分の中で第二著作の位置づけは次第に決まっていった。しかし、空転は続く。位置づけとは裏腹に、具体的な構想はなかなか定まらなかった。

そんな折、かつての記憶が甦る。平成四年、博士課程二年次の夏、和歌山で行われたドイツ語による研究合宿「インターウニ加太」のことだった。分科会でバッハマン『ウンディーネ行く』を読んだ際、「陸の男」が「ハンス」と命名されている理由が問題になる。そこで、自分なりの「思いつき」を表明したところ、諸先生から卓見として賞賛された。その後、この「思いつき」を留学先のミュンヘン大学で発表したところ、今度は誰からも認められず、しかも列席の教授からは「私はトーマス」と言われる始末、その意味をすぐに解しただけに、意気消沈してしまう。しかし、数週間後、平成六年六月だったと思うが、当時、同大学でバッハマンに関する講義を行っていたクリスティーネ・ループコル先生に「思いつき」を開陳したところ、「すごい、発見だ」と言われる。その時、加太の国民宿舎に押し寄せる波濤を、なぜだか思い出した。

平成一四年の秋、「ハビリタツィオーン」の構想が定まらない中、取りあえず「軽い」テーマを選び、日本学術振興会に申請する。翌年、申請が認められ、平成一五—一七年度科学研究費補助金基盤研究（C）「トポス「水の精の物語」の身体論的研究——視覚と聴覚の弁証法——」に取り組む。こうして私は自らの内で「歌い語る」そして「語り歌う」何かを感じるようになっていく。その後、考察対象が予想以上に広く、そして深いことを知る。特にドイツ・ロマン派に関しては、更に時間をかけて検討する必要が生じ、平成一八—二〇年度科学研究費補助金基盤研究（C）「トポス「水の精の物語」の身体論的研究——ドイツ・後期ロマン派以降を中心に——」に引き続き取り組む。また、九州大学で行われた平成一八—二一年度科学研究費補助金基盤研究（B）「ドイツ近・現代文学における〈否定性〉の契機とその働き」（研究代表者：浅井健二郎、平成二一年度のみ小黒康正）の企画運営にも関わりながら、考察の中心を近代ドイツ文学から現代ドイツ文学へと次第に移していく。

その間、東京大学で行われた平成一五—一八年度科学研究費補助金基盤研究（A）「文学表現と〈記憶〉——ドイツ文学の場合」（研究代表者：浅井健二郎、後に松浦純）、ならびに財団法人国際高等研究所で行われた平成二一—二三年度国際高等研究所研究プロジェクト「一八世紀における世界観の多次元的交錯」（研究代表者：石川文康）、以上二つの研究プロジェクトからも参画を求められ、貴重な研究発表の機会を得た。それ以来、いわば他流試合を通じて、「軽さ」を私なりに深めようと努めてきた。

もっとも「軽さ」を深めるばかりではなく、広めることも肝要であろう。縁があって、平成二二年三月一六日より一ヶ月間、「西日本新聞（朝刊）」にて一五回の連載「誘惑する〈水の女〉」を行う。初回原稿を新聞社に送付した後、担当の野中彰久氏から注文ひとつ、「内容が難しすぎるので、変なたとえですが、偏差値を一五下げるつもりで書いてください」と。いささか戸惑ったが、乗りかかった船であとには引けぬと思ったとき、井上ひさしの言葉を思い出す。「文章とはすべからく難しいことを易しく、易しいことを深く書くもの」。物書きはやはり「深淵の歌」を聴きながら、「心楽しく知識も増して帰ってゆく」者か。野中氏の助言を得ながら、連載執筆を通じて、私なりに新たなポエジー言語を探った。

本書の一端を、ある時は社会人を前にして（西日本日独協会、九州グリム協会）、またある時は高校生を前にして（福岡県立小倉西高等学校、長崎の向陽高等学校橘香館、福岡市立福岡西陵高等学校）、更に別の機会には国際学会にてドイツ語で話したこともある（Asiatische Germanistentagung 2002 in Bejing/China; Asiatische Germanistentagung 2008 in Kanazawa.）。但し、私自身が最も巧みに順風に帆をあげたのは、学生を前にしたとき、つまり、一橋大学、長崎外国語大学、大阪大学での集中講義、そして西南学院大学ならびに本務校である九州大学での講義だったと思う。思えば、いずれの機会でも、誰もが静かに聴き耳を立ててくれた。老若男女の内奥で、転がり、眠り、歌う何かが生じたのかもしれない。私自身、パイエケスの民を前にしているような錯覚に陥った。

もっとも「サテュロス劇」として構想された本書の執筆が常に順風満帆だったとは言い難い。平成二一年四月一日より現在に至るまで、本務校の独文学講座にて孤軍奮闘の日が続く。そして平成二二年四月一日付けで教授に昇進、内心忸怩たる思いでその日を迎える。秘めた目標を達成できなかったからだ。加えて、私事で恐縮だが、平成二〇年夏より認知症を患い始めた母を、様々な紆余曲折を経て、平成二三年三月に北海道から福岡に迎え入れた。これも一つの「冒険譚」であろう。教育活動、とりわけ卒業論文、修士論文、博士論文の指導は手を抜けない。公務か私事か、教育か介護か、若者の将来か老いの晩年か、様々な局面で、二つを両天秤にかけながら究極の選択を迫られる日が続く。そうなると、とかく後回しになってしまうのが研究、いささか辛い。

母を迎え入れる直前、恩師の池田紘一先生が奥様ともども「小黒夫婦を励ます会」と称されて筑後の原鶴温泉に家族を招待して下さった。そこで伺う、ご夫妻がご両親を長年介護していたことを、それも公的支援が無い時代に。先生は仰った、「大事なことは、子供を巻き込んで家族全員で明るく介護をすることだ」と。その後、このお言葉が我が家の介護方針となる。母を受け入れた二ヶ月後、母を診た病院の先生が妻に言う、母の前では「演技をしてください」と。「内憂外患」の毎日、いまだ凪よりも時化の日が多い。幸い「介護地獄」に陥る一歩手前で何とか踏みとどまっている。そう言えば、近頃、妻はなかなかの「役者」、当方も負けじと演技を競う。但し、当方の場合、知謀に長けた「道化」、あるいは弁舌に長けた「サテュロス」かもしれない。

こうして寸暇を惜しんで本書を執筆した。何とか研究成果を世に問う日を迎え、感無量である。『黙示録を夢みるとき』刊行後、一〇年間、多くの方々からご支援をいただいた。福岡で一献傾けながら本書の構想を聞いてくださった浅井健二郎氏、他大学で教壇に立つ機会を与えてくださった一橋大の古澤ゆう子氏、長崎外大の山口慶子氏、大阪大の林正則氏、西南学院大の赤尾美秀氏、そして講義を熱心に聞いてくれた数多くの学生諸君に、この場をかりて御礼申し上げたい。「トーマス・マン研究会」、「日本アイヒェンドルフ協会」、否定性の文学に関する「九大独文科研研究会」で本書の一部を発表した際、貴重なご指摘を戴いた。旅にはやはりよき伴侶が必要と言えよう。

本書は、九州大学人文学叢書出版助成の交付を受けて刊行される。記念すべき第一回の刊行助成を受けるに当たり、九州大学大学院人文科学研究院、とりわけ将来計画委員会の同僚から支援を受けたことも明記しておきたい。また、校正の段階では、九州大学出版会の尾石理恵さんが実に丁寧なお仕事をして下さった。こうして多くの力添えを得て、艱難辛苦の「長い船旅」も、今、ようやく終わりに近づく。ただ気がかりなことは我が「オデュッセイア」の行きつく先、やはり本書は「ハビリタツィオーン」というよりも、当初の構想どおり「サテュロス劇」に留まったのであろうか。読者諸賢の忌憚ないご意見をいただければ幸いである。

それにしても、脱稿後も、いまだ当方の耳には、波濤が響く。「なかば引かれ　なかば沈む」のは漁夫だけではない。

平成二三年盛夏

小黒康正

新装版あとがき

あの「長い船旅」はどこに行き着いたのであろうか。

本書は『水の女　トポスへの船路』の新装版である。九州大学人文学叢書として平成二四年（二〇一二年）四月に刊行された同書は、読み手にとって「船脚」も軽やかに読めるような著作ではないと思うが、この種の学術書としては珍しく新装版として再び世に問われることになった。私なりに加筆修正の衝動にもかられたが、先の「船路」はある種一回限りのものでもあったので、ごく一部の文言を直した以外、特に手を加えていない。この衝動以上に強かったのが、若い方々、とりわけ学生の皆さんにもっと手に取ってもらいたいという希望であった。このことを九州大学出版会に伝えたところ、同会の尾石理恵さんからご回答があり、若い方々にも比較的購入しやすい価格が実現したのである。学術書をめぐる書籍市場が絶えず「時化」に晒されていることを思うと、九州大学出版会の英断には心を打たれた。学術活動はこのような気骨のある出版社に支えられているのであろう。私の希望を受け入れてくださった九州大学出版会には、この場を借りて心より御礼を申し上げたい。

先の著作は書評として何度か取り上げられた。まずは、刊行して間もない『図書新聞』二〇一二年八月一八日号に掲載された書評がその嚆矢である。書評を担当された一橋大学の古澤ゆう子氏（故人）は、本書の内容を実に的確に紹介された後、「本書の著者が進む〈船路〉は幅広く精確な知識に支えられ、明確な〈羅針盤〉に導かれている」と評す。その上で、読者が「興味深い旅を満喫することができる」と確言してくださった。更に、日本独文学会西日本支部編『西日本ドイツ文学』第二四号（二〇一二年一一月発行）には、東洋大学の大野寿子氏による書評が掲載されている。本書は、大野氏によれば、トーマス・マン研究者である当方が約十年にわたって行った「サテュロス劇」だ。詰まるところ、ピタゴラスの「竪琴の七つの弦」さながら七部構成で綴られる「陸の男」の船旅は、異文化コミュニケーション研究、比較文学文化研究およびメールヒェン研究にも一石を投じうる秀作とのことである。

二人のヴァルター・ベンヤミン研究者による書評も、実に興味深い。本書ではアイヒェンドルフも論じられているので、日本アイヒェンドルフ協会編『あうろ〜ら』第三〇号（二〇一三年四月発行）でも書評が掲載された。「水の女」は、単なる文学モティーフではなく、「ポエジー言語」が立ち上がる「トポス」である。そう正鵠を射た岡本和子氏（大東文化大学、現在は明治大学）は、バッハマン『ウンディーネ行く』の黙示録的志向を論じる終章こそ「黙示録的アレゴリー」を研究対象とする著者の熱が最も籠った部分」と見抜く。森田團氏（西南学院大学、現在は同志社大学）も『九州ドイツ文学』第二七号（二〇一三年一一月発行）掲載の書評で「トポス」を問う。森田氏によれば、我が国の外国文学研究は、本国の研究動向に依拠することが多く、いわば道を見失いかけている。そうした中で、本書は、詩作＝ポエーシスにとっての根源的質量の意味を問う可能性を開くことで、外国文学研究が向かうべき方向を指し示しているとのことだ。

以上の記述はいわば書評の「書評」になってしまったが、このような貴重な機会を得られたのも新装版刊行があってのことだ。言うまでもないことだが、それぞれの書評が本書をただ単に称賛しているわけではない。書評もまた批評の一つであるだけに、対象に寄り添いつつ対象から離れる批評の本質を示す。以上の四氏は、本書について（über）書き、同時に本書を超えて（über）行く。各書評が本書からどのように離れようとしたのかも、実に興味深い。但し、この点については、ここで書く余地もなければ、そもそも書く必要もなかろう。それぞれの読者諸賢の読みと深く関わることなので、各人が本書を読み終えた後にご関心のある書評を読み、ご自身の「読み」と突き合わせていただければよいと思う。そうすることで、「長い船旅」を終えた読者はご自身の「羅針盤」を再確認できるのではないだろうか。

本書は思わぬところにも行き着いた。二〇一三年の秋に行われたドイツのフランクフルト書籍見本市で、九州大学出版会のご尽力により、ドイツ語による紹介文とともに本書が展示されたのである。また、本年二月のことだが、当方、東京の映画関係者から依頼を受けて、ドイツ映画『水を抱く女』（原題は『Undine』、二〇二〇年）のパンフレットに解説文「〈水の女〉の別れと出会い」を書いた。依頼のきっかけは『水の女』初版である。映画は名匠クリスティアン・ペッツォルト監督の最新作として福岡でも二〇二一年春に封切られたが、それはちょうど今回の新装版について九州大学出版会と検討している時期でもあった。私事だが、ペッツォルト監督の前作『未来を乗り換えた男』（原題は『Transit』、二〇一八年）を観て感銘を受け、すぐさまアンナ・ゼーガースの原作をドイツ語で読んだだけに、依頼を受け取った際の驚きは忘れ難い。この奇遇を思うと、映画『水を抱く女』に登場するクリストフと同様、私も水中で「ウンディーネ」という文字を見たような気がしてきた。

さて、今度の「長い船旅」はどこに行き着くのであろうか。

令和三年水無月

小黒康正

主要人名索引

ア行

カ行

サ行

タ行

ナ行

ハ行

マ行

ヤ行

ラ行

ワ行

著者紹介

小黒康正（おぐろ・やすまさ）

1964年生まれ。北海道小樽市出身。博士（文学）。ドイツ・ミュンヘン大学日本センター講師。現在，九州大学大学院人文科学研究院教授（ドイツ文学）。著書に『黙示録を夢みるとき　トーマス・マンとアレゴリー』（2001年，鳥影社，単著），『トーマス・マン『魔の山』の「内」と「外」――新たな解釈の試み――』（2006年，日本独文学会研究叢書041号，編著），訳書にヘルタ・ミュラー『心獣』（2014年，三修社），クリストフ・マルティン・ヴィーラント『王子ビリビンカー物語』（2016年，同学社）等。

水《みず》の女《おんな》

――トポスへの船路――

2012年4月25日　初版発行
2021年8月31日　新装版発行

著　者　小　黒　康　正
発行者　笹　栗　俊　之
発行所　一般財団法人　九州大学出版会

〒814-0001　福岡市早良区百道浜3-8-34
九州大学産学官連携イノベーションプラザ305
電話　092-833-9150
URL　https://kup.or.jp
印刷・製本　研究社印刷株式会社

ISBN 978-4-7985-0313-4